HEYNE BÜCHER

Fantasy

Herausgegeben von Friedel Wahren

Von **Mária Szepes** erschienen in der Reihe
HEYNE SCIENCE FICTION & FANTASY:

Spiegeltür in der See · 06/3872
Der Rote Löwe · 06/4043
Märchenland Gondwana · 06/5108
Die lebenden Statuen von Surayana · 06/9010

Das Buch Raguel:
Der Berg der Adepten · 06/4997
Weltendämmerung · 06/4998

In der ALLGEMEINEN REIHE:
Der Rote Löwe · 01/8457

MÁRIA SZEPES

DIE LEBENDEN STATUEN VON SURAYANA

Roman

Deutsche Erstausgabe

WILHELM HEYNE VERLAG
MÜNCHEN

HEYNE SCIENCE FICTION & FANTASY
Band 06/9010

Besuchen Sie uns im Internet:
http://www.heyne.de

Titel der Originalausgabe
SURAYANA ÉLÖ SZOBRAI
Übersetzung aus dem Ungarischen von Gottfried Feidel
Das Umschlagbild malte Attila Boros/Agentur Kohlstedt

Umwelthinweis:
Dieses Buch wurde auf chlor- und
säurefreiem Papier gedruckt.

Redaktion: Daniela Franke

Printed in Germany 1998
Umschlaggestaltung: Atelier Ingrid Schütz, München
Technische Betreuung: M. Spinola
Satz: Schaber Satz- und Datentechnik, Wels
Druck und Bindung: Elsnerdruck, Berlin

ISBN 3-453-14031-1

INHALT

Ich weiß nicht, welches Schicksal meinem Tagebuch, meinen Aufzeichnungen beschieden ist. Voraussichtlich aber werden sie mit der gesamten Kultur unserer Erde in jener Krise untergehen, die gerade wir, die Gelehrten und Wissenschaftler des 25. Jahrhunderts in der Blüte unseres Zeitalters heraufbeschworen haben. Nun konnten wir aber nicht ahnen, welch zerstörerische Kräfte unsere Neugier beschwören kann – Kräfte, die sich unserer Kontrolle entzogen haben und deren Steuerung nicht mehr in unserer Macht steht. Doch kann uns unsere Schuld nicht allein deswegen vergeben werden, weil wir zu bedauernswerten Zauberlehrlingen geworden sind.

Jene Krise, in der wir dahintreiben, findet in der Geschichte des Menschen auf Erden nicht ihresgleichen und ist so fürchterlich, daß sie alles bisher dagewesene in den Schatten stellt.

Es geht hier auch nicht um einen Krieg. Denn wir bedienen uns schon lange nicht mehr dieser blutrünstigen physischen Gewalt. Es handelt sich auch nicht um eine Epidemie, ist es uns doch gelungen, Seuchen und Krankheiten jeder Art zu bekämpfen und zu besiegen.

Diese Krise aber fordert ihre Opfer über unsere Phantasie und unsere Gefühle. Die Sinne der Menschen werden durch die Visionen der Schönheit und der Leidenschaft gelähmt, so daß sie, einmal mit den Realitäten des Lebens und des Alltags konfrontiert, zu mondsüchtigen Irrläufern werden. Denn gegen den

Zauber phantastischer Vorstellungen kann man sich einfach nicht wehren.

Die Schutzschicht meines Solarsprays wird für einige Stunden (oder vielleicht auch nur für Sekunden?) dazu ausreichen, zumindest einen Bruchteil meines Bewußtseins aus dieser Sturzflut herauszuheben, die aus dem Unsichtbaren wie eine Invasion über uns hereinbricht.

Doch sehe ich bereits deutlich das flackernde Licht, welches zu erlöschen droht. Ich spüre, daß mein Ende naht und daß mich allmählich ein Wahn umzingelt, der mich am Ende langsam aber sicher in die Schrottmühle jenes Hexensabbats treiben wird, in dessen Chaos meine Zeitgenossen wie im Rausch jubelnd ihrem Verderben entgegentaumeln. Dies ist der tiefere Grund dafür, warum ich zu schreiben versuche und mich an diese Zeilen klammere, wie an einen letzten rettenden Strohhalm. Aber auch mein Gewissen zwingt mich, über meine Verantwortung zu berichten, die ich bei all dem zu tragen habe, über mein Verhalten, meine Schuld, für die es keine Absolution gibt.

Freilich ist es eine andere Frage – eine sehr wichtige Frage allerdings –, ob diese Nachricht je einen Menschen erreichen wird. Denn die ›neugeborene, wiedergeborene Menschheit‹ wird zigtausend Jahre brauchen, um auf der Spirale einer neuen Entwicklung, einer neuen Evolution, auf der sie nach oben kreist, jenen Gipfel der Erkenntnis und der Humanität zu erklimmen, auf dem heute der Psychodom in den Himmel ragt.

Ich möchte nicht, daß mich Zweifel und Panik übermannen, obwohl es einfacher wäre, mich von dem Rausch jener Wahnvorstellungen mitreißen zu lassen, dem meine Mitarbeiter und Mitmenschen bereits erlegen sind. Ein solches Verhalten würde meine quälenden Schuldgefühle mindern, ebenso meine Absicht, einen Ausweg aus diesem Labyrinth zu finden, selbst wenn ich gegen die gewaltigste Kettenreaktion, ausgelöst durch die größte Eruption aller Zeiten, ankämpfen müßte, als einzig noch Sehender unter meinen blinden Schicksalsgenossen und Freunden, die ihr Augenlicht durch meine Schuld verloren haben.

Mag sein, daß jener Hoffnungsstrahl, der zeitweise noch in mir aufleuchtet und mir den Schimmer einer Lösung wie eine Fata Morgana vorgaukelt, nichts weiter ist als ein Teil unseres kollektiven Deliriums. Denn ich muß gestehen, daß auch ich nicht mehr im Vollbesitz meiner Kräfte und Fähigkeiten bin.

Aus Shintals Aufzeichnungen

I. Teil

Der 500-Jahre-Trip

Der Zeitreisende

Hermond Gjall trat aus der kühlen Dämmerung der Zeitschleuse ins Freie. Schon seit einer Woche hatte er es sich zur Gewohnheit gemacht, beim Nachmittagsspaziergang seine Schritte in Richtung Stadtrand zu lenken. Also ging er jenen Weg entlang, der zum Naturschutzgebiet führte – jenen Weg, der nicht wie ein in dieser Welt übliches Transportband geräuschlos unter seinen Füßen dahinglitt, sondern den er selbst aus eigener Kraft gehen mußte.

Bei diesen Spaziergängen bereitete ihm sein federnder Gang, sein zügiges Schrittempo einen besonderen Genuß. Diese Art der Fortbewegung war ihm fast fremd geworden, seit er in dieser ebenso berauschend fremden wie großartigen Welt buchstäblich wiedergeboren worden war. Denn von dem Augenblick an, wo sein kybernierter Organismus wieder *aufgewärmt* und alle seine Körperfunktionen in Gang gesetzt wurden, hatte er zunächst nichts weiter zu tun, als ergriffen und erschüttert jene Welt zu bestaunen und zu bewundern, in die er geraten war. Alles kam ihm irgendwie seltsam und wunderlich vor. Doch vor allem konnte er einfach nicht begreifen, wie man unter den geschmolzenen Trümmern des einstigen *Weltuntergangs,* die später zu einer felsenfesten undurchdringlichen Basaltmasse erstarrten, ausgerechnet auf jene *Krypta* stoßen konnte, wo seinerzeit sein scheintoter Körper zusammen mit den Kulturdokumenten des Jahres 2010 beigesetzt worden war. Nicht allein, weil er ein Historiker war und als ein bedeutender Chronist des 21. Jahrhunderts galt. Seine Freunde, seine Bewunderer waren es gewesen, die ihn aus diesem Feuersturm der Weltendämmerung gerettet hatten, weil sein Organismus von einer unbekannten Krankheit, einer seltsamen Form der Schlafsucht befallen war, die er sich wahrscheinlich während einer Mondexpedition bei der Untersuchung von Bodenproben geholt hatte, und weil ihn die Ärzte der damaligen Zeit nicht mehr aus seinem schlaftrunkenen Zustand wecken konnten. Nun waren aber die Gelehrten des 25. Jahrhunderts nicht allein dieser kosmischen Seuche Herr geworden, als sie Gjalls Körper aus seiner jahrhundertealten Starre zu neuem Leben erweckten – auch seine verschlissenen inneren Motoren wurden allesamt aus der gemeinsamen Organbank der Menschheit durch einwandfrei funktionierende Mechanismen ersetzt, wobei seltsamerweise sein Gehirn unangetastet blieb.

Er schaute auf seine Füße hinab und lauschte dem rhythmischen Klang seiner federnden Schritte, wie das Kind dem emsigen Ticken einer Uhr. Seit seiner Schulzeit, als er noch ein kleiner Junge war, hatte er sich noch nie so kräftig und so wohl gefühlt. Und während er dahinschritt, mußte er an jene Zeit denken, als bei Schulausflügen und Wandertagen die bewaldeten Bergpfade seiner Heimat ebenso mühelos unter seine Sohlen glitten, wie heutzutage jene Transportbänder, welche die ganze Stadt wie ein Netz überzogen – diese überirdischen Transportmittel, welche die Menschen einer sich in ferner Zukunft entwickelnden Kultur von den Anstrengungen befreiten, die ein Ortswechsel nun einmal mit sich bringt.

Plötzlich verlangsamte er seine Schritte und hielt im Gehen inne. Wieso ›in der fernen Zukunft‹? Warum mußte er an seine Zeitgenossen immer noch so denken, als ob … War er doch schließlich hier und jetzt mit ihnen zusammen! Fast 500 Jahre hatte er im Vehikel seines tiefgekühlten Körpers zurückgelegt, mit suspendiertem Bewußtsein. Trotzdem hatte er sie in der Zeit eingeholt!

Nachdenklich, in Gedanken versunken, setzte er seinen Weg fort. Hatte er sie wirklich eingeholt? Vielleicht doch nicht ganz. Die wenigen Monate, in deren Verlauf sein Organismus auf ihren Lebensrhythmus umgestellt wurde und in sein Gehirn mitsamt der einheitlichen Weltsprache eine gewaltige Menge neuer Begriffe eingespeist wurde, dürften wohl kaum ausgereicht haben, um all die vergangenen Jahrhunderte auf einen Schlag zu überbrücken. In seinem Bewußtsein, seinem Nervensystem, seinen Zellen fehlten all jene Stufen, die zum steil aufragenden Gipfel des Weltbilds dieses 21. Jahrhunderts führten. Nun mußte er an den Menschen denken, den man in den neunziger Jahren des 20. Jahrhunderts kyberniert hatte, und der, als er nach dreißig Jahren geweckt wurde, seine ›Auferstehung‹ nur um knapp zwei Monate überlebte, weil seine Nerven dem beschleunigten Takt dieser Ära einfach nicht gewachsen waren. Er brannte aus wie eine Glühbirne, der man eine zu hohe Spannung zugeführt hatte. Ihn, Gjall, hatte zwar die Technik des 25. Jahrhunderts vor einem ähnlichen Kurzschluß bewahrt, doch hatte er den Schock seines Erwachens ebenso heftig empfunden, wie sein ehemaliger Schicksalsgenosse.

Zu seiner Zeit brauchte er sich wegen seiner Gehirnkonstruktion nicht zu schämen. Jetzt aber, angesichts all dieser künstlich hochstilisierten Gehirnakrobaten, die eine schier unheimliche Kapazität an Wissen speichern konnten, kamen ihm seine eigenen Fähigkeiten fast lächerlich, infantil und unendlich primitiv vor. Dennoch konnte er durchaus begreifen, warum man ihm sein eigenes verworrenes Bewußtsein nicht genommen hatte. Sein neues Leben war nicht nur für ihn eine Sensation. Denn für all jene, die ihn aus dem

Nebel der Vergangenheit geholt hatten, war sein Fall mehr noch als ein sensationelles Erlebnis: War da doch ein lebendes Exemplar längst ausgestorbener ›Urwesen‹ ins Scheinwerferlicht ihrer Labors getreten, das sich auf verhältnismäßig intelligente Weise manifestiert hatte, persönliche Nachricht über sich selbst und über jene Lebensform vermitteln konnte, zu der er einst gehört hatte.

Dieses isolierte, streng abgeschirmte Schutzgebiet war von dichtem Urwald umringt. Nur ein einziger begehbarer Pfad führte zu diesem ›Freilichtmuseum‹, der Stätte der damaligen Explosion. Zutritt aber hatten nur jene Bewohner von Makropolis, der Hauptstadt dieser Welt, die als Aufklärer funktionierten oder Proben für jene Experimente sammelten, die im Psychodom durchgeführt wurden. Auch ihm wurde eine ähnliche Statistenrolle zugedacht, eine Stelle als freier Mitarbeiter mit gleitender Arbeitszeit ohne direkte Überwachung. Denn er war aus psychologischen Gründen in die leichteste Kategorie eingestuft worden, damit er sich nicht gar so fremd und so überflüssig vorkam. Diese Art taktvolle Aufmerksamkeit war ein integrierender Bestandteil seines Betreuers Dr. Riss.

Sobald Gjall dieses giftgrün wuchernde Dickicht erreicht hatte, wehten ihm harsche Düfte und Geräusche entgegen. An den morschen Stämmen der Bäume, die zu beiden Seiten des Weges Spalier standen, hangelte sich Efeu wie ein verstaubtes Spinnennetz empor. Über den fleischigen Kelchen grellbunter Blumen kreisten Insekten, trunken vom Sonnenschein. Plötzlich überkam ihn schmerzliche Freude und zugleich eine unsinnige Sehnsucht nach seinem ›ehemaligen Leben‹, das einst von Unsicherheit und Gefahren erfüllt war, wo er seine letzten Jahre bereits im Schatten einer nahenden unausweichlichen Katastrophe verbracht hatte. Ihm war, als säße er mit seinen Zeitgenossen in einem steuerlosen Boot, einem Seelenverkäufer, der sich mit unverminderter Geschwindigkeit einem gewaltigen, rauschenden Wasserfall näherte. Sein besonderes, vielleicht gütiges Schicksal hatte ihn zwar vor diesem tödlichen Sturz bewahrt – doch all die anderen, mit denen er durch eine gemeinsame Kindheit, durch verwandtschaftliche oder komplizierte Gefühlsbeziehungen, durch identische Vorstellungen und Begriffe eng verbunden war: All diese Menschen waren bereits seit Jahrhunderten …

Vor diesem Gedanken flüchtete er, als hätte er glühendes Eisen berührt.

Der Pfad begann steil anzusteigen. Zwischen den zäh verschlungenen Lianenbündeln führten seine eigenen Spuren zu jener kleinen Lichtung auf der Hügelkuppe, wo ihn ›sein Stein‹, von der Sonne erwärmt, mit den winzigen Eidechsen, die sich in den Spalten verbargen, mit seinen grasigen, bemoosten Flecken erwartete. Hier pflegte er jeden Tag zu rasten. Der Schlüssel, welcher den Hochspannungskreis unterbrach, der als Zaun für dieses Schutzgebiet, dieses Reservats für die Relikte einer versunkenen Kultur diente, steckte in seiner Tasche. Sein Körper war mit einem dünnen Film eines speziellen Solarsprays überzogen, der die gefährliche Strahlung neutralisierte, auch trug er den Hydromantel jener Forscher, die in gefährlichen Bereichen arbeiteten. Dennoch hatte er noch nie das ›Reich der Toten‹ betreten, hatte aus einer unerklärlichen Scheu heraus noch nie die Grenze zu diesem unberührten Gebiet überschritten, wo das Unkraut noch ungezähmt wucherte, wo ihm summende, mit Stacheln bewehrte Käfer ins Gesicht klatschten und wo unter dem Zelt der Dornenbüsche emsige Ameisenschwärme ihre Hügel bauten.

Was auch immer er tat oder unterließ, niemand zog ihn deswegen zur Rechenschaft. Man hatte Verständnis für sein noch lockeres, vorerst etwas gestörtes Verhältnis zur Gegenwart, auch dafür, daß er zwischen seinem ehemaligen und jetzigen Leben pendelte. Denn die Menschen dieses Zeitalters schienen alles, oder so gut wie alles zu verstehen.

Gjall erklomm den rauhen, zerklüfteten Steinhaufen, der gleich einem antiken Sessel sogar eine Rückenlehne bot. Vermutlich handelte es sich um die Reste eines ehemaligen Schlosses, vielleicht auch um eine alte Tempelruine. Hier und dort zeichnete sich auf den hellweiß glitzernden Facetten die Äderung von Marmorsteinen ab.

Sein Blick, der das Villenviertel der Metropole, das in seiner bizarren Schönheit vor ihm lag, all die von transparenten Kuppeln überdachten Sportanlagen, die spiegelnden Teiche und Seen, all die gepflegten Gärten streifte, blieb schließlich an jener Hochebene haften, wo der Psychodom in den Himmel ragte. Und wieder einmal spürte er diesen schmerzlich-süßen Schauer, der ihn beim Anblick dieses vieltürmigen, im Scheine explodierender Lichter schimmernden Zentrums, das sich ›Dach der Welt‹ nannte, wie ein Stromstoß durchfuhr. Diese Reaktion hatte nichts mit seinem Verstand zu tun. Nur noch die Feierstunden seiner Kindheit im schimmernden Kerzenlicht hatten seinerzeit solche Begeisterung in ihm ausgelöst. Dabei verlangte der Generalstab des Psychodoms keineswegs solch eine religiöse Schwärmerei von den Zeitgenossen, für deren geistig-seelisches Gleichgewicht, für deren Wohlergehen in dieser märchenhaften Hochburg unter außerordentlichen Umständen und mit Hilfe phantastischer Methoden so viel getan wurde. Dennoch waren die Menschen gegenüber den Bewohnern dieses Wachturms, dessen Spitze die Wolken berührte, stets seltsam befangen. Denn jene Instinkte, die dazu angetan waren, einen Kult aufzubauen und Legenden zu spinnen, ließen sich einfach nicht ausmerzen. Der tiefere Grund lag darin, daß bislang kaum jemand den Sperrbezirk des Psychodoms betreten hatte, obwohl alle Bewohner dieser Erde in jedem Augenblick ihres Lebens in engster Beziehung zu diesem Gebäude standen. Und wenn wirklich einmal ein gewöhnlicher Sterblicher diesen Bezirk betrat, so war dies nur die Ausnahme, welche die Regel bestätigte wie etwa einer der zahlreichen seelischen Krüppel oder etwa ein Individuum wie dieser Zeitreisende, der vom Anfang des Jahres 2000 in die Zukunft zurückgekehrt war und dessen bewußte oder unbewußte Nachrichten und Informationen, die aus seiner Zeit stammten, einer eingehenden Untersuchung unterzogen wurden. Darum durfte Gjall zwei volle Monate im Psychodom verbringen. Zwar hatte er inzwischen die Bewohner des Doms kennengelernt, dennoch konnte er sie kaum verstehen, obwohl diese alles daransetzten, ihrem primitiven Kollegen jenes Weltbild nahezubringen, das sich nach dem großen Drama entwickelt hatte. Vor allem Riss, der Neurologe, war stets bemüht, ihn von all den belastenden Erinnerungen, Ängsten und seelischen Traumata zu befreien, die er aus jener Zeit mitgebracht hatte, welche im 25. Jahrhundert als das frühe Atomzeitalter bezeichnet wurde.

Seinerzeit dort oben dachte er, daß Riss' Therapie ein voller Erfolg gewesen sei. So war es ihm gelungen, die extremen Situationen in Gjalls Gefühlszustand, die wechselnden Stimmungen, das Urgefühl der Lebensangst, die gefährliche Euphorie zu besiegen. Die Erinnerungen tauchten nur noch selten in Form ferner verschwommener Traumbilder auf. Seitdem er sich aber dem Alltagsleben im und um den Dom angepaßt hatte, spürte er eine stetig steigende Unruhe in sich aufkeimen, die ihn immer mehr bedrängte. Ihm war, als würden hinter seinem Rücken jenseits einer geschlossenen

Polstertür Paradies und Hölle gleichzeitig auf ihn warten.

Während der ersten Wochen war er unfähig, Sinn und Zweck des Psychodoms zu begreifen. Er war zwar derjenige gewesen, der sich unter all seinen Zeitgenossen am meisten mit den möglichen Konturen einer fernen Zukunft befaßt hatte, dennoch konnte er gewisse Elemente nicht auf jene Weise integrieren, wie dies jetzt im Psychodom geschehen war. Seine Kollegen und er waren sich bereits im 21. Jahrhundert, ›am Anfang der Zeitrechnung des Atomzeitalters‹, über die Bedeutung der Nachrichtenübermittlung im klaren, wußten um die Macht, welche die Kombination aus Dokumentation und Bildern der Wirklichkeit auf die öffentliche Meinung ausübte. Ebenso kannten sie die jeweils zerstörerischen oder aufbauenden Kräfte der Gedanken- und Willensübertragung, der Suggestion. Sie führten erfolgreiche Versuche mit heilenden Gedankenbefehlen durch und enttarnten all die seelischen Ursachen, die hinter einem bestimmten Krankheitsablauf steckten. Bei sozialen Spannungen, bei den Lavaeruptionen und Seuchen wurde jeweils der Einfluß der Sonnenflecken, der verschiedenen kosmischen Strahlungen und Magnetstürme ebenso berücksichtigt, wie dies bei elementaren Katastrophen der Fall war. Aufgrund der wissenschaftlichen Erkenntnisse des 25. Jahrhunderts wurden aber all diese Teilergebnisse, all die Gewalten, Krankheiten und Naturkatastrophen, die sich gegen das Gemeinwohl richteten und dieses bedrohten, in einem großartigen *prophylaktischen Programm* zusammengefaßt.

»Der Psychodom ist das Endergebnis der prophylaktischen Kunst«, sagte Riss zu jener Zeit, als er Gjall bereits persönlich in seiner Praxis behandelte. »Denn alles, was durch das Bewußtsein des Menschen in die Sphären seiner Vernunft, in seine Gefühlswelt eindringt, alles, was ihn aufbaut, das heißt, ihn positiv beeinflußt, strahlt von diesem Zentrum auf alle Bewohner dieser Erde aus. Und dies auf die gleiche Weise, wie einst die Rundfunk- und Fernsehtürme dazu dienten, Nachrichten und Bilder an die Hörer und Zuschauer zu vermitteln.«

»Wir bezeichnen dieses Informationsnetz, das alle Gebiete des Lebens berührt und gestaltet, als *Polyvision.* Diejenigen, die dieses System steuern und lenken, sind nicht von ungefähr in ihre Position geraten, sondern nach einem genauen Plan, den die Mischexperten der menschlichen Struktur, die Ingenieure und Ärzte der Seele, aufgestellt haben. Die Gelehrtengarde des Psychodoms und all diejenigen, die für diese Planstellen vorgesehen sind, werden mit einem normierten Gehirnzellenbestand verglichen, welches vom Dom der menschlichen Intelligenz aus die Funktionen des Organismus betrachtet und überwacht, wobei darauf geachtet wird, daß der Patient weder sich noch anderen Schaden zufügt. Darum gehen sie so gut wie unbemerkt und gewaltlos vor. Innerhalb dieses weitgesteckten Rahmens sind alle Bewohner dieser Erde frei. Jeder kann seine Zeit je nach Fähigkeit und Neigung verbringen und nach seinen individuellen Bedürfnissen an allen Segnungen einer Gemeinschaft teilhaben.«

Dieses Gespräch hatte allerdings schon nach der Kur in der Sedativkammer stattgefunden.

Nach den verschiedenen Operationen und Organverpflanzungen wurde Gjall unter der Aufsicht von zwei Krankenschwestern zunächst einmal in das ›Sphärische Haus‹ geschickt, eine Art Erholungsheim, das in der Ionosphäre schwebte. Erst viel später wurde ihm klar, daß man ihn dort in einem halbwachen Zustand gehalten hatte, daß er dort zwischen Traum und Wirklichkeit schwebte, und daß dieser Zustand erst ganz allmählich in ein volles Bewußtsein zurückgeführt wurde. Dies war der tiefere Grund, warum er keine Fragen stellte, keine Furcht empfand und sich über gar nichts mehr wunderte. Sein Körper wurde von der Last seiner neugierigen, stets gierig forschenden und fragenden Phantasie befreit. Ebenso hatte er erst von Riss im Psychodom erfahren, daß diese sphärischen Häuser, die in den höheren Regionen, in den dünneren Schichten der Erdatmosphäre schwebten, für jedermann zugänglich waren. Für einige Wochen ›Ferien von der Erde‹ gehörte zum Erholungsprogramm ebenso wie die Wiederherstellung des seelischen Gleichgewichts oder die Fragen der Ernährung und Hygiene. Die Isolierfilter dieser Höhenkurorte wehrten die schädlichen Strahlen ab und ließen nur jene durch, die den menschlichen Organismus beruhigten und erfrischten. Die Arbeit des Menschen, der sich in der Erdatmosphäre und im Kosmos seinen Weg bahnte, wurde durch die Erfindung des ›Antigravitationsmotors‹, der die Erdanziehungskraft regelte, erheblich erleichtert, weil er die Schwerkraft in den sphärischen Häusern, in den Raumschiffen, Raumstationen und Raumsanatorien je nach Bedarf reduzierte oder auch ganz aufhob.

Das Erlebnis seines Erwachens ›unter einem neuen Himmel, auf einer neuen Erde‹ lebte in ihm weiter wie ein erfreulicher Schock – ein Erlebnis, das niemals verblaßte. Nicht nur er selbst war wie neugeboren, kräftig, muskulös, jung und gesund, nein, auch die ganze Welt, die ihn umgab. Vor gut 500 Jahren, als er sich diese Infektion holte und ihn die Krankheit niederstreckte, war er bereits über vierzig. Sein empfindlicher Magen machte ihm viel zu schaffen, außerdem litt er oft unter nervösen Migräneanfällen. Sein Sexualleben war gehemmt und asketisch – dies war auch der tiefere Grund, warum er nicht heiratete und bei seiner verwitweten Mutter lebte. Auch sein Sehvermögen ließ allmählich nach, in seiner Schulter wüteten rheumatische Schmerzen. Noch heute traten Tränen in seine Augen, wenn er an jene frische Morgendämmerung dachte, als er seine neuen Augen aufschlug und in diesem fremden Land scharf abgegrenzte, nie gesehene Schattierungen erblickte, eine Art Sphärenmusik an sein Ohr drang, Eindrücke, die ihm bis dahin völlig unbekannt waren. Dann, nach und nach, entdeckte er seine Muskeln, seine sich leicht und weit blähenden Lungen, die Poren seiner straffen Haut, die frische Ozonluft atmeten. Sein wiedererwachter Wolfshunger, sein störungsfrei funktionierender Kreislauf und Stoffwechsel erfüllten ihn mit einem schier euphorischen Glücksgefühl. Auch konnte er erstaunt feststellen, daß ihm anstelle seiner ausgefallenen Zähne neue nachgewachsen waren, und daß auf seiner beginnenden Glatze ein rotbrauner Schopf zu wuchern begann. Sein organisches Gleichgewicht war nicht aus physischen Gründen, sondern wegen einer gefühlsbetonten Streßsituation aus den Fugen geraten. Als kichernder, tobender Halbirrer, nicht mehr Herr seiner Sinne, wurde er in eine der Sedativkammern des Psychodoms eingeliefert, wo er mit Hilfe verschiedener Licht-, Duft- und Tontherapien erneut in die Zwangsjacke eines sonderbaren Entspannungszustandes gesteckt wurde. Dabei wurde auch der Kontakt zwischen Wahrnehmungsvermögen und motorischem Nervensystem unterbrochen. *Nun waren sie zu zweit in einem Körper:* der eine, in dessen Innerem die Gezeiten von Gedanken und Gefühlen wechselten, und der hilflose stumme *andere,* den man in einer finsteren schalldichten Zelle auf eine Liege gebettet und in seinem sich nach innen ausbreitenden licht- und sternenlosen Kosmos sich selbst überlassen hatte.

In diesem Raum, der ihn umgab, konnte er keine Bezugspunkte, keine Stütze finden. Seine fünf Sinne vermittelten keine äußeren Eindrücke, die Erscheinungen verloren allmählich an Realität. Seine persönlichen Erinnerungen rückten in weite Ferne, so als hätte sie jemand anderer erlebt. Die Sequenzen seiner Vorstellungen lösten sich auf, die logischen Gedankenketten wurden von Visionen durchbrochen. Er hörte Stimmen und hatte das Gefühl, frei im Raum zu schweben, und daß ihn eine Springflut musikalischer Akkorde durchströmt. Die vertraut klingenden, dennoch irgendwie fremden vokalen Wellen stauten sich zu Städtephantomen zusammen, nahmen feste Umrisse an. Aus den Fenstern strahlte helles Licht, drangen die vielfältigen Geräusche menschlichen Lebens. Dieses Bild verschwand und tauchte wieder auf. Die gewaltigen Wolkenkratzer begannen zu schwanken, als würde eine titanische Hand den Boden unter ihnen bewegen. An ihren Mauern züngelten explodierende Flammen zischend empor. Das Erschrecken, der entsetzliche Schock fegte zwar diese feurigen Phantasien wie ein Sturmwind fort, doch die Visionen kehrten immer wieder zurück. Aus der Vergangenheit wuchsen seltsame Mosaiken verzerrt und vergrößert empor. Er sah die Stätten seiner Kindheit, seine Mitschüler, seine Freunde, die sich wie irre feierliche Symbole ihrer selbst dehnten und streckten, sich breitmachten und aufblähten. Auch all die Mädchen, die er einst begehrt hatte, neigten sich aus dem Nebel hervor, freilich nur insgeheim, damit seine Mutter nichts davon erfuhr. So etwa Nionin, Schwarm seiner ersten pubertären Leidenschaft – die weißblonde Nionin mit ihren Sommersprossen, die sich im Schatten der Büsche im Stadtpark an ihn hängte wie ein Polyp, um ihn dann vor den anderen auszulachen und zu beschämen. Gjall hatte nie begriffen, warum sie auf solch schändliche Weise mit ihm umging und warum sie von heute auf morgen plötzlich mit ihm Schluß gemacht hatte. Doch in seinen Visionen begann mehr und mehr das Antlitz seiner

Mutter zu dominieren. Seltsamerweise hatte er sie stets als jung und schön in Erinnerung. »Du hättest deine Mutter heiraten sollen«, meinte Nionin spitz, als sie sich nach Jahren wieder begegneten. »Jawohl!« setzte sie hinzu und bleckte ihre großen geriffelten Zähne. »Mama hätte dich ja keiner anderen gegönnt. Sie konnte es nicht ertragen, daß du ein ausgewachsener Mann geworden bist. Wahrscheinlich hatte sie dich nie ganz abgenabelt ... Hast du das nicht gemerkt?« Die peinliche Verwirrung und der Ärger von einst kamen heute noch mit der gleichen Intensität hoch wie seinerzeit, doch das Lächeln seiner Mutter wirkte stets beruhigend, ordnete seine wirren Gefühle und Gedanken. Nur bei ihr konnte er Ruhe und Entspannung finden. Dies war das Lächeln, mit dem sie sich über ihn neigte, wenn er Fieber hatte. Sie flüsterte ihm beruhigende Worte zu, erzählte und sang ihm etwas vor. Ihre Stimme lullte ihn ein, war wie ein warmes Nest, wie ein weicher Pfuhl, Schirm und Schutz zugleich, in deren Obhut er geborgen war. Diese Vision ließ ihn in einen tiefen, traumlosen Schlaf hinübergleiten.

Der Computer seiner Sedativkammer war es, der die einzelnen Phasen seines Zustands registrierte und anzeigte. Denn als er wieder erwachte, strahlte natürliches Tageslicht auf ihn herab. Noch im Schlaf hatte man ihn in jenes bezaubernde Apartment mit den durchsichtigen Wänden gebracht, das die Obersten des Psychodoms für ihn bestimmt hatten. Er konnte durch die nebelhaften, pastellfarbenen Möbel hindurchsehen wie durch eine Projektion seiner Phantasie. Hier herrschte eine angenehme Atmosphäre, die ständig durch einen lauwarmen, duftenden Luftstrom gekühlt wurde.

Von einem Bildschirm, der seiner Liege gegenüberstand und jetzt aufglühte, grüßte das Gesicht eines Mannes mit dunklen Haaren, dichten Brauen und leuchtend blauen Augen.

»Guten Morgen, mein Freund! Wie fühlen Sie sich?«

»Prächtig!« erwiderte Gjall, während er die kühle aber freundliche Miene dieses schier alterslosen Mannes musterte, dessen klangvolle Stimme wie ein besonderes Erlebnis auf ihn wirkte.

»Das freut mich!«

Gjall fühlte, daß seine Worte mehr waren als nur eine höfliche Floskel, und daß ihm sein Wohlbefinden wirklich am Herzen lag.

»Dann können wir also mit unserem Dialog beginnen!« fuhr die lächelnde Projektion fort.

»Ich habe eher das Gefühl, daß wir etwas fortsetzen werden, was keinen Anfang hat und was nie ein Ende haben wird!« erwiderte er spontan, wobei er sich selbst am meisten über diesen Ausbruch wunderte. Doch dann wurde er plötzlich verlegen. »Verzeihen Sie ... offensichtlich bin ich noch immer nicht ganz da, weil ich nicht einmal Ihren Namen weiß.«

»Riss.«

Damals wirkte dieser Name auf Gjall wie ein sonorer Glockenklang.

»Dafür kennt Sie hier bei uns alle Welt«, nickte der körperlose Besuch. »Im Augenblick sind Sie die aufregendste Erscheinung unseres Planeten. Wissen Sie, wie man Sie nennt?«

»Keine Ahnung.«

»Hermond Gjall, der Zeitreisende. Von unseren Gelehrten einmal abgesehen, haben Sie bereits unsere Dichter und Komponisten zu bedeutenden Werken inspiriert – obwohl all diese Werke Ihrer eigenen, auf *Psychoperlen* aufgezeichneten Geschichte kaum das Wasser reichen können.«

»Aber ich habe doch noch keinem ... Ich weiß nicht einmal, was dieses ... dieses Ding ist ...«

»Die Psychoperle? Natürlich können Sie das vorerst nicht wissen. Doch Sie werden es schon noch begreifen.« Riss war jetzt sichtlich erheitert. Seine schmalen Lippen öffneten sich zu einem breiten Lächeln und legten eine Reihe schneeweißer, kantiger Zähne frei, die einer Klaviatur nicht unähnlich war.

Gjall kam er immer sympathischer vor.

»Erst einmal wollen wir für unsere Begriffe aus jenen Elementen eine Brücke bauen, die Ihnen bekannt sind, weil Sie diese aus Ihrer eigenen Zeit mitgebracht haben,«, fuhr Riss fort. »Zweifellos haben Sie sich niemandem gegenüber bewußt geäußert. Doch sind es wirklich unsere bewußten Äußerungen, die das meiste über uns verraten?«

Gjall fühlte sich plötzlich erleichtert.

»Ich weiß, was Sie meinen. Sie haben aus meinem Körperbau, aus meiner Verhaltensweise auf mein Triebleben, auf meinen Charakter geschlossen.«

»Teilweise ja. Doch handelt es sich hier nicht um pure Psychoanalyse oder um eine simple Charakterstudie – es ist weit mehr als das. In jenem Zeitalter, wo Sie die ersten vier Jahrzehnte Ihres Lebens verbrachten, wurden alle wichtigen Ereignisse weltweit auf Film oder Tonband aufgenommen und dann beliebig oft abgespielt. Wenn ich gut unterrichtet bin, war bereits zu Ihrer Zeit bekannt, daß menschliche Gedanken gewisse Ströme aussenden, und daß verschiedene Geräte gebaut wurden, um die Kraftlinien dieser Schwingungen aufzuzeichnen und sichtbar zu machen. Wie aus den Unterlagen hervorgeht, die man in der Kybernationskammer gefunden hat, haben Sie bereits jene Gedankenströme, die das Gehirn oder der menschliche Geist ausstrahlt, der Wirkungsweise einer Antenne gleichgesetzt, wie sie bei Rundfunk- und Fernseh-Sendern oder -Empfängern üblich ist. Sie haben festgestellt, daß *jedes menschliche Gehirn* eine solche Sende- oder Empfangsantenne darstellt. Obendrein haben Sie erfolgreiche Versuche mit solchen empfindlichen Medien durchgeführt, *welche ohne die Vermittlung eines Fernsehgeräts,* die – wenn auch sehr schwach – die Bilder einer gewöhnlichen TV-Sendung auf dem ›Bildschirm‹ ihres Gehirns empfangen konnten. Ob es aber auch Versuchspersonen gegeben hat, die fähig waren, solche Bilder ebenfalls ohne Vermittlung durch ein Gerät auf die ›Bildschirme‹ eines anderen Gehirns zu übertragen, ist mir allerdings nicht bekannt. Im Prinzip aber war eine solche Möglichkeit bereits gegeben.«

»Ja, diese Möglichkeit bestand.«

»Stimmt es, daß Ihre Technologie auf die Miniaturisierung ausgerichtet war und sich rasend schnell weiterentwickelte?«

»Stimmt.«

»Hatten Sie winzige Radios, die man sich wie einen Knopf ins Ohr stecken mußte, und Bildtelefone, die man in die Hosentasche stecken konnte?«

»Hatten wir.«

»Konnten Sie Infrarotaufnahmen etwa von einem leeren Parkplatz machen, auf denen die Umrisse von Kraftfahrzeugen zu erkennen waren, die vor mehreren Stunden dort geparkt hatten, weil die Wärmestrahlung dieser Formen im scheinbar leeren Raum immer noch vorhanden war?«

»Freilich.«

»Nun, dann hätten wir alles beieinander, um den Begriff der *Psychoperle* einzugrenzen. Stellen Sie sich jetzt einen winzigen Schaltkreis vor, der etwa den Mikrochips Ihrer Zeit entspricht. Diese kaum erbsengroße ›Perle‹ besitzt eine hochempfindliche Kristallstruktur. Es handelt sich also um einen Kristall, den wir nicht auf der Erde, sondern auf einem der Jupitermonde gefunden haben. Dieser *Sensorit-Kristall* – so wurde er wegen seiner überaus hohen Sensitivität genannt – *ist fähig,* all jene besonderen Schwingungen zu empfangen und wiederzugeben, die das menschliche Gehirn ausstrahlt.«

Gjall richtete sich plötzlich sehr erregt auf..

»Soll das heißen, daß alles, was ich in der Sedativkammer gedacht habe, was ich zu sehen glaubte oder empfand, daß dies alles …«

»Richtig. Wir haben alles aufgezeichnet, so wie früher irgendein Werk oder ein wichtiges Ereignis auf Film festgehalten wurde.«

»Moment mal!« rief Gjall. Sein Körper war vor Entsetzen, Scham und Protest plötzlich in Schweiß gebadet. »Mein Innerstes, Privatestes, Geheimstes … Das ist kein Kunstwerk und keine Wirklichkeit, sondern …«

»Sondern ein Zustand, wo sich die Phantasie und die Wunschwelt mit der Realität vermischt«, sagte Riss mit seiner wohlklingenden, beruhigenden Stimme, »also das perfekte ›Psychogramm‹, das wahre Spiegelbild des menschlichen Charakters und seiner seelischen Struktur, das nie in unrechte Hände geraten darf, sondern von einem Facharzt betreut wird, dessen höchstes Anliegen es ist, den Menschen zu helfen.«

Riss streckte die Hand aus und präsentierte die winzige, hellgrün schimmernde Perle auf seiner Handfläche – diese Perle, die Gjalls vielschichtiges Geheimnis in sich barg. Er aber lehnte sich auf seiner Liege zurück und schloß die müden Augen.

»Das wird zu viel auf einmal, das geht über meine Kräfte«, murmelte er, bevor er wieder in tiefen Schlaf versank.

Der Psychodom

Als Gjall im Vollbesitz seiner Kräfte erstmals durch jenes wundersame Kulturzentrum geführt wurde, das die neue Zeit ›auf dem Dach der Welt‹ errichtet hatte, war er in Begleitung eines kaffeebraunen Jünglings mit leiser, gedämpfter Stimme, dessen schmale dunkle Augen und seine schlanke Gestalt an die Figuren alter ostasiatischer Gemälde erinnerten. Konkri war einer von Riss' Assistenten, ein junger Mann, dessen Wesen eine angenehme, wohltuende, aufmerksame Neutralität ausstrahlte. Bei all den Eindrücken, die auf Gjall einstürmten, registrierte er all dies nur am Rande. Erst später kam er dahinter, daß sämtliche Bewohner des Psychodoms die gleiche Haltung an den Tag legten.

Auf diesem riesigen Gelände, das in aufsteigenden Stufen wie ein hängender Garten angelegt war, standen Hochhäuser zwischen gepflegten Parkanlagen und lauschigen, luftigen Hainen. Hoch oben auf dem Berg, von einer vielstöckigen gebundenen Basis aufsteigend, ragte der gewaltige Sendeturm der Polyvision wie ein Wolkenkratzer in schwindelnde Höhen hinauf. In diesem Zentrum waren all die Versuchslabors, all die Projektionsräume und Ateliers, all die Musikzimmer, aber auch die elektronischen Überwachungs- und Schutzketten sowie jene Studios untergebracht, die für Vorlesungen und Unterricht auf allerhöchster Ebene dienten. Dieses Gebäude beherbergt aber auch die Praxis des Dr. Riss, deren Räumen sich eine ganze Reihe von Sedativkammern anschloß. Alle sonstigen Einrichtungen, wie etwa Sportarenen, Freibäder, Museen, Ausstellungsräume, Geschäfte, Ton- und Bildarchive sowie der dichte stahlgrüne Wald des *Oszillatoriums* waren durch eine Art Förderband, eine sogenannte ›Raumstraße‹ mit dem Zentrum verbunden.

Was das Oszillatorium betraf, wich Konkri allen Fragen Gjalls elegant und höflich, aber bestimmt aus.

»Viel zu früh, mein Freund! Vorläufig können Sie noch nicht einmal das sortieren, was Sie bisher gesehen haben. Sie haben nicht die geringste Ahnung, auf welche Weise diese wissenschaftlichen und künstlerischen Elemente einander zugeordnet werden und was sie mit der Polyvision zu tun haben.«

Gjall mußte zugeben, daß dies der Fall war, doch das verbotene Thema ließ ihm keine Ruhe. Also bohrte er weiter.

»Oszillation heißt Schwingung. Also müßte dieses rätselhafte Oszillatorium ...«

»Man befaßt sich mit der Auswertung verschiedener Schwingungsarten, aber auch mit ähnlichen Problemen. Sie müssen lernen zu akzeptieren, daß über Dinge, die sich im Versuchsstadium befinden, grundsätzlich nicht gesprochen wird, privat schon gar nicht.«

In der großen Halle der Polyvision nahmen die beiden eine Erfrischung zu sich, die ein Automat für sie zusammenstellte. Konkri, einen Becher in der Hand und ein Lächeln auf den Lippen war damit beschäftigt, Gjalls Reaktionen zu prüfen.

»Nun?« sagte er nach einer Weile. »Es wäre besser für Sie, wenn Sie laut denken, bevor Sie alles in sich hineinfressen und noch mehr Unheil bei sich anrichten. Eben hatten Sie vermutlich den Eindruck, durch ein Klinikgelände zu wandern.«

»Aber ich habe nirgendwo auch nur einen einzigen Patienten gesehen!« brach es ungestüm aus Gjall hervor. »Ebenso wie ich in den Konzertsälen, an diesen seltsamen Instrumenten, die merkwürdige, aufreizende Töne und Harmonien von sich geben, keinen einzigen Musiker entdecken konnte. Schön, dies alles wäre noch einigermaßen in Ordnung. Denn in den weiten Begriff der Polyvision paßt vieles hinein. Doch diese ganze Industrie, all diese Betriebe, die so präzis und einwandfrei funktionieren, wo denkende Maschinen, Computer also, die in ihrem Aufbau weitaus komplizierter sind als der Mensch, diese Fabriken, die Geräte aus Kunststoff herstellen und montieren, Geräte, die Wärme, Licht und Düfte ausstrahlen – dies alles kann ich nicht im Wirkungskreis des Psychodoms unterbringen, noch weniger die Hexenküche der archäologischen Forschungslabors.«

»Sollten Sie als Historiker nicht wissen, daß sich gewisse Irrtümer in Gegenwart und Zukunft nur dann vermeiden lassen, wenn man die Vergangenheit gründlich erforscht hat?«

»Schon. Aber …« In Gjalls Kopf wurde plötzlich alles zurechtgerückt, alles war sonnenklar, als hätte jemand in einem stockdunklem Raum, der mit unbekannten Gegenständen vollgestopft war, das Licht angeknipst. Dieser nach innen strahlende Reflektor nahm seine ganze Aufmerksamkeit in Anspruch. Daß er nicht früher darauf gekommen war! Im Psychodom liefen alle Hauptadern des menschlichen Lebens zusammen, wo sie sich gegenseitig ergänzten. Der belebende Zauber der Kunst sollte die Kräfte der Seele beschwören und ordnen, sie bannen oder erlösen. Die experimentelle Wissenschaft und die Technik aber …

»Es freut mich, daß Sie endlich begriffen haben«, drang Konkris Stimme in sein Bewußtsein.

»Und was wäre das?« fragte Gjall, während er einen verwirrten, erstaunten Blick auf seinen Begleiter riskierte.

»Daß nämlich das Zusammenwirken der Hauptadern des

menschlichen Daseins die Lösung für alle Probleme dieser Welt in sich birgt.«

Gjall hatte sich immer noch nicht an dieses fremde ›Radar‹ gewöhnen können, das seine Gedanken und seine intimsten Gefühle abtastete. Dies brachte ihn in Rage.

»Ehrlich«, meinte er irritiert, »ich kann immer noch nicht begreifen, warum Sie diese Manipulationsmethode als Polyvision bezeichnen.«

»Freilich wissen Sie das! Nun bin ich Ihnen ohne böse Absicht wieder einmal zu nahe getreten. Sie dürfen aber auch nicht vergessen, daß die Telepathie und das ›Abtasten von Gedanken‹ die wichtigste Fakultät unserer Ausbildung darstellt. Selbstverständlich haben wir dort oben im Psychodom bereits gelernt, uns selbst zu schützen und abzuschirmen. Dies allerdings ist ein Privileg, das nur auf höherer Ebene gewährt wird. Eine *offene Tür* zwischen Arzt und Patient ist vorerst noch unabdingbar.«

»Na schön. Aber diese Tür hat nur eine Klinke – und die ist draußen«, gab Gjall mit einem Achselzucken zurück.

Sein Ärger war verraucht, ihm war, als müßte er sich eher schämen. »Bitte, haben Sie Geduld, wenn ...«

»In Ordnung. Vergessen Sie's.«

»Soviel weiß ich bereits, daß die Polyvision durch die Phantasie, durch die Vorstellungswelt wirksam wird, und daß sie sich in verschiedenen Richtungen auswirkt. Was ich aber nach wie vor nicht begreifen kann ist: Wie in aller Welt können diese Inhalte, die aus einem gemeinsamen Kanal hereinströmen, *jeden einzelnen Menschen erreichen?* Wie kann eine Sendung den einzelnen beeinflussen, meinetwegen in Ihrem Sinn auch manipulieren, wenn gleichzeitig Millionen Zuschauer das Programm verfolgen, und ... nun ja. Dies ist die Frage, auf die mein primitives Gehirn keine Antwort finden kann.«

»Sachte, sachte! Sie brauchen sich nicht zu schämen. Auf den ersten Blick sind diese Dinge nicht zu begreifen. Später aber werden Sie alles ebenso einfach und selbstverständlich hinnehmen, wie unsere Kinder, die von den Wundern der Technik verwöhnt wurden. Denn sie halten es für die natürlichste Sache der Welt, auf ein und derselben Ebene *verschiedene* Programme durch ihre Isoliermaske zu verfolgen, die alle anderen Sendungen mit Hilfe eines Spezialrasters, eines sogenannten Frequenzvorhangs ausfiltert.«

»Also kann der Zuschauer auf ein und demselben Bildschirm jeweils ein Konzert, eine wissenschaftliche Sendung, ein Ballett, das Leben auf fernen Raumstationen oder auch einen spannenden Science-Fiction-Film verfolgen?«

»Richtig. Aber das ist noch nicht alles. Denn die Zuschauer haben die Möglichkeit, je nach Lust und Laune gewisse Gedankenbefehle zwischen die einzelnen Bildfolgen einzuspeisen.«

»Und das wäre?«

»So etwa, wann sie einschlafen oder geweckt werden wollen, welche Texte sie aus dem großen, weltumfassenden wissenschaftlichen Archiv in ihrem Gehirn speichern möchten, welche schlimmen Gewohnheiten, welche Launen, Emotionen oder Ängste sie bekämpfen und ablegen wollen. Diese ›Zaubersprüche‹, wenn Sie so wollen, sind zwar deutlich, doch von so kurzer Dauer, daß *sie vom wachen Bewußtsein überhaupt nicht wahrgenommen werden.* Das heißt, sie werden einfach nicht registriert. Der Einfluß bricht also widerstandslos in das Gebiet der unbewußten Reize ein, wo es zur unüberwindlichen treibenden Kraft wird, sich also gewissermaßen selbst erfüllt. Der Mensch genießt einen gesunden, tiefen Schlaf, wird rechtzeitig wach, die verletzten Antipathiekomplexe werden aus ihm herausgelöst. Sein Gedächtnis funktioniert einwandfrei, er memoriert Fachausdrücke, findet zwischen Abend und Morgen die Lösung schwieriger mathematischer Aufgaben oder besänftigt seine nervösen Ausbrüche, ohne Wochen und Monate dagegen ankämpfen zu müssen.«

Gjall aber wollte auch diese Methode nicht besonders schmecken. Seine Gefühle waren aufgerührt und getrübt zugleich, sein Staunen von Zweifeln und Abscheu durchwoben. Da war zwar etwas, das ihn magisch anzog, ja faszinierte, gleichzeitig aber auch abstieß – vermutlich ein Rest von Erinnerung und Erfahrung seines eigenen ›frühen Atomzeitalters‹ –, etwas, das er hier und jetzt nicht mehr zu befürchten hatte. Dennoch …

»Ich möchte lediglich wissen«, meinte er, nach den richtigen Worten suchend, »wie Sie es geschafft haben, nach dieser Katastrophe so weit zu kommen. Will man prähistorischen Legenden und Chroniken Glauben schenken, haben solche und ähnliche Tragödien auf Erden stets *tabula rasa* verursacht. Dabei hat sich die Menschheit ›stets verjüngt‹, ihre kulturellen Werte gerieten in Vergessenheit: Sie mußte wieder von vorne anfangen.«

»Ihr Drama war eine künstlich heraufbeschworene Katastrophe. Konnte sie durch vernünftige Menschen mit ungetrübtem Blick nicht verhindert werden, so hatte man sich doch bis zu einem gewissen Maß darauf vorbereitet, hatte man doch die Absicht, zumindest einiges aus dem Chaos dieses globalen Selbstmords zu retten, was immer auch dem Rest der Menschheit für die Zukunft wichtig und wertvoll erschien. Auf diese Weise ist auch Ihr Asyl mitsamt einem Stapel wichtiger Unterlagen und Dokumente der Nachwelt erhalten geblieben. Nun steht aber dieser Fall nicht allein da, nur die in der Kybernation verbrachte, ungewöhnlich lange Zeit macht ihn zu einem Sonderfall. Zum Glück hatte diese Katastrophe nicht die totale Vernichtung zur Folge. In verborgenen Wäldern, in versteckten Tälern, in Berghöhlen, tief im Schoße der Erde, vor allem aber in jenen Raumstationen, die im Kosmos kreisten, blieben einige Computer erhalten, in denen wichtige Daten gespeichert waren. Ebenso blieben auch einige gut ausgebildete Fachleute am Leben, wenn auch nur in geringer Zahl, einige wenige Vertreter aller Rassen auf Erden, gewissermaßen als Relikte und Zeugen einer untergegangenen Zeit. Doch diese Handvoll Atom-Schiffbrüchiger hat ausgereicht, um den Faden der Zivilisation nicht zu verlieren. Was dies betrifft, haben wir an jenem Punkt angesetzt, wo Sie seinerzeit aufgehört haben. In anderer Beziehung hat allerdings diese gewaltige globale Erschütterung weitreichende Veränderungen herbeigeführt. Rassistische und soziale Vorurteile haben ihren Sinn verloren, alle Landesgrenzen wurden aufgehoben. Der ›Weltuntergang‹ hatte hinter die lange, blutige Geschichte dieser Erde deutlich einen Punkt gesetzt, zumal die menschliche Intelligenz im Lauf ihrer Entwicklung nach jahrtausendelangem Experimentieren schließlich auf all diejenigen Mittel gestoßen war, die letztendlich zur totalen Vernichtung führten. Unsere Entwicklung dagegen hat eine ganz andere Richtung eingeschlagen. Jene Ruinenlandschaften, in deren Schmelztiegel fast die ganze Erdbevölkerung zu Asche verbrannte, sind ein glühendes Fanal, sind Zeichen, die uns vor der verbotenen Richtung warnen. Die Bevölkerung unseres Planeten hat rapide abgenommen. Diese geringe Anzahl von Menschen allerdings hat es ermöglicht, im Zuge der technischen Zivilisation gewisse moralische Normen als gleichwertige Antriebskraft zu nutzen. Die Geburtenrate wurde eingeschränkt und durch strenge Vorschriften geregelt. Wir haben die Lebenserwartung verlängert, wobei wir es überwiegend diesen erfahrenen Senioren zu verdanken haben, daß sich unsere Kultur so rasch entwickelt hat.«

Während Gjall Konkris Worten lauschte, überkam ihn wieder einmal jener Zustand, den er bei sich als paradiesische Euphorie zu bezeichnen pflegte.

»Ich verstehe«, sagte er benommen. »Sie leben nicht mehr in einer geteilten Welt. Dies an sich erklärt so manches. Sie leben in komfortablen, gesicherten Verhältnissen, und ihre Bewegungsfreiheit wird nur durch freiwillig anerkannte moralische Gesetze eingeschränkt.«

»Richtig. Und wir haben ein Recht auf alles, was das Leben an sich nicht unmittelbar gefährdet.«

»Und die Artenregelung weist wohl keine Lücken auf, um Degenerationen, das heißt Ausnahmen zuzulassen, welche die Regel bestätigen – ich meine gestörte Persönlichkeiten oder Mißgeburten.«

Konkri schwieg, und Gjall horchte überrascht in die eingetretene Stille.

»Hat Ihnen Riss nichts von den Degenerierten erzählt?« fragte Konkri zögernd.

»Keine Silbe«, erwiderte Gjall ahnungsvoll erregt. Wieso, fragte er sich, war er plötzlich von Freude und Hoffnung erfüllt?

»Dann muß ich es wohl selbst tun. Früher oder später werden Sie sowieso solchen Geschöpfen begegnen, und dann ist es besser, wenn Sie darauf vorbereitet sind. Nicht daß es sich um besorgniserregende Erscheinungen handelte. Die Zahl dieser Unglücklichen ist nur gering und nimmt ständig ab. Es ist uns gelungen, sie unschädlich zu machen oder ...«

»... oder sie in eine geschlossene Anstalt zu sperren?« warf Gjall gierig dazwischen.

»Nicht doch!« erwiderte Konkri prompt und etwas entrüstet. »Wir lassen sie gewähren, so lange ihr Treiben nicht zur Selbstzerstörung führt oder die allgemeine Sicherheit gefährdet.«

»Doch wie können solche unheilbaren Behinderten bei all den Kontrollen überhaupt geboren werden?«

»Ich habe nicht gesagt, daß sie unheilbar sind. Ihr bedauernswerter Zustand wird gerade durch den Umstand charakterisiert, daß sie sich keiner Therapie unterziehen, daß sie also nicht mit uns kooperieren, die Errungenschaften unserer Zivilisation nicht in Anspruch nehmen, daß sie unsere Kultur leugnen, daß sie alles ablehnen und allem zuwiderhandeln, was wir für gut, gesund und schön halten.«

»Demnach muß es sich wohl um Irre handeln.«

»Nach Riss' Meinung handelt es sich tatsächlich um gefährliche Irre. Auch darin bin ich seiner Meinung. Vorerst unterliegt diese Sache noch einer Debatte, die zwischen den Koryphäen unseres Zeitalters und dem Vorstand des Psychodoms angefochten wird. Doch wird noch keiner in eine Sedativkammer eingewiesen oder in eine Gummizelle gesperrt, nur weil er sich uns und unseren Vorstellungen widersetzt. Er mag sich als Einzelgänger wie weidwundes Wild allein durchschlagen oder sich einer Gruppe anschließen und je nach Lust und Laune die Randgebiete unserer Lebensform durchstreifen. Wir werden unsere Hand stets nur dann auf ihn legen, wenn er irgendeinen Irrsinn begeht, der nicht wieder gutzumachen ist.«

Aus Konkris Tonfall konnte Gjall heraushören, daß er einen empfindlichen Punkt berührt hatte.

»Und was geschieht mit einem Degenerierten, der Feuer legt, Bomben wirft oder jemanden tötet? Droht einem solchen Menschen die Todesstrafe, wird er hingerichtet?«

»Aber nein!« Konkri war ehrlich bestürzt. »Bei uns wird niemand hingerichtet!«

»Was dann?«

»In einem solchen Fall würden wir diese katastrophalen Neigungen *operativ* entfernen.«

»Etwa wie einen entzündeten Blinddarm?« gab Gjall mit nervösem Lachen zurück.

»Genau«, sagte Konkri, ohne eine Miene zu verziehen. »Unsere psychologischen Eingriffe entsprechen zwar jenen blutigen Operationen, die Ihre Chirurgen seinerzeit durchgeführt haben. Doch jene Operationen dienten lediglich dem Zweck, rein physische Beschwerden zu beseitigen. Wir aber sind bis zu den unsichtbaren seelischen Wurzeln vorgedrungen. Unser Problem ...«, Konkri zögerte einen Moment, »also unser Problem liegt darin, daß wir vorerst die Gründe für solche Erscheinungen nicht kennen. Aber«, setzte Konkri wie in einem eher nachdenklichen Monolog hinzu, während er einen kurzen Blick auf Gjall riskierte, der sich gespannt vornüber neigte, »wir werden schon noch dahinterkommen. Unsere Arbeit wird lediglich durch den Umstand behindert, daß irgendwelche Unregelmäßigkeiten nicht unmittelbar und nicht sofort zu erkennen sind. Gelegentlich lassen sich gewisse Strömungen in der Pubertät junger Menschen von idealem Körperbau und Geist erkennen, vor allem bei solchen, die überdurchschnittlich begabt sind. Doch die Chromosomen und Gene, die Träger des Lebens, sorgen oft für überraschende Varianten. Nun wissen wir aber bereits, daß plötzlich auftretende Störungen ihren Nährboden in einer hochgradigen Sensitivität finden.« Konkri stand abrupt auf. »Kommen Sie! Heute sind die Sedativkammern dran.«

Gjall hatte den Eindruck, während er die schmale Gestalt Konkris betrachtete, daß sein Begleiter vor einer unbekannten, drohenden Gefahr flüchtete.

Ein geräuschloses Förderband, das unter ihren Füßen dahinglitt, brachte sie über die leicht ansteigenden spiralförmigen Flure nach oben. Die Türen der einzelnen Zellen, die sich wie Badekabinen aneinander reihten, waren nicht numeriert, sondern durch Farbsymbole markiert: grünes Dreieck, Goldener Stern, pastellblauer Flügel, gelbes Rad, orangerote Rakete, rotweißes Plus-Minus-Zeichen, großes, einsames Auge und anderes mehr: alles Symbole, die Gjall fremd und unbekannt vorkamen.

»Was sollen all diese Zeichen bedeuten?« fragte er.

»Sie weisen auf die Zusammensetzung der Atmosphäre in den jeweiligen Kammern hin, auf die Aufladung an Wärme, Duft und Ultraschall, mit deren Hilfe wir bestimmte Patienten heilen können.«

»Soll das heißen, daß hier nur Schwerkranke eingeliefert werden?«

»So würde ich das nicht sehen. So gut wie jeder von uns hat gelegentlich eine gewisse Zeit hier verbracht, etwa nach übermäßigem Streß, bei Gefühlskrisen, bei Trauerfällen und dergleichen mehr. Also immer dann, wenn wir ohne Riss' Hilfe unsere Probleme nicht mehr meistern konnten.«

Nun betraten sie eine Kabine, an deren Tür das violette Schema eines Projektors abgebildet war. In Gjall aber kam eine beklommene, verhaltene Erwartung auf. Und noch bevor sein Begleiter auch nur ein Wort sagte, wußte er bereits, worum es ging.

»Die ... Psychoperle?« fragte er mit erstickter Stimme.

»Ja. Doch wenn Sie meinen, daß Sie noch nicht bereit sind ...« Die grünlich schimmernde Perle auf der Handfläche haltend, stand er abwartend vor dem Gerät, das in der Mitte der kleinen Kabine aufgebaut war und an eine etwa faustgroße Kristallkugel erinnerte. Die Kabine war mit Yadill ausgekleidet, einem Kunststoff, der Wärme, Licht und erfrischende Düfte ausstrahlte – ein Spezial-Kunststoff, der in allen Wohnblocks und Verwaltungsgebäuden zu finden war und dort für Heizung, Klimatisierung und Beleuchtung sorgte.

Gjall stand unschlüssig da, seine Handflächen wurden vor Aufregung feucht. Er brachte kein Wort heraus, konnte nur stumm nicken. Konkri ließ die Psychoperle in die Mulde in der Mitte der Kristallkugel gleiten.

Das Licht aber erlosch nicht, verblaßte vielmehr zu einem verwaschenen, nebligen Dämmerlicht, während sich die enge Zelle wie ein unendlicher, gewaltiger Raum um Gjall herum zu dehnen schien. Nun war er wieder in jenem Schwebezustand, wo er keinen Halt finden konnte wie zur Zeit seiner ›Aufnahme‹. Ozeanische Musikwellen durchströmten ihn. Er sah Phantomstädte, die aus dichten Wolken emporwuchsen, dann das explodierende Feuer, das alle Formen und Gestalten in einem flüssigen roten Lavastrom auflöste. Gjall fuhr erschrocken zusammen, als durch all diese brodelnden Visionen Konkris Stimme an sein Ohr drang.

»Bei diesen Bildfolgen ist besonders zu beachten, daß sie reale Ereignisse wiedergeben, die Sie seinerzeit nicht mitbekommen haben. Hätten Sie, ähnlich wie Ihre Zeitgenossen, diese Weltkatastrophe bewußt erlebt, wären Sie heute nicht hier. Dennoch hat es irgend jemand trotz Ihrer Kybernations-Narkose, trotz der Bleiplatten, die Ihre Grabstätte abschirmten fertiggebracht, metertief unter felsigem Boden dieses entsetzliche Schauspiel ›abzufotografieren‹ und diesen ›Film‹ in der Sedativkammer zu entwickeln – auf die gleiche Art und Weise, wie jede Zelle der lebenden Materie all das aufzeichnet, was im endlosen Strom des Lebens mit ihr geschieht.«

Gjall lauschte noch eine Weile auf Konkris Worte, doch die Stimme wurde immer leiser. Gjall aber erblickte das zärtliche Antlitz seiner Mutter, und Tränen verschleierten seinen Blick.

Dieser Projektion folgte die ›Symboltherapie‹, eine Spezialbehandlung, die Dr. Riss entwickelt hatte.

Gjall hatte bisher noch nie versucht, zu zeichnen oder zu malen. Doch als ihm Riss eines Tages einen Strauß Pinsel in die Hand drückte, ihn vor eine Staffelei setzte und ihn aufforderte, mit all den leuchtenden, gedeckten oder auch mit Pastellfarben nach Lust und Laune einfach auf der Leinwand herumzuklecksen, stürzte er sich mit einem Lächeln kopfüber in die Arbeit und machte den Spaß mit. Bald aber wurde der Zeitvertreib zur selbstvergessenen Passion, so daß es ihm schwer fiel, sich von der Leinwand loszureißen. Er bekritzelte eine große Leinwand mit nachtschwarzem, karmesionrotem und dunkelgrünem Gekrakel, mit spitz zulaufenden Kraftlinien, die an Dolche erinnerten und in bodenlose Abgründe stürzten. Dann begannen sich seine Farben allmählich aufzuhellen. Die Düsternis der verkrampften Striche und Linien wurde durch Sonnengelb, Frühlingsgrün, durch helle Rottöne und heiteres Himmelblau abgelöst. Die Formen nahmen weichere Konturen an, öffneten sich auf tänzerische, verspielte Weise, gingen auf wie Blüten im Licht. Als ihm dann Riss schließlich die ganze Serie seiner Bilder in chronologischer Reihenfolge präsentierte, bedurfte es keiner weitschweifigen Erklärung, um zu begreifen, daß sich in ihm durch diese dilettantischen Schöpfungen etwas gelöst hatte, daß er seine triebhaften Erinnerungen auf der Leinwand festgehalten hatte, gleich jenen Malern, die jahrhundertelang ihre Dämonen auf Mauern oder Leinwand projiziert hatten, um sie loszuwerden, um sich von ihnen zu befreien.

Die Psychoperle hatte unbewußte Ereignisse in sich aufgesogen, die Symboltherapie aber war nichts weiter als eine bewußte Ergänzung dieser Kur. Ihm kam es vor, als sei er von irgendeinem namenlosen, angefaulten, gärenden Element befreit worden, als ob …

Riss mußte lachen, als Gjall, an diesem Punkt seines Berichts angelangt, zögernd innehielt.

»Sprechen Sie es ruhig aus! Wir sind keineswegs beleidigt, wenn Sie diesen Vorgang als Purgierung, unsere Therapie meinetwegen als ein Abführmittel betrachten. Doch eins dürfen Sie mir glauben: daß nämlich ein seelisches Sodbrennen weitaus gefährlicher ist als physische Bauchschmerzen!«

Sisotris

Der Sendeturm des Psychodoms drehte sich in der Höhe langsam um seine Achse, richtete seine Sendezentrale stets auf die magnetischen Pole aus, die für einen störungsfreien Betrieb erforderlich waren. Bei dieser Rotation erstrahlten die spiegelnden Flächen in immer neuem Glanz, funkelnd und sprühend wie Diamanten – ein Anblick, der Gjall auch diesmal faszinierte. Zwar schmerzten seine Augen von den blendenden Blitzen, dennoch konnte er seine Blicke nicht von diesem rotierenden Wunder wenden. Um ihn herum war leises Raunen und Rauschen, schleifende Geräusche, die sich mit Bienengesumm und Mückengezirpe vermischten. Plötzlich stieg ihm der herbe Duft der Osterluzei in die Nase und vertiefte seine Benommenheit, sein euphorisches Wohlgefühl. Zunächst glaubte er, als er ein merkwürdiges Gepfeife vernahm, es seien Vögel, die ihren Lockruf ertönen ließen. Diese Töne fügten sich nahtlos in die Landschaft. Doch schon bald wurde der Zauber durch wütendes Gezeter, durch das schrille Lachen einer weiblichen Stimme und durch ein rauhes männliches Organ unterbrochen. Gjall horchte auf, die Stimmen kamen immer näher. Nun konnte er auch bereits deutlich das Geräusch von Schritten vernehmen, das Geräusch von Füßen, die durch hohes Gras und Gestrüpp wateten.

Als erstes eroberte ein in Tränen aufgelöstes weibliches Wesen die Lichtung. Ihr orangerotes Haar war mit Hilfe eines glänzendes Gels oder Lacks zu einer abenteuerlichen Löckchenfrisur zusammengeklebt, deren schlangenähnlicher Aufbau an das Haupt der Medusa erinnerte. Eine nackte Brust lugte aus ihrer kurzen, golddurchwirkten, zerfetzten Tunika hervor, und sie hielt ein weißes, aufgeregt gackerndes Huhn im Arm, das sie wie schützend an sich drückte. Sobald sie aber Gjall erblickte, verzog sie ihr tränenfeuchtes Gesicht zu einem erstaunten, freundlichen Lächeln. Gjall merkte nun erst recht, wie aufregend schön dieses Mädchen war, mit ihren weit geöffneten, veilchenblauen Augen, mit ihrer geraden, klassischen Nase. Zwischen den schwellenden Lippen lugten spitze, gleichmäßige, schneeweiße Zähne hervor.

Diese auf verblüffende Art anachronistische Nymphe näherte sich zögernd dem Steinhaufen, auf welchem Gjall Platz genommen hatte.

»Was haben Sie auf meinem Opferaltar zu suchen?« fuhr sie ihn plötzlich an. »Und wer sind Sie überhaupt?«

Gjall kletterte verwirrt von seinem Hochsitz herunter.

»Ich ... Ich wußte wirklich nicht, daß ...«, stotterte er dabei. »Kümmern Sie sich nicht um Sisotris! Heute ist sie bekloppter als sonst. Bleiben Sie ruhig sitzen!« sagte ein junger Mann, der zwischen den Bäumen hervortrat. Er trug ein schweres Kettenhemd. Die blau-weiße Strumpfhose an seinen dünnen Beinen schlug Falten wie eine Ziehharmonika, sein Kopf war kahl rasiert, von seinen Schultern baumelte ein schwerer, grober Jutesack. Hinter seinem Rücken drängte eine bunte Gesellschaft auf die Lichtung. Zu seiner Zeit hätte Gjall sie für Teilnehmer eines Maskenballs gehalten, die die ganze Nacht durchgezecht, sich im Schlamm gewälzt, sich geliebt oder geprügelt hatten. Ihre Kleidung und Haut wies dubiose Fettflecken und eingetrocknete graue Breireste auf. Die Männer glänzten in abenteuerlichen bunten Kostümen, die Frauen schillerten in wilden Kolibrifarben. Unter den Volants einer Rokokodame mit Puderperücke lugte das rostige Skelett ihres Reifrockes hervor. Ein muskulöser Mann mit Narrenkappe schleppte ein mittelalterliches Burgfräulein mit spitzem Hut huckepack, das anstatt eines Rockes ein winziges, neckisches Spitzenhöschen trug. Von einem ihrer Füße baumelten die Fetzen eines provisorischen Verbandes. Klosterbrüder in härener Kutte, Pagen mit Laute und Gitarre, halbnackte Bajaderen, Maler mit Samtwams und Palette, ein Apachenmädchen in schwarzen Spitzenstrümpfen, deren Gesicht von der zerlaufenen Schminke wie eine schwarz-rot gestreifte Larve wirkte, Jäger mit lustigen grünen Hütchen, Soldaten mit Sturzhelm, Zigeunermädchen mit Wuschelhaar und goldenen Ohrringen, Piraten mit Augenklappe. Herren im Frack und Höhlenmenschen, die sich auf schwere Keulen stützten: dieser ganze Faschingszug tobte rufend, schreiend und kichernd über die Lichtung. Das wütende Gezeter Sisotris' aber, des Mädchens mit dem Gorgonenhaupt, ging in dieser allgemeinen Kakophonie unter. Ihre Stimme war nur dann zu vernehmen, wenn es ihr gelegentlich gelang, sich zu behaupten und das Chaos zu übertönen.

»Fahrt doch alle zur Hölle! Verdammtes Pack! Ich möchte allein ... Ihr seid zum Kotzen! Ich habe das Recht ...« Aber das Ende ihres Satzes ging im allgemeinen Gelächter unter.

Sisotris ging mit Fäusten auf den jungen Mann mit dem Kettenhemd los, doch der stieß sie leicht zurück. Der Page griff in die Saiten seiner Laute, auch eine Mundharmonika kam zum Vorschein. Die anderen begleiteten diese barbarische Musik mit wildem Gestampfe und unrhythmischem Sprechgesang.

Sisotris kauerte sich hilflos und verlassen ins Gras. Das Huhn hatte sich aus ihren Armen befreit und flatterte davon. Sisotris aber umklammerte ihre Knie und begann herzerweichend zu schluchzen. Gjall betrachtete verblüfft und erschrocken diese Szene, die ihm wie ein Alptraum vorkam. Mittlerweile war er dahintergekommen, daß er unter die ›Degenerierten‹ geraten war, denen man nach Riss' Meinung besser aus dem Weg ging, weil der Wahnsinn ansteckend ist. Gjall aber wollte es nicht im Traum einfallen, die ganze Gesellschaft einfach stehenzulassen. Sein Interesse und seine Neugier wurden immer größer. Doch war es nicht die pure Neugier, die ihn inmitten dieser merkwürdigen Gesellschaft verweilen ließ. Denn diese nomadisierende Rasselbande hatte etwas an sich, was ihn trotz – oder vielleicht gerade wegen – ihrer ungepflegten Erscheinung, ihres unkonventionellen Verhaltens reizte, amüsierte, gleichzeitig aber auch rührte. Irgendwie fühlte er sich diesen Leuten mehr verbunden als ...

Ja, das war es wohl. Diese glatt und störungsfrei verlaufende automatisierte Lebensform, die er aus seiner vom Chaos geprägten Zeit nicht kannte, kam ihm irgendwie fremd und steril vor. Ihr schattenloser Glanz, ihre Vollkommenheit verdeutlichten seine eigene Unzulänglichkeit um so mehr. Während er das weinende Mädchen, dieses Häufchen Unglück betrachtete, stiegen heiße Zärtlichkeit und Mitleid in ihm auf. Er setzte sich zu ihr ins Gras, legte seinen Arm um ihre Schultern und flüsterte ihr beruhigende, tröstliche Worte ins Ohr.

»Nun weinen Sie nicht. Ich bin ja bei Ihnen. Kümmern Sie sich nicht um diese Narren. Ich ...« Plötzlich aber verstummte er, weil er merkte, daß Sisotris nicht mehr weinte, sondern sich vor Lachen ausschütten wollte. Er zog flugs seinen Arm zurück, von Zorn und Scham übermannt.

Sisotris hob den Kopf, schaute zu Gjall auf – und ihr verzauberter Blick, ihre freudestrahlenden Augen, ihr leises Lachen, das an das verlegene Gekicher eines

Backfischs erinnerte, nahmem Gjall sofort wieder gefangen.

»Tu' ich Ihnen wirklich leid?« fragte sie, wobei ihre Stimme von ungläubigem Staunen erbebte. Auf ihrem verschmierten Gesicht schimmerten dicke Tränentropfen. »Bitte, sagen Sie das ganz laut, damit es alle hören können. Also dann – bitte! Es wäre großartig, wenn Sie sich meinetwegen mit einem dieser Maulhelden schlagen würden. Wir wollen gleich eine Haselnußgerte abschneiden! Die klatscht so schön auf der nackten Haut und hinterläßt herrliche Striemen auf dem nackten Hintern. Wir haben's schon ausprobiert!«

Gjall war so sehr überrascht, daß er nicht wußte, was er sagen sollte. Am liebsten hätte er sich in die Büsche geschlagen. Doch als er aufspringen wollte, riß ihn Sisotris zurück und klammerte sich an ihn. »Gehen Sie nicht fort! Lassen Sie mich nicht allein!« rief sie, während sie ihre Wangen an seinem Arm rieb wie ein Schmusekätzchen. »Seien Sie mir bitte nicht böse!« setzte sie hinzu, während wieder Tränen in ihre Augen traten. »Wenn Sie nicht sofort wieder anfangen, mich zu bedauern, werde ich ...« Sisotris riß den Mund weit auf und begann wieder hemmungslos zu weinen, während ein wahrer Sturzbach von Tränen über ihr Gesicht lief.

»Was ist denn nun wieder los?« fragte Gjall hilflos. »Ich habe Ihnen doch nichts getan! Meinetwegen brauchen Sie nicht zu weinen! Hören Sie sofort auf! Ich verbiete Ihnen ...« rief er, während er das Mädchen zornig wie einen Kirschbaum schüttelte – doch Sisotris wurde nur noch lauter.

Irgend jemand klopfte Gjall auf die Schulter, und der junge Mann im Kettenhemd beugte sich zu ihm hinab.

»Lassen Sie das Mädchen einfach heulen!« skandierte er Gjall ins Ohr, weil der Lärm um sie herum seinen Höhepunkt erreicht hatte. »Wenn Sie ihr das Heulen verbieten, kriegt sie einen Tobsuchtsanfall.«

»Wieso denn das?« brüllte Gjall zurück.

»Weil sie so gern weint, und weil sie gern einsam den Wald durchstreift, Sie hat den Tick, sich selbst zu bedauern und sich bedauern zu lassen.«

»Ich verstehe!« rief Gjall mit erstickender Stimme, doch er verstand diese Leute immer weniger, ja, er verstand ihre Welt nicht mehr. Als aber sein Blick wieder Sisotris streifte, merkte er, daß ihn das Mädchen kritisch abwägend von der Seite betrachtete. Das Huhn war inzwischen wieder in ihren Schoß geflattert, wo es friedlich vor sich hingackerte. Auch die Karnevalsgruppe hatte aufgehört zu brüllen und machte sich sitzend, hockend und liegend auf der Lichtung breit.

Gjall aber hatte das unangenehme Gefühl, daß Sisotris etwas von ihm erwartete, und daß sie wieder anfangen würde zu plärren, wenn er nicht tat, was sie wollte. Ihr forschender Blick haftete auf seinem Gesicht, tastete es ab und krabbelte über seine Wangen wie eine lästige Fliege. Aber was zum Teufel ...

»Warum haben Sie diesen Trümmerhaufen als Opferstein bezeichnet?« fragte er schnell.

»Weil ich hier dem Wind, den Bäumen und den Sternen Opfer darzubringen pflege. Jeden Tag. Wenn mir diese dreckigen Biester nicht an den Fersen kleben würden, hätte ich schon längst meine Andacht verrichtet!«

»Sie wollten doch nicht etwa dieses arme Huhn Ihren ... Ihren Göttern opfern?«

Sisotris wich entsetzt vor ihm zurück, drückte das Huhn ans Herz und gab ihm einen zärtlichen Kuß.

»Prinzessin Ludmilla? Eher würde ich mir den Kopf abschneiden! Sie abscheulicher Lustmörder, Sie! Ludmilla ist meine beste Freundin. Manchmal ist sie meine Mutter, gewöhnlich aber mein Kind.« Sie begann das zahme Federvieh in den Armen zu wiegen, ihre Stimme wurde zu einem Flüstern. »Ist ja noch ein ganz kleines Baby. Ich bin nur traurig, daß ich ihm nicht die Brust geben kann, obwohl meine Brüste vor lauter Milch schier platzen. Manchmal laufen sie auch über!« Sie zeigte ihren Busen und bot ihn dann dem Hühnchen an.

»Sie lügt!« neigte sich der junge Mann im Kettenhemd wieder an Gjalls Ohr. »Sie hat nie Kinder gehabt. Sie kann auch keine kriegen. Sie darf keine kriegen, es ist verboten. Wir eignen uns nicht dafür ...«

»Was redest du da?« Sisotris schob ihr flammendes Haupt zwischen die beiden. »Glauben Sie ihm nicht! Ein böswilliger Idiot! Er ist nicht dazu geeignet, daß man ihn fortpflanzt. Der weiß ja nicht einmal, wie man das macht! Ich aber«, setzte sie hinzu, während sie sich eng an Gjall schmiegte, »möchte einen kleinen Sohn von Ihnen! Sobald es dunkel wird, legen wir uns dort vor den Stein und ...«

Gjall zog sich von ihr zurück. Sisotris' Blick verschleierte sich, als wurde sie nicht ihn betrachten, sondern durch ihn hindurchgehen, in den dunklen, tiefen Wasserspiegel der Zeit.

»Selbstverständlich ...«, flüsterte sie wie in Trance, »ich habe sofort gemerkt, daß Sie nicht sind wie ...« Dann schnellte sie mit einem schrillen Vogelschrei hoch, hob das Huhn mit beiden Händen über den Kopf und rief: »Heureka, ich hab's!« Sie rannte auf der Lichtung hin und her, rüttelte und schüttelte ihre Schicksalsgenossen, die in träger Gleichgültigkeit verharrten. »Hört mal her! Alle Mann herhören! Wißt ihr, wer dieser Mann ist? Hermond Gjall, der Zeitreisende! Keiner außer mir ist draufgekommen! Ich allein habe es gemerkt. Ich, ich, ich! Man hat ihn unter radioaktivem Schutt ausgegraben wie ein tiefgekühltes Mammut, hat ihn wieder aufgetaut. Irre spannend! Ein echter Urmensch!« Plötzlich herrschte Stille.

Ein unrasierter Mann in einer Mönchskutte, der an der Seite des Burgfräuleins mit dem bandagierten Fuß gesessen hatte, rappelte sich jetzt hoch und trat zu Gjall. Er war bedeutend älter als die anderen. Sein langes, farbloses Haar hing in glatten, fettigen Strähnen in sein mageres, hohlwangiges Asketengesicht. Der empfindsame, schmallippige Mund war von einer großen gebrochenen Nase überschattet.

»Darum kamen Sie mir gleich so bekannt vor!« bemerkte er, während er sein Haar, das ihm in die spöttisch blickenden Augen hing, mit einer Handbewegung aus der Stirn strich. »Wochenlang waren Sie das Tagesgespräch von Makropolis, der erste Gedanke am Morgen, der letzte Gedanke am Abend. Unsere Seelenspeise, unser Manna, unser täglich Brot auf Befehl der Polyvision. Willkommen unter den Lebenden!«

Auch Gjall machte einen linkischen Versuch, sich zu erheben, während er seinen Umhang raffte. Da er aber nicht so recht wußte, wie er den Willkommensgruß erwidern sollte, versuchte er eine Art Kratzfuß und deutete einen Diener an, wie dies schüchterne Schulbuben aus einer verblichenen Zeit zu tun pflegten.

»Ich warne Sie«, fuhr der Mann in der Mönchskutte fort, »die Leine ist sehr kurz! Wenn Sie nicht aufpassen, werden Sie innerhalb von Sekunden zu einem einwandfrei laufenden Automaten umfunktioniert. Haben Sie die ersten Anzeichen einer Gehirnresektion noch nicht entdeckt?«

»Nein, keineswegs!« blaffte Gjall beleidigt.

»Habt ihr das gehört?« fragte der Mönch, während er sich an die Faschingsgruppe wandte, die sich inzwischen um die beiden geschart hatte. »Dann hat es bei ihm schon begonnen!«

Sisotris versuchte, sich eifersüchtig Gjall zu nähern und klammerte sich an seinen Arm.

»Laßt ihn in Frieden! Er gehört nicht zu euch!«

»Wer von uns sollte ihm was antun?« lachte der Mönch plötzlich auf und zwinkerte Gjall zu. »Lassen Sie sich von Sisotris nicht ausnutzen. Bleiben Sie bei sich selbst, solange dies noch möglich ist!« Dann berührte er Stirn und Brust mit der Hand und setzte hinzu: »Ich begrüße Sie und heiße Sie im Kreise der heimatlosen Verbannten herzlich willkommen: Sie, der von den Toten auferstanden ist. Übrigens – ich heiße Savonarola.«

»Wie bitte?« fragte Gjall zurück, während sich um ihn herum allgemeines Gekicher erhob.

»Sie haben richtig gehört«, rief der junge Mann im Kettenhemd, wobei er sich vor Lachen ausschütten wollte. »Savonarola ist der selbsterwählte Hohepriester unserer Sekte! Gläubige hat er nicht, dafür aber Dogmen. Selbst seinen Namen hat er irgendwo im sechzehnten Jahrhundert geklaut.«

»Verzeihung«, warf Gjall mit professoraler Pedanterie ein, »Fra Girolamo Savonarola, ein Dominikanermönch, wurde 1452 geboren und starb 1498, wurde auf dem Scheiterhaufen verbrannt. Demnach hat er nicht im sechzehnten, sondern im fünfzehnten Jahrhundert gelebt, und ...«

Die jungen Leute, die ihn verblüfft anstarrten, brachen in homerisches Gelächter aus. Gjall aber errötete.

»Ich bitte Sie ... schließlich bin ich Historiker, und ...« Er geriet ins Stottern, brach ab und fühlte sich einfach elend.

Der Mönch aber legte die Hand auf seine Schulter, wobei er sich sein Lachen kaum verbeißen konnte.

»Nehmen Sie sich dies nicht zu Herzen, Urgroßvater! Unser Verhalten ist ausnahmsweise nicht zwangsläufig ein Zeichen unseres Wahns oder einer sorgfältig gepflegten Perfidivität. Nur waren wir zunächst überrascht und sehr erstaunt, daß ein Mensch es noch fertigbringt, in unserem Jahr 2490 *ex tempore,* aus dem

Stegreif solche Daten einfach herunterzubeten, die in unserer Welt bereits seit Jahrhunderten nur noch in Computern gespeichert werden.«

»Wir müßten ja einfach meschugge werden, wenn wir all diesen Kram in unserem Kopf behalten müßten«, warf der junge Mann mit dem Kettenhemd freundlich ein.

Gjall aber hob den Kopf, streckte sein Kinn hoch und schnupperte in die Gegend. Ein bitterer, beißender Geruch stieg ihm in die Nase, ein Geruch, der ihn an ferne Zeiten erinnerte.

»Da brennt irgendwo ein Feuer!« sagte er erregt. »Ein lebendiges, offenes Feuer, als würde ...«

»Glauben Sie vielleicht, daß auch hier irgendwelche Automaten unser Abendessen zubereiten?« warf ihm der Mönch verächtlich zu.

Die Gruppe teilte sich, und Gjall erblickte die Nonne, die am Rande der Lichtung hockte und damit beschäftigt war, ein vom Wind zerzaustes Lagerfeuer mit dürren Zweigen und trockenem Laub zu speisen. Das Burgfräulein, das neben ihr hockte, hielt die Hände zitternd über die züngelnden Flammen. Ihr Fuß, der aus dem Verband hervorlugte, war aufgedunsen und bläulich verfärbt.

Plötzlich aber, wie ein Blitz aus heiterem Himmel, wurde Gjall von einer namenlosen Erinnerungswelt überrannt. Ein Schluchzen stieg aus seiner Brust auf, während er sein Antlitz verschämt und wütend zugleich verhüllte.

»Ich habe aber nicht ...«, versuchte er sich zu rechtfertigen, doch seine Kehle war wie zugeschnürt.

»Still! Sagen Sie kein Wort mehr!« Sisotris umarmte ihn wie eine zärtliche Mutter. Die anderen trugen ihn auf ihren Armen zur Feuerstelle. Alle waren um ihn bemüht, streichelten ihn und klopften ihm auf die Schulter. Die Bajadere begann, sein Haar mit einem zahnlosen Kamm zu glätten. Das Zigeunermädchen löste ihr schmuddliges Halstuch und breitete es über seine Knie. Der junge Mann im Kettenhemd drückte ihm einen Apfel in die Hand. Die ganze Situation hatte etwas Lächerliches wie auch etwas Rührendes an sich – eine Situation, die schier an Wahnsinn grenzte.

»Ich bin aber nicht ...«, wollte er sagen, doch Sisotris legte ihm die Hand auf den Mund, diese kleine Hand, die nach Feldwanzen roch.

»Bei uns hat jeder das Recht zu weinen. Weinen Sie sich ruhig aus! Mittlerweile will ich Ihre Gedanken lesen. Einverstanden? Sie wollten wohl sagen, daß Sie sich nicht mit diesem pathetischen Ochsen identifizieren, der hier in Selbstmitleid zerfließt. Eigentlich haben Sie gar keinen Grund, in Tränen auszubrechen. Sie sind mit unserem Zeitalter einverstanden, finden alles großartig und sind selbst für die Luft dankbar, die Sie atmen. Diese Hysterie ist eigentlich nichts weiter als eine überspannte Freude. Sie geht aus jener blutigen Unsicherheit hervor, in der Sie geboren und in der Sie aufgewachsen sind. Zu Ihrer Zeit mußten Sie stets um Ihr Leben bangen, hier aber ... Oha, mein Freund, nun wissen Sie sogar, wer wir sind! Riss und Konkri ... nein, Konkri allein hat es getan ... Hat Ihnen gesteckt, daß wir ... Dieser elende, eingebildete Holzkopf! Hat er Ihnen doch erzählt, daß ... Nun ja: Er hat Ihnen wohl auf seine düstere, überlegene Art gesagt – wobei er alles in Grund und Boden verdammte, was nicht von seiner Welt war, möge er nur an seinen Worten ersticken – hat Ihnen also vorgeflötet, daß wir der Abschaum dieses Zeitalters sind, die seltsam Degenerierten, vor denen man sich hüten muß.«

Sie redete, als ob sie einen Text vorlesen würde, nur hatte sie *keinen Text vor sich liegen!* Sie hatte sein Hirn abgetastet und seine Gedanken gelesen, als ob ... Gjall war derart verblüfft, daß er gar nicht merkte, wann sein Geduldsfaden gerissen war.

»Aber sicher les ich's von Ihrem Hirn ab, wo zum Teufel sollte ich es sonst hernehmen?« fuhr Sisotris mit auf unendlich gestelltem Blick in singendem Tonfall fort, während sie die anderen neugierig beobachteten. »Wir also sind die Degenerierten! Wer ist diese Nionin? Was ist das für ein Name? Wieso ist sie mit ihrer Mama zusammengewachsen … mit ihrer Mama, die … Juchee! Na sowas! Sie hat zwei Köpfe, aber nur einen Unterleib, nur eine …«

»Hören Sie auf! Hören Sie endlich auf, um Gottes willen!« rief Gjall abwehrend, als hätte man ihn bei einer intimen Tätigkeit überrascht. »Warum sollten wir nicht in Sie hineinschauen? Vor uns können Sie Ihre Intimitäten nicht verstecken!« Sisotris ließ sich rücklings ins Gras fallen und wollte sich ausschütten vor Lachen, während sie kleine spitze Schreie ausstieß. Ihre gute Laune steckte auch die anderen an.

Wie eine Pavianhorde im Urwald, dachte Gjall entrüstet. Er hatte keine Zeit mehr gehabt, seine Gedanken zu unterdrücken. Und schon hatte Sisotris den Gedanken aus seinem Hirn gerissen und ihm die Beleidigung wie einen Bumerang an den Kopf geworfen.

»Selber Pavian!«

»Nun mal langsam!« trat der Kuttenmann dazwischen. »Halt den Mund, Sisotris! Du hast mit deinem unsichtbaren Höker selbst die geduldigsten Schafe im Psychodom aus dem Konzept gebracht. Nimm doch bitte Rücksicht darauf, daß unser Urahn, der aus der Vergangenheit hierher geraten ist, vorerst diese beste aller Welten nicht verstehen kann.« Seine Stimme hatte einen überraschend bitteren Klang. »Sisotris ist nicht so bekloppt, wie es scheint«, wandte er sich dann wieder an Gjall. »Sie spielt nur dann verrückt, wenn sie ein neues Publikum entdeckt hat.«

»Was meinen Sie mit ›unsichtbaren Höker‹?« Gjall konnte dieser Frage nicht widerstehen, da sie sich ihm aufdrängte.

»Ihre geschmacklose und impertinente Art, in anderer Leute Köpfe einzudringen. Wahrhaftig, sie befingert und betastet die intimsten Gedanken ihrer Nächsten wie ein junger Pavian, der seine klebrigen Finger überall drin hat. Seit diese sinnlose, schier krankhafte Naseweisheit über sie gekommen ist, hat sie all ihre sonstigen stubenreinen Eigenschaften verloren!«

»Ich glaube, ich bin wieder ganz durcheinander. Ich kann einfach nicht begreifen, daß ... daß bei Ihnen die Telepathie ein Lehrfach ist. Ist es denn nicht großartig, daß jemand in anderer Leute Köpfe hineinschauen und ihre Gedanken lesen kann wie den Text in einem aufgeschlagenen Buch?« fragte Gjall verblüfft.

»An sich ist dies kein Plus, eher eine selbstgefährliche und gemeingefährliche Krankheit, eine Art Elephantiasis – ein unglücklicher Umstand, der Sisotris' inneres Gleichgewicht völlig aus dem Konzept gebracht hat«, bemerkt der Kuttenmann sachlich. »Zunächst galt sie als ein Wunderkind, ist aber später zum lächerlichen Popanz geworden.« Gjall riskierte einen kurzen Seitenblick auf Sisotris, um herauszufinden, wie sie auf diese Charakterisierung reagierte. Doch auf den Anblick, der sich ihm bot, war er auch diesmal nicht gefaßt. Das Mädchen mit dem Gorgonenhaupt hörte mit offenem Mund und verträumter Miene zu, so als würde es einem Märchen lauschen. Aus ihren Augen traten Tränen, die über ihre Wangen liefen. Als sie aber Gjalls Blick erhaschte, meinte sie schluchzend:

»Arme kleine Sisotris! Einst ein Wunderkind, heute ein lächerlicher Clown!« Dabei wiegte sie den Kopf hin und her und genoß offensichtlich die Situation.

Gjall spürte deutlich, daß er sich auf solche Kontroversen nicht einlassen durfte, aber er konnte sich nicht bremsen. Er mußte beschämt, aber auch irgendwie erheitert feststellen, wieviel ihm an der Gesellschaft dieser ›Wilden‹ lag.

»Was war denn Sisotris für ein Wunderkind?«

»Bis zu ihrem fünfzehnten Lebensjahr wurde sie im Psychodom erzogen, gehörte zur Elite ihres Jahrgangs, zu jenen vierzehn *Ganglion-Superioren* – so heißen nämlich bei uns diese Monster, welche die Gentechniker heranzüchten und die eines Tages in der Kommandozentrale des Weltgehirns, einer Art Supercomputer, eingesetzt werden sollen. Dies, glaube ich, hat man Ihnen bereits mitgeteilt.«

Gjall nickte stumm.

»Nun war aber Sisotris während der Pubertät unverhofft von jener Norm abgewichen, die die verschiedenen Computer bemessen und kontrolliert hatten«, fuhr Savonarola fort, wobei er sich offensichtlich an seinen Ausführungen ergötzte. »Auf diese elegante Weise wird nämlich dort oben umschrieben, wenn jemand aus der Reihe tanzt, sich selbständig machen und abnabeln möchte.« Dann brach er plötzlich ab und tat so, als hätte er seinen Zuhörer vergessen. Gjall aber wurde ungeduldig und versetzte dem Kuttenmann einen leichten Stoß.

»Ich möchte wissen, was mit Sisotris geschehen ist. Ich hoffe, daß Sie es mir nicht übelnehmen«, setzte er hinzu, an das Mädchen gewandt.

Savonarola schreckte hoch und antwortete an Sisotris' Stelle:

»Nicht doch! Sisotris ist es egal, womit Sie sich befassen, und sei es mit ihrer Verdauung. Wichtig ist nur, daß dauernd über sie geredet wird.«

Sisotris nickte mit glänzenden Augen.

»Sisotris wurde darauf vorbereitet, eine der Assistentinnen von Professor Shintal, nämlich Songvan zu ersetzen«, sagte der Mönch.

Sisotris aber brach in gellendes Gelächter aus.

»Songvan ist nichts weiter als die Kreuzung zwischen fleißigen Termiten und einem Versuchsroboter!« kreischte sie. »Ihre Genitalien wurden nicht in ihren Unterleib, sondern in ihr Hirn eingepflanzt. Man hat ihr keine Menschenhaut übergezogen, um ihre Scham, die sich schamlos in ihren Gedanken breitmachte, stets vor Augen zu haben und stets kontrollieren zu können. Dies ist der wahre Grund, warum sie nur im Geiste für Shintal schwärmte. Denn ihr flacher, hagerer Körper hatte nichts zu bieten, um Shintals Aufmerksamkeit auf sich zu lenken. Wo sollte er auch bei all den Muskeln und Sehnen an diesem drahtigen Körper die weibliche Pforte finden!«

»Still!« sagte der Kuttenmann gereizt. »Versuche ja nicht, unseren Gast mit all diesem Klatsch aus dem Psychodom zu verunsichern!« Dann wandte er sich wieder an Gjall. »Songvan ist kein Roboter, eher ein Mensch, der uns ähnlich ist, eine ausgezeichnete Kraft. Was sie für Shintal empfindet, ist ihre eigene Sache. Shintal ist aber der beste Kumpel, den man sich nur denken kann. In gewisser Weise gehört er gar nicht zu denen dort oben. Kennen Sie ihn?«

»Doch, ja«, sagte Gjall, um seine Aussage sofort wieder zu bereuen. Er konnte nicht behaupten, Shintal zu kennen, weil … »Nun ja, ich habe ihn einmal getroffen«, setzte er schnell hinzu. »Sie müssen verstehen … In meinem damaligen Zustand habe ich jeden, der mir begegnete, als überdimensional empfunden, natürlich nicht im physikalischen Sinn. Soweit ich weiß, ist er der Leiter der Versuchsabteilung.«

»Richtig.«

In Gjalls Erinnerung tauchte Shintals hohe, gotische … jawohl, gotische Gestalt auf, der seltsame, nach innen gerichtete Blick seiner grauen Augen. Warum nur, fragte sich Gjall, spürte er ein leises Mitleid mit ihm trotz der beklommenen Bewunderung, die er für Shintal hegte?

»Jetzt, wo Sie seinen Namen erwähnen«, fuhr Gjall nachdenklich fort, »fällt mir ein Unterschied zwischen ihm und den anderen auf, obwohl ich nicht mit Bestimmtheit sagen könnte, worin dieser Unterschied besteht. Mir kommt es vor, als wäre er sich seiner Sache nicht so sicher, obwohl dies kaum möglich ist. Was meinen Sie?« wandte er sich unruhig an den Kuttenmann.

»Shintal ist bescheidener als seine Kollegen, weil er mehr weiß als sie. Das war es wohl, was Sie empfunden haben«, nickte der Mönch zustimmend.

»Außerdem … im Schock meiner Minderwertigkeitskomplexe hat mir dies sehr viel bedeutet«, meinte Gjall nach Worten suchend. »Shintals Anblick war für mich nicht so unerträglich und so belastend wie der der anderen. Er stand mir näher, als … zum Beispiel Riss, bei dem ein Wort oder ein Blick genügte, um mich am Boden zu zerstören. Bitte, mißverstehen Sie mich nicht, ich bin Riss in großer Dankbarkeit verpflichtet und hege eine grenzenlose Bewunderung für ihn, allerdings …«

»Riss ist eine aufgeblasene Kröte und ein gefährlicher Phantast!« warf Savonarola in rüdem Ton ein. »Shintal ist die glänzendste Erscheinung, der beste Kopf unseres Planeten. Ihm haben wir die bedeutendsten Errungenschaften unserer Technik zu verdanken. Außerdem besitzt er einige Eigenschaften, die mittlerweile aus der Mode gekommen sind, so etwa die Bescheidenheit. Außerdem ist Shintal selbstkritisch, während Riss kaum jemals an seiner eigenen Vollkommenheit zweifelt.«

»Du hast dem Zeitreisenden immer noch nicht erzählt, was im Dom mit *mir* passiert ist«, drängte sich Sisotris dazwischen. »Dauernd weichst du von diesen Dingen ab!«

»Halt's Maul, dummes Schaf!« rief der Kuttenmann grob. »Glaubst du vielleicht, du bist der Nabel der Welt?«

»Freilich!« kreischte Sisotris und warf den Kopf hoch. »Wer denn sonst?«

Savonarola schob das Mädchen wie einen aufdringlichen Welpen beiseite und rückte näher an Gjall heran.

»Wie Sie sehen, hat dieses telepathische Gewucher im Hirn den gesunden Menschenverstand von Sisotris völlig aufgezehrt. Plötzlich hat sie angefangen, die Gedanken ihrer Lehrer und Kommilitonen nachzuplappern. Mehr noch: Sie hat deren geheimste Gefühle und Regungen in die Welt hinausposaunt, ihre schmutzige Wäsche öffentlich gewaschen und ihre gefährlichen Formeln verraten. Sie hat den eisernen Willensvorhang der Domleitung durchbrochen. Sie hat sich in alle Privatsachen eingemischt, hat die empfindlichen Herztöne aller Pläne noch vor ihrer Geburt belauscht und abgehört, alle Demarkationslinien zwischen den Menschen niedergetrampelt und von Tür zu Tür haarsträubenden Klatsch verbreitet. Denn alles, was sie erfuhr, konnte sie keine Sekunde bei sich behalten. Also schwatzte und redete sie ohne Unterlaß, geschmacklos, ohne Überlegung und ohne Erbarmen. Und nichts, aber auch gar nichts war vor ihr heilig.«

»Wie Riss sagte, hat in mir ein einmaliger psychischer Dammriß stattgefunden«, warf Sisotris ein, während sie ihren Igelkopf zwischen die beiden drängte. »Diese ungewöhnliche Bereitschaft zur Gedankenübertragung hat mein gesamtes Kontrollsystem von Vernunft und Moral wie eine Sintflut hinweggespült. Riss meinte, ich sei zu einer lebenden Notbremse geworden und wollte mich hinter Schloß und Riegel wissen«, plapperte sie hastig und stolz vor sich hin, während sie mit dem Kuttenmann kämpfte, der sie erneut beiseite schieben wollte. »Ich habe vergebens geheult und protestiert – er hätte mich gewaltig in die Mangel genommen, wenn es Shintal erlaubt hätte. Der aber ließ es nicht zu.« Sisotris lachte schrill auf. »Obwohl ihm Riss die Hölle heiß gemacht hat, indem er ihm vorhielt, daß jeder auf diese oder jene Weise draufzahlen würde, wenn man mich laufen ließe. Sein kalkweißes Gesicht lief vor Wut blaurot an, und er pfiff mit dünner Stimme wie eine Sirene. Und erst seine Gedanken! Noch nie vorher habe ich in einem menschlichen Gehirn eine solch gewaltige Auswahl an Flüchen entdeckt. Dennoch hat es Shintal fertiggebracht, mich vor seinem Zorn zu retten.«

»Du aber machst ihn aus lauter Dankbarkeit lächerlich.«

»Ich? Shintal?« Sisotris war aufrichtig empört. »Ich möchte sogar den Boden küssen, den er betritt!«

»So? Warum hast du dann seine Experimente, die er hinter dem geschlossenen Vorhang des Oszillatoriums durchführte und sein unglückliches Verhältnis mit Selena gelüftet?« Die Nasenspitzen der beiden Kontrahenten waren so dicht zusammengerückt wie die Schnäbel zweier Streithähne.

»Hört doch endlich mit dem ewigen Gezeter auf! Ist ja schon sowas von langweilig! Nach dem Abendessen könnt ihr gern weiterstreiten«, mahnte die Nonne.

Gjall schaute sich um wie wenn er aus einem Traum erwachen würde. Die Sonne, die über der Lichtung stand, wollte sich bereits in Richtung Westen davonstehlen. Rote Wolken türmten sich über dem Horizont, doch über dem Pflanzengürtel des Naturschutzgebiets machte sich allmählich eine nebelgraue Dämmerung breit. Irgendwo in der Hecke, im dichten Gebüsch begann eine Grille herzerweichend zu zirpen.

Er hätte längst nach Hause zurückkehren müssen, in seine komfortable Wohnung, mit der man ihn so großzügig beschenkt hatte. Nicht daß ihn jemand erwartet hätte, höchstens ... ja; die glitzernden, plastischen Bildfolgen der Polyvision, die ihn zur Nachtzeit in den Schlaf wiegt und bei Tag sein Lebensgefühl durch schier unerschöpfliche optische und akustische Darbietungen steigert. Denn die Polyvision ist allgegenwärtig: im Innern der Fahrzeuge, zwischen den lebenden Kulissen der Parks, die sie ständig neu arrangiert, damit die Spaziergänger oder diejenigen, die nur einfach herumsitzen selbst in diesem passiven Zustand die fernen Gefilde der Erde und des Kosmos durchstreifen können. Keiner weiß, wo die Realität aufhört und wo die Täuschung beginnt. Die Bilder lullen den Zuschauer ein, umfangen ihn, machen ihn zu einem Teil ihrer selbst. Er ist der Mittelpunkt all jener phantastischen Ereignisse, die er zu jeder Stunde hautnah erlebt. Auch kann er ohne die geringste Anstrengung alle nur denkbaren Höhen und Tiefen erreichen. Ohne sich rühren zu müssen, strömen ihm die Sensationen des Weltalls in allen Schattierungen und Variationen zu, ebenso wie all die wundersamen Möglichkeiten, seine Sehnsucht auszuleben und zu erfüllen, wie ... ja, genau wie in seinen fast realen, greifbaren Träumen. Doch es gibt keinen Traum, der die Realität, das Leben jemals ersetzen kann.

Nun aber sank die Nacht schnell hernieder. Die meisten Mitglieder der ›Faschingsgesellschaft‹ rückten näher an die prasselnden Reisigflammen heran. In ihren schmuddligen Jahrmarktskostümen erinnerten sie an eine zeitlose Zigeunerkarawane, die sich um ein Lagerfeuer im Wald schart. Gewiß würde man im Psychodom registrieren, daß er sich mit diesen Halbnarren eingelassen hatte, obwohl sie einen solchen Verrat nicht verdient hatten. Sie konnten mit Recht erwarten, daß er mit ihnen solidarisch war, daß er treu zu ihnen hielt, daß er sich nützlich machte und den Versuch unternahm, sich ihren humanen Gesetzen anzugleichen.

Sein Blick folgte den Funken, die aus dem Reisigfeuer sprühten. Die Leute hatten Maiskolben und große Kartoffeln aufgespießt, die sie über dem Feuer rösteten. Woher hatten sie nur dieses Gemüse? Zogen sie es vielleicht selbst irgendwo? Im Psychodom und in der Stadt waren solche Nahrungsmittel bereits unbekannt. Denn jedwede Nahrung wurde künstlich erzeugt und konzentriert.

Als der Duft der gebratenen Kartoffeln in seine Nase stieg, verspürte Gjall einen Wolfshunger. Eine heiße Freude stieg in ihm hoch. Er lachte laut auf, wollte seine Hände den wärmenden Flammen entgegenstrecken, doch dann zog er sie ruckartig zurück. Denn er hatte gemerkt, daß ihn Sisotris schadenfroh und gierig betrachtete. Also legte er die Hand zunächst an seine Stirn und ließ sie dann wieder verärgert sinken.

»Hauen Sie doch ab!« rief er wütend. »Stöbern Sie in Ihrem eigenen Hirn!«

»Sisotris' Kopf ist leider so leer wie eine Tonne«, bemerkte die Nonne, während sie eine rauchige, heiße Kartoffel mit ihrem Atem zu kühlen versuchte. »Sie gleicht einem zugigen Flur, den nur die Gedanken anderer im Laufschritt passieren.«

Sisotris zuckte die Schultern, dann legte sie die Arme plötzlich um Gjalls Hals und drückte ihm einen feuchten Kuß auf die Wange.

»Sehen Sie, wie man mich beneidet?« Ihr heißer Atem verbreitete einen widerlichen Geruch von nassen Hühnerfedern, und Gjall kam diese klebrige, aufdringliche Person immer abstoßender vor. Er schämte sich vor der ganzen Gesellschaft, und überhaupt ...

»Nur keine falsche Scham!« meine Sisotris zärtlich, ohne sich beirren zu lassen. »Hier kümmert sich jeder um sich selbst, ist sich jeder selbst der Nächste. Lauter Eunuchen und Dirnen! Ich werde sogleich ein weiches Lager aus trockenem Laub bereiten und werde

Ihnen ein paar Dinge zeigen, die Sie noch nicht kennen!«

»Gehen Sie doch lieber zu Ihrem Stein«, versuchte sie Gjall abzulenken. »Jetzt können Sie in Ruhe opfern und in Andacht versinken.« Sisotris aber stieß ihn zornig von sich.

»Wie kann nur jemand so bekloppt sein? Ich werde wohl nicht im Dunkeln vor dem Stein opfern, wo es keiner sieht?«

Das Burgfräulein mit dem verbundenen Fuß, das neben der Nonne saß, stöhnte laut auf, und plötzlich wurde es still um sie.

»Ich friere! Mir ist so kalt!« wimmerte sie. Der junge Mann im Kettenhemd beugte sich zu dem zitternden Mädchen hinab und berührte ihren geschwollenen Fuß.

»Das Ding da ist schon so gut wie tot, mein Kind!« verkündete er, während er versuchte, einen leichten, übermütigen Ton anzuschlagen, was ihm aber gründlich mißlang. »Schade um deinen Fuß, er war so hübsch«, setzte er mit erstickender Stimme hinzu. »Hoffentlich wird in der Organbank ein passendes Exemplar zu finden sein, so daß man nicht beide Füße austauschen muß.«

Das Burgfräulein begann in den höchsten Tönen zu wimmern und zu jammern, bei den übrigen Mitgliedern der Gesellschaft aber brach plötzlich Panik aus. Alle sprangen auf und redeten gleichzeitig durcheinander, rannten hin und her, behinderten sich gegenseitig, so daß der eine über die Füße des anderen stolperte. Der junge Mann mit dem Kettenhemd schlug sich fluchtartig in die Büsche, der Urmensch lehnte sich an einen Baum und übergab sich, der muskulöse Mann mit der Schellenkappe rang hysterisch die Hände und rief mit überraschend hoher Kopfstimme:

»Warum tut denn keiner was? Xenora stirbt! Begreift

ihr denn nicht, daß man sofort etwas tun muß? Ihr Bein ist bis übers Knie schwarz angelaufen! Wer hat die geheime Alarmantenne? Ich weiß genau, daß sie einer von euch versteckt! Alarm! Alarm! Wir müssen sofort Alarm geben! Warum kommen sie nicht, warum sind sie nicht schon da? Sie wissen, daß es höchste Zeit ist, aber sie kommen immer noch nicht. Sie kommen nicht, aus lauter Rachsucht und Tücke, obwohl Xenoras Blut bereits zu Eiter geworden ist.« Dann sank er in die Knie und rief gellend:

»Hilfe! Hilfeee!«

In all diesem kopflosen Durcheinander stand allein der Mönch einsam am Feuer, hoch aufgerichtet, eine starre Gestalt mit undurchdringlicher Miene. Gjall eilte zu ihm.

»Was ist mit Xenora geschehen?«

»Sie wurde von einem giftigen Insekt gestochen, wobei der Stachel durch die Schutzschicht drang. Dies ist eben das Risiko in unserer Welt. Doch keine Angst, sie wird daran nicht sterben!« setzte er gelassen hinzu.

Ein metallisch glänzendes Flugobjekt schwebte geräuschlos gleich einem Nachtvogel auf leichten Schwingen herab und ließ sich auf der Lichtung nieder. Zwei Gestalten mit einer Tragbahre stiegen aus. Gjall dachte zunächst, daß sie eine sonderbare Uniform und eine Art Grubenlampe auf der Stirn trugen, doch dann erkannte er die Roboterpfleger aus der chirurgischen Abteilung des Therapion. Während seiner Operationen hatten diese großartigen Automaten selbst auf die geringsten Schwankungen seines Zustandes stets mit erstaunlicher Präzision und Empfindlichkeit reagiert. Sie taten immer das, was er sich wünschte und was zur gegebenen Zeit erforderlich war. Gjall wußte, daß sie über hochsensitive Computer verfügten, in welche sämtliche Daten der Organfunktionen eines Patienten eingespeist wurden, und daß die Schwingungen jener

Bioströme, die der menschliche Organismus ausstrahlt, ihnen stets signalisierten, was sie zu tun hatten, wo ein bestimmter Bedarf bestand oder eine Störung vorhanden war, die beseitigt werden mußte. Zwar waren es nur Automaten, dennoch empfand Gjall eine fast kindliche Dankbarkeit, sooft er an sie dachte. Auch diesmal war er irgendwie erleichtert, als er sah, wie die Pfleger das verschreckte, zitternde Mädchen auf die Tragbahre betteten und in die Fähre rollten, um dann lautlos in die von Grillengezirp erfüllte, sternenschimmernde Dunkelheit zu entschweben.

Das Ganze spielte sich innerhalb von Sekunden ab. Keiner rührte sich. Gjall hatte den Eindruck, daß selbst diese quirlige Gesellschaft von Maulhelden verwirrt, bestürzt und beschämt, von Freude erfüllt war. Dann aber schien der Zauber plötzlich gebrochen. Die Nonne hockte sich vor den Reisighaufen und versuchte, das Feuer wieder in Gang zu bringen.

»Wer Hunger hat, der soll Holz herbeischaffen!« rief sie mürrisch über die Schulter.

Der junge Mann im Kettenhemd wagte sich, ein Reisigbündel im Arm, erneut auf die Lichtung. Im Licht der emporzüngelnden Flammen rückte die Gesellschaft wieder enger zusammen, und der Feuerschein fiel auf fröhliche Gesichter. Gjall aber spürte instinktiv, daß auch er all die Ereignisse nicht zur Sprache bringen durfte, höchstens, daß er vielleicht den Kuttenmann fragen konnte, wieso und warum …

Savonarola

Diese asketisch hagere Mönchsgestalt stand immer noch regungslos an seinem Platz, in einigem Abstand von der Gruppe, die am Feuer saß und versuchte, einen fetten Bissen zu ergattern. Gjall aber trat zu ihm.

»Woher konnten die Roboter wissen, daß dieses Mädchen in ernster Gefahr war, und daß ...« Im flackernden Widerschein des Feuers erhaschte er den bekümmerten Blick des Kuttenmannes, der sich Savonarola nannte. Gjall hielt inne und suchte hastig nach einer Entschuldigung. »Verzeihen Sie, ich konnte nicht wissen ...«

»Was war es, was Sie nicht wissen konnten? Daß sie zu mir gehört?« Der Mönch strich sich die Haare zornig aus der Stirn. »Wie hätten Sie es auch wissen sollen?« fügte er etwas ruhiger hinzu.

»Wir werden pausenlos beobachtet.« Nun war seine Stimme ganz farblos. »Wir leben unter einem Mikroskop, wie die Viren.« Dann verzog er das Gesicht zu einer Fratze, die einer bitterbösen, grausamen, grimmigen Maske glich. »Von ihrem Standpunkt aus gesehen haben sie natürlich recht. Wir sind eine verdammt ansteckende, schmutzige Bande, die dreckige Wäsche von Makropolis, die selbst das allerbeste Waschmittel nicht mehr weißer machen kann. Xenora ist wahrhaftig in große Schwierigkeiten geraten, und natürlich konnten sie es nicht zulassen, daß sie durch eine solch vorsintflutliche Krankheit das Gesetz verletzt. Exit Xenora! Friede ihrer Asche!«

»Warum reden Sie von ihr wie von einer Toten?«

meinte Gjall aufgebracht und erregt. »Hätte man sie nicht im letzten Augenblick gerettet …«

»Ist sie denn nicht gestorben?« fragte der Kuttenmann leise und heiser zurück. Und dann, mit eiskalter Wut, wiederholte er: »Ist sie nicht gestorben? Glauben Sie unschuldiger, zahmer, ahnungsloser Holzkopf, der noch aus dem Atomzeitalter stammt, daß Xenora ein lebendiger Mensch bleibt, nachdem sie in die Krallen dieser Unmenschen geraten ist und sich in ihrer Furcht diesen Ungeheuern auf Gedeih und Verderb ausgeliefert hat?«

»Sie glauben wohl selbst nicht, daß man ihr Schaden zufügen wird! Sie wird behandelt und geheilt werden!«

»O ja! Sie wird von all dem geheilt werden, wofür es sich zu leben lohnt!« sagte der Kuttenmann mit ätzender Stimme.

»Und was ist es nach Ihrer Meinung, wofür es sich zu leben lohnt?« fragte Gjall, während er zunehmend feindseliger und zorniger wurde. Er holte weit aus und deutete auf diese phantastische Bande, die das Feuer umschwärmte. »Deswegen vielleicht?«

Der Kuttenmann schenkte ihm einen langen, forschenden Blick. »Ich habe nicht diese hoffnungslosen Irren gemeint, sondern die ganze Kultur des 25. Jahrhunderts. Was wissen Sie über uns, mein Freund?« fragte er still. In seiner Stimme klang eine Müdigkeit, die ihn viel älter scheinen ließ als er war.

»Nicht viel. Doch was ich gesehen habe, hat mich überzeugt, überwältigt, und … aber keine großen Worte! Doch vielleicht bin ich gerade deswegen in der Lage, gewisse Vergleiche anzustellen, weil ich als unschuldiger, zahmer, ahnungsloser Holzkopf, der aus dem Atomzeitalter stammt, hierher geraten bin. Ich muß gestehen, daß ich seinerzeit in jenem *Urzustand,* auf jenem Boden, wo die kontroversen Meinungen wie

Erdbeben aufeinanderprallten, selbst in meinen kühnsten Träumen nicht zu hoffen wagte, daß eines Tages die Vernunft auf solch großartige Weise die destruktiven Instinkte des Menschen überwinden kann.« Plötzlich aber brach er ab und setzte verlegen hinzu: »Glauben Sie mir, ich wollte weder eine Predigt noch einen Vortrag halten.«

»Ich weiß. Ich habe Sie vorhin beleidigt. Doch wir beide hatten für diesen emotionalen Kurzschluß unsere Gründe.«

Er legte sich ins Gras, und Gjall legte sich unaufgefordert neben ihn. Nicht als ob er die Gesellschaft dieses seltsamen Mönchs besonders genossen hätte; denn jedes seiner Worte wühlte ihn auf und forderte ihn zum Widerspruch heraus. In seiner Gegenwart wurde seine ehemalige Unsicherheit wieder wach, die ihn anhielt, stets wachsam und auf der Hut zu sein. Doch war keiner da, mit dem er seine Gedanken austauschen konnte. Denn immer hatten sich alle wie einsame Wölfe um den Leitwolf geschart.

»Es ist schlimm genug, daß keiner mehr weiß, was es heißt, der Kälte, der Hitze, all den Krankheiten, die uns bedrohen, all den Foltern und Qualen, ja sogar einem gewaltsamen Tod schutzlos ausgeliefert zu sein.« Gjall kochte vor Wut und redete sich immer mehr in Rage, weil er sich persönlich beleidigt fühlte und weil er überzeugt war, den einzig richtigen Standpunkt zu vertreten. »Es ist leicht, hier auf Revolutionär zu machen oder wie die Nomaden in Freiheit zu leben, wenn man weiß, daß alle Bubenstreiche verziehen werden und irgendwo eine Dachorganisation vorhanden ist, die immer dann eingreift, wenn Not am Mann ist.«

»Wir beide reden von verschiedenen Dingen«, meinte der Mönch gelassen. »Ich kann Sie gut verstehen, kann sogar bis zu einem gewissen Maß Ihre Meinung teilen. Denn wir alle sind nichts weiter als Kinder, ohne jede Verantwortung. Wir spielen und empfinden die Kämpfe längst vergangener Zeiten in lächerlichen Kostümen nach. Wir haben unser klimatisiertes, keimfreies, komfortables Zuhause verlassen, Fackeln und Reisigfeuer dienen als Heizung und Licht. Anstatt von hochwertigen, künstlichen Extrakten zu leben, ernähren wir uns von Wurzeln und Knollen, die wir aus der Erde graben. Wir sabotieren bewußt die primitivsten Regeln der Hygiene, die Polyvision und alle sonstigen Segnungen der urbanen Zivilisation. Wir hocken auf einem Haufen inmitten dieser lausigen Urlandschaft, die man als abschreckendes Beispiel am Körper unserer Erde belassen hat, damit wir diese Sackgasse der Geschichte niemals vergessen. Jenem Reiz, der uns aus einem geordneten Leben vertrieben und uns ins Niemandsland unserer Zeit gezogen hat, geben wir verschiedene Namen, obwohl er nur einen einzigen Namen hat, den wir aber nicht auszusprechen wagen. Wir nicht, und auch nicht die dort oben im Psychodom! Also spielen wir Verstecken, suchen unser Heil in fixen Ideen. Die dort oben reden sich ein, das Unlösbare gelöst zu haben. Wir aber gefallen uns in weniger heldenhaften Posen, indem wir die sogenannte menschliche Würde verhöhnen. Wir wälzen uns im Schlamm, liegen in der Gosse, fordern absichtlich die Verachtung der ›gesunden, heilen und anständigen‹ Gesellschaft heraus. Wir vergiften uns mit Narkotika und machen Ringelpiez mit Anfassen. Unsere Feindseligkeiten werden zum Genuß, unsere Liebe, unser Sex zum ohnmächtigen Schlagabtausch oder zum leeren Geschwätz. Die dort oben aber behüten uns aus der Ferne. Sie fürchten sich vor uns, wie wir sie fürchten und hassen. Dabei wissen wir genau, daß, sobald wir skandalöse Dinge anstellen oder irgendeine ernstzunehmende Sauerei begehen – und früher oder später werden wir solches tun – dann die Leine eingezogen wird und sich die Tür der Sedativkammer hinter uns schließt. Darauf folgen die großartigen Kuren und Konditionierungen, der seelische Brechreiz und die psychischen Abführmittel, der Organaustausch, die Sterilisation des Gehirns, der Strafblock, der Pranger der Instinkte und Emotionen. Unser ganzes Wesen wird präzis einjustiert und mit der Weltuhr, der Normaluhr der Menschheit abgestimmt, die von der Polyvision in Gang gehalten wird. Es wird dafür gesorgt, daß wir nicht aus dem Takt kommen, daß wir im Gleichschritt marschieren. Wissen Sie eigentlich, wie die das fertigbringen? Mit Hilfe von Gedankenbefehlen, durch hinterhältige, hinterlistige, verbogene Suggestion. Dort in den Kammern werden wir zu jenen Medien umfunktioniert, die diesem gigantischen Bluff hilflos ausgeliefert sind. Wir wissen nicht, zu welcher Stunde sie uns ihre Befehle einprägen, vielleicht dann, wenn wir unsere Freizeit genießen und uns arglos amüsieren. Letzten Endes aber sind es diese Stichwörter, auf die wir reagieren, auf deren Befehl wir erwachen, arbeiten, weinen, lachen, essen, Sport treiben, uns fortpflanzen, schlafen und träumen.«

Gjall machte in der Dunkelheit eine abwehrende Geste.

»Das ist nicht wahr! Das kann ich einfach nicht glauben! Jedes Ihrer Worte ist ein böser, entsetzlicher Irrtum. So wie Sie die Dinge darstellen: einseitig, parteiisch, böswillig, befangen, von blindem Haß erfüllt. Also ich muß schon sagen, daß Sie denjenigen gegenüber, die für Ihre Gesundheit und Ihr Wohlergehen sorgen, ja denen Sie Ihr Leben zu verdanken haben, sehr ungerecht sind.« Dabei merkte er gar nicht, daß er krampfhaft an Savonarolas Kutte zerrte. »Was hätten die denn für einen Grund, eine solche Robotergesellschaft ins Leben zu rufen, die …«

»Das will ich Ihnen gern verraten. Sie sind einfach

dazu gezwungen. Sie müssen die Seele und den Leib dieser Welt in Fesseln legen, solange sie keine bessere Lösung finden, um all diese geballte kreative, geistige und emotionale Energie anderweitig verwenden zu können«, fuhr Savonarola unbarmherzig fort. »Sie haben recht, Urahn! Jene Zeit, Haus der Sie herausgerissen wurden, hatte auf tragische Weise den Faden eines lebenswerten Lebens verloren. Doch selbst unsere hochfeine, hochstilisierte Kultur – oder soll ich es eher Zivilisation nennen – hat bis heute keinen Ausweg aus diesem Dilemma gefunden, hat den Konkurs von ehedem nicht abwickeln können, mit dem Sie seinerzeit konfrontiert wurden und mit dessen Folgen wir bis zum heutigen Tag noch zu kämpfen haben.«

»Was reden Sie denn da? Was soll das für ein Konkurs gewesen sein? Weder Sie noch sonst jemand kann den Sinn eines solchen Wortes erfassen.«

»Wirklich nicht?« Gjall wußte nicht genau, ob jenes Seufzen, das aus der Brust des Kuttenmannes aufstieg, ein Weinen oder ein Lachen war. »Hören Sie genau zu, Hermond Gjall! Ist es nicht so, daß die Automatisierung, die absolute Mechanisierung des Lebens zu Ihrer Zeit ihre höchste Blüte erreichte?«

»So war es.«

»Parallel zu einer ganzen Reihe ungelöster Probleme, wie etwa die *demographische Welle,* die explosionsartig steigenden Geburtenraten, die Überbevölkerung, die eine Menge Geld kosteten und in keiner Weise gedeckt waren, lebte man in einem Taumel, in einem Traum, in einer Art euphorischer Hochzeitsnacht – und dies alles mit Hilfe jener Methoden, die wir nunmehr angeblich vervollkommnet haben,« und nach einer kurzen Pause setzte er hinzu: »Haben Sie je die *Unterwelt* von Makropolis gesehen?«

»O ja. Und ich war restlos begeistert. Ein atemberaubendes Erlebnis. Was haben Sie dagegen einzuwenden?« fragte Gjall aggressiv.

Der Mönch aber überhörte Gjalls Einwand und fuhr fort, wobei all das, was ihn bedrückte und was er zu sagen hatte, wie eine Sintflut aus ihm hervorbrach, die alle Einwände hinwegfegte.

»Selbstverständlich waren Sie restlos begeistert, selbstverständlich hat es Ihnen den Atem verschlagen! Doch Sie ahnen nicht, welch eine Genugtuung diese Halbgötter empfinden, wenn sich *ihre Größe,* ihre Großartigkeit im Blick eines solchen vor Bewunderung verdrehten Augenpaares spiegelt! Denn heutzutage werden sie nur noch mit der starren Projektion einer traumverlorenen Folgsamkeit oder mit unserer kritischen Wachsamkeit konfrontiert. Jawohl! Denn nur wir allein, die Verfemten, die Ausgestoßenen, die Degenerierten sind noch wachsam auf diesem unglücklichen Planeten! Uns kann die Hölle von Metropolis, der Hauptstadt dieser Welt, die im Untergrund pulsiert, nicht blenden, dieser Orkus, wo Elektronengehirne, die sich gegenseitig kontrollieren, für all die Dinge sorgen, die der Mensch angeblich zu seinem Seelenheil braucht. Aufgrund von statistischen Erhebungen werden kalorienreiche Lebensmittel von Automaten hergestellt. Der gesamte riesige Weltkörper wird durch Robotereinrichtungen mit Treibstoff versorgt. Sie sind es, die das Gesamtsystem der Nachrichtenvermittlung, des Verkehrs, der Klimaanlagen und Entsorgungsbetriebe steuern. Sie arbeiten lautlos mit unauffälliger Präzision, damit all die Säfte unbemerkt durch den Organismus strömen können und damit alle Organe einwandfrei funktionieren.«

Gjall war ebenso erregt wie der Kuttenmann.

»Was in aller Welt kann ein vernünftiger Mensch gegen eine solch vollkommene Lebensform einwenden?« brach es aus ihm heraus.

»Nur ein vernünftiger Mensch, der seine fünf Sinne beieinander hat, kann und *muß* gegen eine solche Lebensform protestieren!« Savonarolas flammender Zorn wirkte auf Gjall ernüchternd wie eine kalte Dusche. Du lieber Himmel, dachte er bei sich, warum muß ich mich mit diesem Fanatiker herumstreiten, der …

»Verzeihen Sie«, meinte er schüchtern. »Ich habe keine Ahnung, wovon Sie reden. Ich kann einfach nicht begreifen, wogegen Sie sich auflehnen, was Sie stört, was Sie zu bemängeln haben und was Sie ändern möchten.« Völlig entrüstet setzte er hinzu: »Ihr Vortrag, Ihre Philippika überzeugt mich eher davon, daß alles, was Sie tun möchten, nichts weiter ist als sinnlose Bilderstürmerei, durch die Sie sich letztendlich doch nur selbst gefährden. Nun bin ich sicherlich nichts anderes als ein primitiver Urmensch vom Beginn unserer Zeitrechnung. Doch habe ich bisher noch kein einziges Argument gehört, die meine Bewunderung für die Kultur des 25. Jahrhunderts erschüttern könnte.«

»Und gerade deswegen, verehrter Vorfahr, werden Sie verstehen, was ich Ihnen sage!«

Nun war Gjall wieder unsicher geworden. Denn das, was er bisher bei Savonarola für einen ohnmächtigen Zornesausbruch gehalten hatte, kam ihm plötzlich eher wie der Ausdruck hoffnungsloser Bitterkeit vor.

»Und Sie werden durchaus tapfer genug sein, diesen Tatsachen ins Auge zu schauen«, fuhr der Kuttenmann düster fort. »Denn dort, woher Sie kommen, war die persönliche Verantwortung und der Kampf ums Dasein bekannt. Bei uns bedarf es keiner Anstrengungen mehr, um herrlich in Freuden zu leben. Denn all das noch unbekannte fremde Material wird uns unbewußt im Schlaf eingetrichtert, wobei sorgfältig darauf geachtet wird, daß wir nur ja nicht überlastet werden. Kluge Maschinen hüten unsere Statistik, eine solche Fülle von

Daten, die ein Mensch gar nicht mehr erfassen könnte. Computer denken, forschen, rechnen, steuern, bauen und heilen an unserer statt. Und sollte unser Adernetz, unser Drüsensystem oder irgendein Organ erkranken, wird alles durch Nachbildungen aus Kunststoff ersetzt, die weitaus haltbarer sind als das anfällige Original. Unsere Glieder, unsere Köpfe werden je nach Bedarf und Belieben ausgetauscht, wie zu Ihrer Zeit die Köpfe, Beine und Arme ramponierter Puppen in einer Puppenklinik. Sobald gefühlsmäßige Probleme auftauchen, sind unsere *Seelenchirurgen* sofort zur Stelle und bereit, das Übel schnell und schmerzlos zu beseitigen. Doch bei dieser Gelegenheit werden unbemerkt auch Eiterherde unserer Enttäuschung in der Liebe, unsere Trauer, unsere Schmerzen und unsere Zweifel in einem Aufwasch entfernt. Wir, die Kinder dieser Zeit, gehen nicht mehr zu Fuß, steigen nicht mehr auf Berge, weil wir keine Entfernungen zu bewältigen haben, wird doch der Boden unter unseren Füßen bewegt. Höchstens, daß wir ab und zu noch in unseren Parks, in unseren lauschigen Hainen einen kleinen Spaziergang wagen. Vielleicht treiben wir auch noch etwas Sport an am Rande – Tennis und Jogging, das war zu Ihrer Zeit in Mode –, doch nur ganz privat und ohne die Spannung eines Wettbewerbs. Denn der Ehrgeiz, einander zu besiegen, ist ein gefährlicher Herd für destruktive Emotionen – ein gefährlicher Luxus, den man sich nicht leisten kann. Infolge der totalen Automatisierung *ist die Arbeitsleistung des Menschen so gut wie überflüssig geworden.* Unsere Fortpflanzung ist streng geregelt, ein gewisser Rahmen ist abgesteckt – dafür ist unsere Lebenserwartung um so länger. Das geistige Niveau der Bevölkerung unserer Welt ist im Vergleich zu Ihrer Zeit gewaltig gestiegen, einfach nur, weil die Menschen von heute eine Menge von Dingen zur Kenntnis nehmen, von denen ihre Vorfahren um das Jahr 2000 noch keine

Ahnung hatten. Trotzdem sind selbständige Forscher, Wissenschaftler, Gelehrte, Genies, die sich in den Flammen ihrer eigenen Ideen verzehren, hochbegabte Künstler, Erfinder, die die Welt verändern und gestalten, Pioniere des Weltraums, die in den Kosmos vordringen, in unserem Zeitalter eine Seltenheit. Und wenn, dann gehören sie zu den Begünstigten. Sie haben Rang und Namen, Macht und echte Bewegungsfreiheit in sämtlichen Räumen der Erde, in allen Bereichen der Geisteswelt, in der Welt der Gefühle, die sich wie der Kosmos ins Unendliche erstreckt. Alle anderen aber sind nichts weiter als Statisten, die mit einer Nebenrolle zufrieden sind, die unter und neben den Mächtigen ihr angenehmes, komfortables Leben führen und genießen. Sie arbeiten zwei bis drei Stunden an Tag, widmen sich ihrem Steckenpferd und gestalten dann ihre Freizeit, wie es ihnen gefällt – überwiegend ein *dolce far niente,* dessen sie langsam aber sicher überdrüssig werden. Früher hätten sie all die Arbeiten getan, die heute die Automaten verrichten, hätten das große Abenteuer den Lebens mit all seinen herrlichen Erlebnissen und all seinen entsetzlichen Katastrophen genossen und durchlitten. Nun haben sie aber nichts weiter zu tun, als die Regeln und das große Angebot unserer Zivilisation sozusagen ohne Gegenleistung zu akzeptieren. Die Opferbereitschaft im Schweiße ihres Angesichts, der Verzicht, die flammende Askese im Interesse eines höheren Ziels, das über die eigenen egoistischen Bestrebungen hinausgeht, der gemeinsame Kampf von Kopf und Hand gegen die Materie: Dies alles hat nur noch musealen Wert und verstaubt irgendwo in den Kellergewölben des Seins. Dafür haben meine Zeitgenossen das unbeschränkte Recht, ihre kleinen Freuden zu genießen und das glitzernde Schlangengift der Polyvision zu absorbieren, das die Phantasie verzaubert. Dies aber reicht vorläufig aus, um ihre üppige und reich bemessene Freizeit vollkommen auszufüllen, während ihre kreative Kraft zur passiven geistigen Onanie verkommt. *Haben Sie nun endlich begriffen, warum so gut wie alle Menschen, die auf Erden leben, warum fast die Gesamtbevölkerung dieser Welt in eine Art Halbschlaf, in Narkose versetzt werden muß?*« Savonarola beugte sich vor. Im Schein des Feuers traten die Adern auf seiner gewölbten Stirn mit den eingesunkenen Schläfen wie dicke Stränge hervor. »Begreifen Sie jetzt, warum man unsere Gefühlswelt kastriert und warum die intelligenten Massen in Kunststoffzellen gesperrt werden? Weil nämlich die Menschen sonst genau an jenem Punkt wieder ansetzen würden, wo sie seinerzeit aufgehört haben. Sie würden all das begehren, was ihr Nächster besitzt. Sie würden stehlen, rauben und morden. Sie würden die ganze Welt wieder zum Schauplatz ständiger Kriege machen, weil auch der menschliche Organismus nichts weiter ist als ein Schlachtfeld kontroverser Kräfte. Denn die pausenlose Aktivität der ewigen Zerstörungswut läßt sich *nur und nur* durch intakte, kreative Energien eindämmen und besiegen, die stets präsent und einsatzbereit sind!«

»Nun aber …«, warf Gjall ein, indem er protestierend die Hand hob. Doch Savonarola ließ ihn nicht zu Wort kommen.

»Ich weiß, ich weiß! Ich weiß genau, was Sie sagen wollen. Unser Gefängnis ist eine prächtige Luxusvilla oder auch ein sphärisches Haus und ein Weltraumsanatorium. Jeder Tropfen unserer Nahrung ist ein Lebenselixier. Wir kennen die Spannungen dämonischer Emotionen nicht. Wir haben keine natürlichen Feinde, keine Gegner, keine Widersacher mehr, kennen keine persönlichen Konfrontationen und Kontroversen. *Denn unser Leben ist frei von all diesen Anstregungen, Schmerzen und Versuchungen, die unsere geistigen und seelischen*

Muskeln stählen sollten. Dies mag auch der tiefere Grund sein, warum wir bar jeglicher Ausdauer und Zähigkeit, bar jeglichen Mutes, unseren Mann stehen, bar jeglicher Würde dahinvegetieren. Wir sind zu Weichlingen verkommen. Und sobald uns das Schicksal auf die Probe stellt, reagieren wir wie eine armselige Schafherde. Eine solch hilflose, panische Reaktion haben wir Ihnen soeben vorgeführt. Der wesentliche Unterschied zwischen den Eierköpfen des Psychodoms und unsereinem besteht darin, daß wir uns unserer Behinderungen durchaus bewußt sind. Denn hinter all unseren Posen, unserer Großmäuligkeit, unserer Angabe lauert stets die gleiche hilflose Verzweiflung, der auch jene dort oben schutzlos ausgeliefert sind. *Die aber wagen es nicht zu gestehen, daß wir alle miteinander in eine Falle geraten sind, aus der es kein Entrinnen mehr gibt. Im Gegenteil: Sie ziehen jene Mauer immer höher, die uns von der heilen, elementaren Lebenskraft der Natur trennt. Von namenloser Furcht erfüllt, versuchen sie die Tatsachen zu leugnen, obwohl sie unbewußt wissen, daß etwas geschehen muß, und zwar sofort!*«

»Doch warum nur, warum?« fragte Gjall, während er verzweifelt versuchte, sich aus der Umklammerung einer namenlosen Angst zu befreien, die ihn schier erdrosselte und in der er unterzugehen drohte. Denn dieser finstere Engel seines neuen Paradieses versuchte, ihn mit seinem Flammenschwert in die schutzlose Unsicherheit seiner Vergangenheit zu verbannen, aus der er Hals über Kopf geflüchtet war.

»Weil die Zeit reif ist, um diese künstliche Hölle, diese krankhafte Imitation den Lebens ins Feuer zu werfen, zu flüssiger Lava zu schmelzen und in eine neue Form zu gießen.«

»Sie sind ein Anarchist!« schleuderte ihm Gjall anklagend entgegen, als würde er eine Handvoll Kieselsteine in den weit aufgerissenen Rachen eines Ungeheuers werfen, das sich drohend vor ihm aufbaute. Dabei wußte er gar nicht, ob der Kuttenmann diesen Begriff überhaupt kannte und seinen wahren Inhalt begriff. Die Anarchie gab es damals, als in einigen Regionen dieser Welt sich die Seelenpest des Hassens noch unbändig austoben konnte, und wo ein Mensch wegen seiner Hautfarbe oder wegen seiner humanistischen Ideale als vogelfrei galt. Seinerzeit gehörte es zu den schweren Krankheitssymptomen der geteilten Gesellschaft, daß es Aufsässige gab, die jene Welt vernichten wollten. Es war derzeit durchaus möglich, daß die Hüter der höchsten Werte des Lebens von Wölfen zerfleischt wurden. Aber heutzutage …

»Ich ein Anarchist?« Im Dämmerschein des Feuers, das allmählich in sich zusammensank, konnte Gjall eher ahnen als sehen, daß der Kuttenmann lächelte, oder vielmehr hämisch grinste. »So hat man unsereinen seinerzeit genannt – ich weiß. Doch bei uns handelt es sich um einen weitaus tieferen, komplizierteren Vorgang. Denn der finstere Erlöser, der das Leben aus seinem Sarg befreit, *gehört nicht zu unseren Kreisen!*«

»Wie soll ich das verstehen?«

»Jeder kann das Gesetz erfüllen, auch einer von denen, die dort oben im ›Turm von Babel‹ die Steuermechanismen der menschlichen Gesellschaft hüten und bewachen.«

Gjall wollte lachen, doch das Lachen blieb ihm im Hals stecken und wurde zu einem halberstickten Ruf. Er spürte deutlich, wie eine namenlose Angst von ihm Besitz ergriff, ein defensiver Zorn in ihm aufstieg und eine Unheil verkündende Ahnung ihn durchströmte, die seinen Körper erbeben ließ. Hinter ihrem Rücken aber meldete sich wieder Sisotris zu Wort, die sich dicht an die beiden Kontrahenten herandrängte.

»Der finstere Erlöser gehört nicht zu unseren Kreisen!« Ihre Stimme klang wie ein Echo und hörte sich verträumt an, als wäre sie nicht ganz wach. »Die Ereignisse wurden im Oszillatorium in Gang gesetzt, und keiner weiß davon, selbst Shintal nicht. Er mag vielleicht ahnen, mit welchen Kräften er spielt, doch er ist unfähig aufzuhören und koste es sein Leben … Er treibt in unbekannten, fremden Meeresströmungen dahin … Der Strom hat ihn bereits erfaßt, und nichts kann ihn mehr bremsen! … Allein Lison, vielleicht spürt er, daß … ja, ohne Worte, ohne Bilder, daß sie sich bereits jenseits der Schwelle befinden, jenseits der Schutzdämme, doch er unternimmt nichts dagegen, ergreift keine Gegenmaßnahmen. Er will sich wegen seines toten Sohnes an der Welt rächen und …«, Sisotris begann zu kichern, »und Riss hat keine Ahnung! Der ist bescheuert, total von seiner Macht berauscht. Er sieht den Wald vor lauter Bäumen nicht, sieht nicht, daß Shintal und Lison weitaus degenerierter sind als wir! Er läßt sich einfach irreführen, weil die keine Maschkera tragen und in seiner Nähe sind, direkt vor seiner Nase! Das ist der Grund, warum er nicht merkt, daß sie Lichtjahre von ihm entfernt im Raum schweben … Riss nämlich horcht immer in die Ferne, oder er schaut in den Spiegel und bewundert sich selbst … Er wird am tiefsten fallen … Oh, mein heiliger Stein, wie tief wird dieser singende Bajazzo fallen, er, der sich über alles, über alle Welt erheben wollte!«

Und wie in einem irren Duett übernahm jetzt der Kuttenmann das Solo von Sisotris.

»Shintal und seine Assistenten Lison, Kyrov und Songvan sind auf eine weitaus gefährlichere Weise ›seelisch behindert‹ als wir! Nur sind sie von Riss' beleuchteten Pfaden in eine *andere* Richtung abgewichen. Im Vergleich mit jenen apokalyptischen Streunern von Shintals Art sind wir eine einfache, harmlose Horde. Die ›Hirnzellen‹ des Psychodoms werden nämlich von niemandem kontrolliert. Riss hat keine

Macht über sie, denn die Leiter den Psychodoms sind exterritorial.«

»Wenn sie eine Schraube verlieren, können sie die ganze Welt durcheinanderbringen und vernichten! So wie ein Elektronengehirn, ein Supercomputer, den kein Mensch mehr reparieren kann«, setzte Sisotris mit unmenschlicher Heiterkeit hinzu.

»Wovon reden Sie denn?« fragte Gjall bebend und zähneklappernd. Er fror innerlich, und eine namenlose Übelkeit überkam ihn. »Dieses Mädchen ist verrückt, redet im Traum lauter Unsinn!«

»Oh, Sisotris schläft nicht. Sie hat zwar wieder einmal ihre Zustände, doch was sie sagt, ist wahr!«

»Um Gottes willen, was kann an diesem entsetzlichen Fiebertraum wahr sein? Sie wollen doch nicht sagen, daß Shintal, ohne daß er selbst oder seine Mitarbeiter Bescheid wüßten ...«

»Er gehört zu uns. Shintal gehört zu uns. Jawohl!«

Die Worte des Kuttenmannes waren vor flammender Überzeugung so heiß wie glühende Kohle, daß Gjall unwillkürlich vor ihm zurückwich.

»Sie haben vorhin gesagt, Shintal sei der genialste Mensch des Psychodoms!«

»Darum ist er der Auserwählte!«

»Shintal ist der Auserwählte!« drang Sisotris' Stimme aus der formlosen Dämmerung hervor.

Ich muß nach Hause! Ich muß sofort nach Hause, dachte Gjall. Sein Magen rebellierte vor Aufregung, seine Haut schmerzte unter den Peitschenhieben des Mönchs. Doch anstatt die Flucht zu ergreifen, rückte er dichter an den Kuttenmann heran.

»Was geht dort oben im Oszillatorium vor sich?«

»Das Oszillatorium, ›das Haus der unsichtbaren Schwingungen‹, ist Shintals Laboratorium im Psychodom, zu dem außer ihm und seinen drei Mitarbeitern Kyrov, Lison und Songvan niemand Zutritt hat. Selbst

Riss oder die Mitglieder der Führung müssen erst Shintals Genehmigung einholen, wenn sie diese Räume betreten wollen. Das Oszillatorium ist die Geburtsstätte der höchsten Errungenschaften unserer Kultur, umgeben von beklommener Andacht und Verehrung, wie dies zu Beginn unserer Zeitrechnung bei den verborgenen Heiligtümern antiker Riten der Fall war. Nun ist aber das Oszillatorium gleichzeitig ein wunder Punkt, eine Stelle, wo große Gefahren auf uns lauern. Darum hat Shintal sein Reich zur Festung innerhalb einer Festung ausgebaut. Und sollte Gefahr im Anzug sein, läßt sich der ganze Bezirk innerhalb der Grenzen seiner elektronischen Schutzeinrichtung total vernichten, ohne daß der Rest des Psychodoms irgendeinen Schaden nimmt.« Savonarola unterdrückte ein Lachen. »Sisotris hat mir den ganzen Plan skizziert, hat ihn einfach aus Shintals Kopf kopiert. Ich kann nur sagen, daß es ein recht hübscher Höllentopf ist!«

»Und Shintal weiß nicht, daß Sisotris ...«

»Er schert sich nicht darum, weil er nicht glaubt, daß jemand begreifen könnte, worum es geht. Er arbeitet mit Geheimnissen, mit irgendwelchen Codes. Weitaus interessanter aber ist die Tatsache, *daß er die Bedeutung, das Wesen all dessen selbst nicht begreift,* an was er da herumbastelt und womit er operiert. Er kann die Folgen seiner Experimente nicht annähernd ausrechnen. Doch dieses unbekannte fremde Element ist wie ein Lockvogel, der ihn immer wieder verführt und dessen Ruf er folgt, trotz aller gewaltiger Risiken, die er zwar kennt, aber einfach nicht wahrnehmen will. Es ist wie ein Rausch, der ihn für all jene Enttäuschungen und Verluste entschädigen soll, die er Selena, seiner Geliebten, zu verdanken hat. Zwar könnte er an jedem Finger zehn haben, doch er hat stets nur diese sich selbst vergötternde Dirne mit dem Flammenschoß und dem Männerkopf im Sinn – dieses Weib, das keiner besitzen kann, weil es immer nur sich selbst gehört, weil es sich in einer Art verkrampfter Hochzeit nur mit sich selbst vermählte wie die Androgynen, jene Zwitterwesen, wo zwei Geschlechter in einem Körper wohnen. Shintals geistig-seelische Nymphomanie, sein unstillbarer Lebensdurst werden aufgehetzt wie durch seine Experimente, die er im Oszillatorium durchführt. Doch Selena entgleitet seiner Sehnsucht und seinem Begehren immer wieder ins Ungreifbare.«

Gjall schwieg, er war verwirrt und versank in fieberhaftes Grübeln. Was waren das für Dimensionen, die der Kuttenmann meinte? Daß außer Länge, Breite und Tiefe noch weitere Räume den Menschen umgaben, war ihm bekannt, ebenso, daß man die Zeit als vierte Dimension betrachtete. Das ultraviolette und infrarote Licht aber war für das physische Auge ebenso unsichtbar und nur mit Hilfe geeigneter Instrumente zu registrieren, wie auch der Ultraschall und der Infraschall für das menschliche Ohr unhörbar blieb. Dabei wurde mit diesen Tonfrequenzen experimentiert, sie wurden sogar für Heilzwecke verwendet. Nun hatten aber anscheinend die Menschen ihr Wissen im Lauf der Jahrhunderte erheblich erweitert, während er …

»Mann, warum stellen Sie keine Fragen? Warum tun Sie so, als würden Sie alles verstehen, was ich sage?« meinte der Kuttenmann und packte ihn an der Schulter.

»Ich …«, brachte Gjall mühsam hervor, »ich weiß gar nicht, wo ich diesen ganzen Komplex anpacken soll …«

»Ich will, daß Sie es begreifen! Und Sie werden es begreifen!« skandierte Savonarola, indem er sich nach vorn neigte, als wollte er seine Worte in Gjalls Hirn einbrennen.

»Natürlich sind unsere Kenntnisse in fünf Jahrhunderten auf den Gurkenbaum geklettert. Glauben Sie vielleicht, daß auch wir in einem Sarg aus Eis im Schoße der Erde geschlafen haben, wie Sie?« Gjall zuckte zusammen, weil plötzlich Sisotris' grelle Stimme an sein Ohr drang. Er spürte, daß sich das Mädchen gegen seinen Rücken lehnte. Und sooft er versuchte, Abstand zu gewinnen, rückte das Mädchen immer wieder nach. »Geh zum Teufel, Sisotris!« sagte Savonarola im Befehlston. Sisotris aber drückte plötzlich das Huhn in Gjalls Arm. Zuerst wollte er das Huhn angeekelt von sich stoßen, doch sobald er diesen warmen Federbusch berührte, fuhr ein starker Strom von Gefühlen durch seine Glieder. Er nahm den lebendigen, warmen, pulsierenden Vogelkörper in beide Hände, zog das Tierchen wie schützend an seine Brust und klammerte sich an ihm fest.

»Man muß jemanden lieben, sonst stirbt man«, sagte Sisotris ganz leise, während sie von Gjall abrückte. »Ich habe auch niemanden außer meinem Huhn. Wir beide gehören zusammen.«

»Während dieses halben Jahrtausends, wo sich unsere Zivilisation entwickelte, haben wir immer mehr Erscheinungen aus jenen Dimensionen registriert, deren Schwingungen wir nach und nach wahrnehmen konnten«, fuhr der Mönch fort, als hätte er dieses seltsame Intermezzo gar nicht wahrgenommen. »Mit Hilfe unserer Technik, die von Tag zu Tag, von Woche zu Woche, von Jahr zu Jahr immer vollkommener wurde, und mit Hilfe unseres Wissens, das im Lauf der Zeit immer mehr anwuchs, haben wir aus der *unsichtbaren Welt* stufenweise eine gewaltige Skala der Wirklichkeit herausgeschält. Wir sind dahintergekommen, daß außer unseren fünf Sinnen eine Art *Dimensionsmechanismus* in uns jede nur denkbare Dimension eindringen können, *sobald wir eine solche Dimension zur Kenntnis genommen haben.* Dieser wunderbare Mechanismus aber ist nichts weiter als *unser eigenes Gehirn,* das die Möglichkeit von Wahrnehmungen in sich birgt, *die über unsere fünf Sinne hinausgehen.* Ein Wunderwerk, das sich gemäß unserer Wahrnehmungen schier endlos erweitern läßt. Nun sind wir aber vorerst nicht in der Lage, unseren Körper über gewisse Zeitgrenzen und Raumgrenzen hinweg in die Ferne des Weltraums mitzunehmen. Unsere Instrumente aber machen es uns möglich, in Gedanken ungehindert die Zivilisationen des Sonnensystems, der Milchstraße, aber auch die unsichtbaren Zonen unserer *Spiegelwelt*, unserer Antiwelt zu erforschen.«

»Spiegelwelt? Antiwelt?« In Gjalls Erinnerung tauchten schemenhaft ferne Schatten auf. »Moment mal! So um das Jahr 1965 herum, als ich geboren wurde, hat eine Forschergruppe im Nationallaboratorium von Brookhaven mit Hilfe des Massenspektrometers den ersten komplexen Kern der Antimaterie, das Anti-Deuteron nachgewiesen. Das Anti-Deuteron aber ist die Antimaterien-Parallele des Deuterons. Diese Entdekkung hat dazu beigetragen, jene phantastischen Theorien mit konkreten Beweisen zu untermauern, wonach die Existenz einer Spiegelwelt von Planeten, Sonnensystemen, Milchstraßensystemen, *ja sogar die Existenz von Antiwesen angenommen wird!«* In Gjall stieg siedend heiß die gleiche Erregung auf, die er im Augenblick der Erkenntnis gespürt hatte. »Das Erscheinen des Anti-Deuterons war einer der revolutionärsten Meilensteine unserer theoretischen Physik! Man nahm an, daß *die Antimaterie alle Erscheinungen wie ein Spiegel verdoppelt.* Wenn ich mich nicht irre, hieß der Physiker, der das Anti-Deutron entdeckte, Ledermann. Seiner Meinung nach umfaßte die Antiwelt nicht nur Antipartikel, sie enthält auch das Spiegelbild unserer ganzen Welt! Ledermann zweifelte auch nicht daran, daß die Antiwelt von denkenden Wesen bevölkert sei. Nur ist aus den Experimenten ebenfalls hervorgegangen, daß am Berührungspunkt dieser beiden Lebensformen die totale Vernichtung lauerte. Die Antimaterie dieser Spiegelwelt war die gigantische Superbombe unserer eigenen Welt, in der wir lebten. Ist es das, was Sie meinen?!«

»Genau. Doch diese anfänglichen Folgerungen wurden von den späteren Erkenntnissen und Tatsachen weit überflügelt. Die Antiwelt erwies sich als etwas anderes als ein einfaches Spiegelbild und die Antimaterie nicht als Energie, welche die Materie total vernichtete, wie man seinerzeit angenommen hat. In Wirklichkeit setzte die Entdeckung der unsichtbaren Dimensionen zu jenem Zeitpunkt ein, als der Mensch die Tatsache hinnehmen mußte, daß er inmitten einer Flut von Tönen, Bildern, elementaren Einflüssen und kosmischen Strahlungen lebte, die er ohne vermittelnde Instrumente zwar nicht wahrnahm, die aber trotzdem vorhanden waren. Dies war der rote Faden, dem unsere Wissenschaftler und Gelehrten folgten. Ihr Interesse galt nicht allein den mikroskopischen oder titanischen Dimensionen des physischen Raums – sie brachen auch zu Forschungsreisen und Expeditionen auf, die sie in die *Zeit* führten. Unter Verwendung der Ergebnisse, die unsere genialen Vorfahren durch ihre Experimente erzielt hatten, hat Shintal schließlich den ›Retrospektor‹ gebaut, jenes Gerät, dessen elektronisches Gehirn und Auge – also ein Supercomputer der besonderen Art – fähig ist, selbst Bruchstücke von Aufzeichnungen, selbst die leisesten Spuren der Vergangenheit von Steinen, Mauern und Ruinen *abzulesen, zu ergänzen, in farbige, plastische Bilder umzuwandeln und auf den hochempfindlichen Bildschirmen aus Sensoritkristall wiederzugeben.* Unsere Kultur hat Shintal und einem seiner verunglückten Assistenten das vollkommenste künstliche Gehirn, den ›Definiator‹ zu verdanken, der in der Lage ist, aus einer unvorstellbaren Menge von Daten in

Sekundenbruchteilen kurze und präzise Schlüsse zu ziehen. Hierbei handelt es sich um Definitionen, welche nicht einmal diejenigen Fachgremien zustande gebracht haben, deren Mitglieder über den höchsten nur denkbaren Intelligenzquotienten verfügen. Der Definiator ist ein unfehlbares Kontroll- und Definitionsorgan, die höchste Instanz unserer modernen Gesellschaft, jenes Forum, das widerspruchslos urteilt, entscheidet und Maßstäbe setzt. Für Shintal aber war all dies immer noch zu wenig, er wollte sich damit nicht zufriedengeben. Denn die Versuche, die er im ›Haus der Schwingungen‹ durchführt, inspirieren und verleiten ihn immer wieder zu weitaus gefährlicheren Abenteuern. *Weil er nämlich dahintergekommen ist, daß es Brücken und Stege gibt, die zu den Kraftfeldern dieser fremden, unerforschten, unbekannten Dimension führen. Die Schwellen aber werden von Energie-Zerberussen bewacht, deren Kraft ausreicht, Riesensonnen wie Seifenblasen platzen zu lassen. Sollte es jedoch gelingen, diese Wächter zu zähmen, so wie seinerzeit der Mensch es fertiggebracht hat, die ›Wut‹ der Kernenergie zu bremsen und sie in einen großartigen Treibstoff zu verwandeln, dann werden wir eines Tages über eine gewaltige und so gut wie unerschöpfliche Energiequelle verfügen.* Jener Honigfaden aber, mit welchem Shintal dem höchsten Gremium die Hände gebunden hat, hat Riss' Argwohn eingeschläfert und seinem Selbstbewußtsein weiteren Vorschub geleistet, so daß er sich aufblähen konnte wie ein Luftballon. Und diese Situation nutzt er für seine private Passion, die bei weitem nicht irgendwelchen vernünftigen, verantwortbaren Zielen dient, und die sich auch auf kein zuverlässigen Datenmaterial stützt. Hier handelt es sich schlicht und einfach um ein blindes Glücksspiel, um das Risiko eines Hazardeurs, das letztendlich eine Apokalypse heraufbeschwören könnte, die weder Shintal noch jemand anderer voraussehen kann. Nur wir allein, die Degenerierten, die auf einem Misthaufen hocken und wachen, wittern die nahende Gefahr, wie eine unvernünftige Kreatur, die instinktiv das Nahen eines Tornados, eines Erdbebens oder einer Sintflut wahrnimmt.«

»Er muß seinen Weg zu Ende gehen! Ihm bleibt nichts anderes mehr übrig. Die Natur hat ihn auserwählt! … Armer Verdammter! Armer gesegneter Erlöser!« sagte Sisotris mit singender Stimme, die sich über das Gezirp der Grillen erhob.

»Aber was geht im Oszillatorium wirklich vor sich?« fragte Gjall und packte den Kuttenmann am Arm. »Sagen Sie es endlich, um Gottes willen!«

»Shintal möchte jene Energiedämme durchbrechen, die den Menschen von den unbekannten Reichen trennt. Er versucht, die Energiegitter aus Licht und Ton zu sprengen, die diesen unbekannten Dimensionen als eine Art Schutzwall dienen. Diese Absperrungen aber stellen nicht nur die Mauern unseres Kerkers dar, sondern gleichzeitig auch eine Schutzvorrichtung unserer Lebensform in diesem unendlich tiefen, kosmischen Ozean, in dem unser Planet gleich einem Mini-Unterseeboot schwebt. Shintal versucht, eine Reihe von ultrafeinen Instrumenten und Geräten zu entwickeln, um in die dreidimensionale Wand eine Bresche zu schlagen. Diese Wand aber ist ein Panzer unseres Raumschiffes Erde, inmitten all der Ströme, dem fürchterlichen Druck von Energiewellen, all den elektronischen Raubtieren, all jenen Einflüssen, die für unsere menschliche Konstitution abträglich sind. Es ist, als würde er die gewaltigsten Antriebskräfte unserer Technologie einsetzen, um dieses ›Raumschiff‹ leckzuschlagen, das unsere einzige Rettungsinsel ist. Nun kann es aber durchaus sein, daß durch den ›Dimensionsspalt‹ irgendwelche Wesen aus fremden Welten bei uns eindringen, deren Ladung für uns weitaus verhängnisvoller ist als Ihre Atombomben und Kernwaffen. Kein Mensch kann die Tragweite einer solchen Möglichkeit je erkennen. Also bleibt diese Frage offen, nur eins ist sicher: daß sich nämlich Shintals Versuche in einem fortgeschrittenen Stadium befinden.«

»Im Oszillatorium ist der Teufel los. Es hat einen Bergrutsch gegeben. Eine unbekannte, unsichtbare Springflut reißt alles mit! Es gibt kein Hindernis, keinen Damm, der sie aufhalten könnte! Sie dringt wie die Luft durch die Poren der Materie! ... Sie ist nicht mehr zu bremsen! Zu spät! Zu spät!« ertönt die Stimme der Finsternis aus Sisotris' Brust.

»Wahnsinn! Heller Wahnsinn!« Gjalls Kehle war strohtrocken. Er hatte das Gefühl, ersticken zu müssen, wenn er weiter dem Kuttenmann und dem Mädchen mit dem Gorgonenhaupt zuhörte. »Der Wahnsinn ist ansteckend!« klang Riss' Warnung in seinen Ohren. Er sprang auf und rannte davon, über Stock und Stein, stolperte über Baumwurzeln und flüchtete in Richtung jener schimmernden Straße, die ihn zur unterirdischen Raumraffer-Kabine führte, welche ihm Schutz und Sicherheit bot.

II. Teil

Der ultraviolette Drache

Zeichensprache

Songvan warf die Tür der Dunkelkammer ins Schloß, wie schon so oft, und stemmte ihren schmalen, zähen, knabenhaften Rücken dagegen. Kyrov mochte sich anstrengen wie er wollte, er bekam die Tür nicht auf. Doch bei jedem Anlauf öffnete sie sich einen Spalt breit, wobei ein scharfer Lichtstrahl von außen hereinstach – dann herrschte wieder finstere Nacht.

Die Tür schlug immer wieder auf und zu. Der rhythmisch aufleuchtende Strahlenpfeil neckte und blendete ihn. Dieses hilflose Gerangel hatte ihn erschöpft, und fast brach er vor lauter Wut in Tränen aus. Songvan ist nur ein Jahr älter als er. Und außerdem ein Mädchen. Wie kann ein Mädchen nur so ekelhaft sein?

Eigentlich hatte er gar nicht vor, sie für die Ferien ins sphärische Haus einzuladen, aber Songvan hatte darauf bestanden. Weil er sich davor fürchtete, daß sie ihn bei Professor Shintal anschwärzt, kann sie einfach alles bei ihm erreichen.

Wo ist Shintal? Er spürt seine Gegenwart, seine Nähe. Er müßte nur rufen, und … Aber halt, das geht gar nicht. Shintal kann nicht in der Jugendherberge der früheren Jahre bei ihnen sein. Wie weit war er damals noch vom Professor entfernt! Der aber war mittlerweile den Kinderschuhen entwachsen.

Weg mit diesem scharfen Lichtstrahl! Er sticht in die Augen, er pulsiert und klopft.

Es geht immer auf und zu, auf und zu.

Und das schmerzt, das tut so weh!

Kyrov fuhr stöhnend hoch. Vor Erschöpfung war er mit offenen Augen eingenickt. Wenn Riss wüßte, daß er seit 36 Stunden pausenlos wach war, und daß er bei der Nachtinspektion den Schwingungslokator für keinen Augenblick abgeschaltet hatte, würde er ihn ohne lang zu fackeln, in die Sedativkammern stecken.

Riss, ja Riss.

Kyrov hatte noch nie gemerkt, daß Riss' Augen unter den buschigen Brauen so eindringlich blau vor sich hinblicken.

Sie leuchten auf und erlöschen. Leuchten auf – erlöschen.

Ja, zum Teufel noch mal, schon wieder diese Visionen! Fehlte nur noch, daß Riss in seiner Unverfrorenheit auch ins Oszillatorium eindringt! Ein Glück, daß es gelungen ist, das Risikolimit zu verheimlichen, das unter Spannung im gestreuten Zustand unweigerlich erreicht wird.

Ärgerlich ist nur, daß er, wenn er sich hinlegt, keinen Schlaf finden kann. Seine Nerven sind schon seit Wochen gespannt wie ein Flitzebogen, halten ihn stets in Alarmbereitschaft, seit er …

Wie lange wird er noch diesen Streß ertragen können, der sich von Stunde zu Stunde steigert?

Nun wurde ihm auch der Rhythmus dieses blitzenden Lichts bewußt. Dieser Reiz hatte seine Visionen ausgelöst.

Die acht Facetten des Sensorit-Kristalls zeigten stets ein Schwingungsdiagramm an, das sich bei steigender Pulsfrequenz automatisch öffnet und schließt.

Also mußte er stets wachsam sein, durfte nicht einschlafen, keinen Moment die Kontrolle über sich selbst verlieren, höchstens wenn … Doch keiner weiß, was hier geschieht, weil es dafür keine Vergleichsmöglichkeit gibt. Hier ging es um Abläufe und Ereignisse, die aufgrund der bisher geltenden Gesetze nicht gemessen und erfaßt werden konnten.

Ein schwaches Signal, das bereits vor Monaten angekommen war, hatte auf der Skala des Mikro-Minuskops im UV-Bereich einen Wert von 72-0 angezeigt, An diesem verschwommenen Punkt, der an den unsichtbaren Bereich grenzte, war eine bisher unbekannte Strahlung aufgetaucht. Shintal behauptete hartnäckig, daß es sich nicht um eine UV-Strahlung aus herkömmlichen Quellen handelte, sondern daß sich hier eine fremde Dimension meldete. Dies sei – seiner Meinung nach – die erste Projektion einer unbekannten Dimension in unsere Welt, die er im Laborjargon mangels eines besseren Ausdruck als ›UV-Drachen‹ bezeichnete. Der Vorstand und Riss lehnten zwar irgendwelche Experimente hinsichtlich dieser neuen Dimension ab, doch Shintal setzte auf eigene Verantwortung diesen Hasardspiel fort, als ob er nicht ohnehin gewußt hätte, daß sie alle vier ihr Leben im Umgang mit diesem kleinen Lichtreptil aufs Spiel gesetzt hatten, das …

Kyrov hatte nie auch nur im entferntesten geahnt, daß sich in Songvan menschliche Gefühle verbargen. Sie war vielmehr gnadenlos ehrgeizig und begegnete anderen mit gewissem Spott. Dann kam der peinliche Auftritt wegen der Psychoperle, die aus Shintals Hydromantel gestohlen wurde. Zur Zeit ihrer sexuellen Reife, als Songvan eines Tages ihn und sich selbst zu allem entschlossen in die Sedativkammer mit dem Projektor einschloß, hatte er das beklemmende abstoßende Gefühl, daß in ihr die verschüttete Nymphe erwacht sei. Er fühlte sich sterbenselend, weil er trotz des ewigen Wettbewerbs und der ewigen Streiterei immer noch an seiner Jugendfreundin hing. Er war bereit, von Songvan zu lernen, sie imponierte ihm auch, aber er begehrte sie nicht. Dann aber zeigte sie ihm den Film über das seltsame sinnliche Idyll zwischen Shintal und Selena. Es handelte sich um einen Zusammenschnitt aus uralten Aufnahmen aus einem längst vergessenen Archiv. Selenas phantastische Fotografien waren aller Welt im Psychodom bekannt. Man wußte auch, daß ihre Liebhaber eine ganze Sammlung dieser ›Psycho-Art‹ besaßen, die nicht für fremde Augen bestimmt war.

All die Gestalten und Geräusche dieser mythischen Landschaft aber sprengten die Wände der Kabine, so daß sich der kleine Raum ins Unendliche auszudehnen schien, Die Luft war von Blumenduft und dem schweren Geruch feuchter Erde erfüllt. Durch die ziselierten, gewundenen Äste, durch das spitzenartige Laubwerk satter Lebensbäume schimmerte das Licht großer, naher Sterne. Hinter der gefleckten Schlangenhaut eines bemoosten Baumstammes sprang ein Einhorn mit hocherhobenem Kopf hervor. Aus seinen gewölbten Samtaugen strahlte die wilde Freude der Weltendämmerung. Das edle Tier huschte mit graziösen Bewegungen über den Rasen hinweg, der in der tropischen Hitze dampfte.

Als Kyrov in dem smaragdgrünen Wasser, das zwischen den Büschen hervorschimmerte, das Spiegelbild eines nackten Pärchens erblickte, das sich selbstvergessen umarmte, wollte er empört aus der Kabine rennen, Songvan aber hielt ihn zurück und sagte mit seltsam fremder, erstickter Stimme:

»So bleib doch!« flehte sie zwischen Lachen und Weinen. »Warum muß das nur sein? Warum?« fragte sie mit einem Seufzer, der eher wie ein Schluchzen aus ihrer Brust drang.

Kyrov war erstaunt und verwirrt zugleich. Hätte er Songvan nicht von Kindesbeinen gekannt, so hätte er geglaubt, daß sie eifersüchtig auf die schöne Selena sei, auf diese Hetäre, während sie selbst … aber nicht doch! Bei Songvan hatte dieser Ausbruch eine ganz andere Bedeutung. Kyrov aber, von ohnmächtigem Mitleid erfüllt, erwiderte: »Du hast wohl geglaubt, daß Shintal auch in dieser Beziehung anders ist als ein normaler Mensch, das heißt …«

»Ja!« Songvan knirschte mit den Zähnen, lehnte sich gegen die Wand und bearbeitete die Theorit-Verkleidung mit den Fäusten. »Ja, ja, und tausendmal ja!«

Von diesem Auftritt wurde nie mehr gesprochen. Doch was ihre gemeinsame Schwärmerei für Shintal betraf, rückten sie nur noch enger zusammen.

Plötzlich verspürte er in seinem Magen ein bohrendes Hungergefühl. Er kramte eine Handvoll Tabletten aus der Tasche und stopfte sie sich in den Mund. Er würde Riss auch nicht auf die Nase binden, daß er von diesem Nervenkraft-Konzentrat jede Menge schluckt. Riss ist ein seltsamer Patron. Und man muß höllisch aufpassen, daß er nicht …

Aber wo bleibt Shintal? Es kann jeden Augenblick passieren, und … Und wer weiß, was dann geschieht?

Warum nur läßt man ihn mit dieser ungeheuren Verantwortung allein? Wenn wenigstens Songvan oder Lison käme!

Auf den acht Bildschirmen des Sensorit-Kristalls begann der UV-Spalt immer heftiger zu pulsieren:

Auf und zu, auf und zu.

Kyrov empfand dieses Pulsieren wie eine Fieberwelle, die in seinen Adern den gleichen aufreizenden Rhythmus trommelte. Trotz der klimatisierten Atmosphäre, trotz der stets gleichbleibenden Temperatur, die im Labor herrschte, liefen heiße Schauer durch seinen Körper, die ihm eine Gänsehaut bescherten.

Der Spalt glühte auf und verblaßte, doch jedesmal, wenn er stärker wurde, fiel er um eine Schattierung intensiver aus, als ob …

Nur keine Panik! Er mußte nachmessen, weil er sich selbst nichts vormachen wollte.

Doch ja, der Spalt wird immer breiter.

Der Spalt öffnet sich, tut sich auf!

Wahnsinn! Shintal! Wie kann er nur in einer solchen Situation …

Psychovision

Riss war damit beschäftigt, die Sedativkammern zu kontrollieren, in denen die ›Degenerierten‹ in dunkler, stummer Isolation ruhten. Die totale Blockade ihrer fünf Sinne hatte ihr übersteigertes Wahrnehmungsvermögen zum Leben erweckt, und in diesem Dämmerzustand gelangten all die verdrängten, längst verschütteten Erinnerungen in Form symbolischer Visionen wieder an die Oberfläche.

Er beobachtete ihre in Schweiß gebadeten Gesichter in den Infrarotspiegeln und konnte genau sehen, wer von ihnen gerade welche Krisen durchlebte. Losik, der Pyromane, lag wieder verdoppelt da, eng an sich selbst geschmiegt, wobei er in blinder Angst darauf wartete, daß seine unbekannten Feinde irgendwo aus dem Weltraum ihn mit einem Sperrfeuer eindeckten. Mit diesen Phantomen strafte er sich selbst wegen der Museumsbrände, die er aus Protest gegen die herrschende ›Lebensweise‹ gelegt hatte. Nun allerdings begann er zu ahnen, daß er durch diese Brandstiftungen lediglich die Aufmerksamkeit auf seine armselige Person lenken wollte. Zenda, der Bilderstürmer der Archive, trieb auf einem Floß in der Mitte eines schwarzen Stromes und kann nirgendwo vor Anker gehen, weil er sich seinem alten Ich entfremdet und zu seinem gesunden, neuen Wesen noch keine Beziehung, keinen Anschluß gefunden hat. Feon, der wegen einer Reihe von Sexualdelikten schon oft in Haft war, kämpfte im ›Phantasol-Rausch‹ – eine Droge, welche die Vorstellungskraft vervielfacht – gegen Ratten mit roten Mützen, die mit

Lederpeitschen um sich schlagen. In Wirklichkeit aber versuchte er nur, seine als minderwertig und verwerflich eingestuften Instinkte zu zähmen, weil er gegen sie Abscheu empfand. Und dann wäre da noch Hermond Gjall, der Zeitreisende. Durch die Begegnung mit den Degenerierten hatte er einen schweren Schock erlitten, doch sein Rückfall ist nicht weiter schlimm. In ein bis zwei Wochen wird er wieder auf dem Damm sein.

Mit der Zeit werden die Wunden der namenlosen Angst, die Wunden des entflammten Selbstbewußtseins heilen. All die Reize und Spannungen, die von Minderwertigkeitskomplexen herrühren und die den Kurzschluß im Nervensystem oder die ›Sünden‹ ausgelöst haben, werden nach und nach zum Vorschein kommen.

Wie lange hatte er kämpfen müssen, bis er mit seinen Beweisen Maron überzeugen konnte, daß die ›Saboteure‹ keinen Richter, sondern einen Arzt brauchten! Ihre scheinbaren Schwächen nämlich erwiesen sich als Kraftquellen, weil es ihm gelungen war, ihren negativen Charakter, ihre negative Einstellung umzupolen und sie in positive Eigenschaften zu verwandeln. Heutzutage konnte keiner mehr leugnen, daß sich die besten Kräfte aus dem Kreis der ehemaligen ›asozialen Penner und Landstreicher‹ rekrutierten und daß ihre Leistungen die Erfolge der sogenannten normalen Gruppen bei weitem übertraf. Die übrigen Reformen allerdings …

Warum nur mußte man sich auch wegen der geringsten Neuerung so übermenschlich anstrengen? Der Slogan, daß Vorbeugen besser ist als Heilen, ist bei jedem Symposion zu hören. Doch wenn es um die Verwirklichung geht, wird ein Eiertanz um die ›persönliche Freiheit‹ des Menschen aufgeführt, was aber nichts weiter ist als eine unverschämte und bornierte Lüge.

Denn im psychologischen Sinn ist der Mensch einfach nicht frei! Und wenn man genau hinschaut, wird offenbar, daß jeder sein eigener Sklave ist, der am Joch seiner Leidenschaften, seines Ehrgeizes und seiner Ängste schwer zu tragen hat.

Nun war es wieder Lison, mit dem er sich auseinandersetzte. Denn Lison ist der Meinung, daß er in den Zentralen des Psychodoms, die der Anpassung, der Kontrolle und der Projektion dienen, uneingeschränkt seinen makabren nekromantischen Kult ausüben und sich den Luxus einer beschleunigten Selbstzerstörung leisten kann. Riss hätte sie am liebsten in eine Zwangsjacke gesteckt und mit einer Leuchtrakete in irgendein Weltraumsanatorium geschossen.

Riss drehte sich um und sah, daß Lison hinter ihm stand. Ihre schlaffe Haut hatte im Dämmerschein einen gelblichen Schimmer. Sie stand da, still und gefaßt und wartete ab. Riss hätte sich gern vor ihrem scharfen, durchdringenden Blick verkrochen. Diese Erkenntnis machte ihn noch wütender. Während er noch nach passenden Worten suchte, um ein Gespräch zu beginnen, war ihm Lison bereits zuvorgekommen.

»Zum Glück bist du vorerst noch nicht der allgewaltige Diktator des Psychodoms. Also werde ich bleiben!«

»Wenn wir nicht ausgerechnet vor den Sedativkammern stehen würden, würde ich dir applaudieren«, erwiderte Riss gereizt. Er spürte, daß ihm das Blut in den Kopf schoß. »Wir wissen zwar, daß deine telepathischen Fähigkeiten ein echtes Schmuckstück sind, doch wird es dir wenig helfen, wenn du entgegen den Regeln der Ganglion-Gruppe meine Gedanken anzapfst.«

»Sicher nicht«, nickte Lison gleichgültig. »Wieso sollte mir das helfen?«

»Aus mehreren Gründen.« Riss hatte sich mittlerweile gefangen, und die beiden betraten das Transportband, das sie geräuschlos zum Sprechzimmer beförderte.

»Hast du mich deswegen rufen lassen?«

»Teilweise ja.«

»Überflüssig und sinnlos. Du verschwendest nur deine Zeit.«

Riss' untersetzte Gestalt bewegte sich wieselflink und sicher, ja fast überheblich in seiner gewohnten Umgebung, die ihm außerdem eine Art Heimvorteil bot. Der Blick seiner tiefblauen Augen, die wie zwei Reflektoren aufglühten, ruhten wohlgefällig auf Lisons abgemagertem Körper, auf ihren eingefallenen Schultern. Dies war ein Anblick, an dem er sich weiden und aus dem er neue Kraft schöpfen konnte.

»Willst du nicht Platz nehmen?«

»Nein. Ich stehe lieber.«

»Bitte sehr, wie du willst.« Auch Riss setzte sich nicht. »Da du nun alle meine freundschaftlichen Ratschläge zurückgewiesen hast, sehe ich mich gezwungen, eine etwas weniger sanfte Therapie anzuwenden. Ich will ehrlich sein.«

»Glaubst du wirklich, daß du mir etwas Neues zu sagen hast?« fragte Lison, während ihre blaugeäderten Finger zu zucken begannen.

»Mag sein, mag aber auch nicht sein. Ich weiß nicht, ob du dir bewußt bist, daß du ein Virusträger geworden bist. Die seelischen Viren aber sind weitaus ansteckender als die physischen. In ein paar Wochen könntest du wieder fit sein, du aber klammerst dich an deiner Krankheit fest. Du willst leiden, willst dich kasteien und läßt wegen deines Kummers die Umwelt büßen. So weit, so schlecht. Jetzt aber möchte ich über deinen verstorbenen Sohn sprechen.«

Lison riß den Kopf hoch, als wollte sie protestieren, doch Riss fuhr unbeirrt fort:

»Leons Problem begann nicht mit seinem Tod, sondern mit seiner Geburt. Du hast einen überdimensionalen Götzen aus ihm gemacht, einfach, weil du bereits im Augenblick der Zeugung versagt hast, und weil du von deinem Sohn erwartet hast, deinen Hunger nach Gefühlen, nach Zärtlichkeit zu stillen. Dies mußte früher oder später zwangsläufig tragisch enden ... zumindest was dich betrifft.«

»Ich hasse deinen Psychojargon. Andererseits würde es mich aber auch interessieren, was du eigentlich mit mir vorhast.«

»Ich will verhindern, daß du dich vor unseren Augen systematisch umbringst. Und ob du es glaubst oder nicht: Ich tu's nicht aus purem Pflichtgefühl.«

Lison verzog den Mund und deutete ein Lächeln an, doch ihre Augen blickten immer noch verbittert und finster drein.

»Wenn ich nur halb so überzeugt wäre wie du, würde ich längst in einer deiner Sedativkammern liegen. Leider aber sind deine wirklichen Absichten ebenso durchsichtig, wie die Yadill-Wände unserer Stadt, durch welche du das Privatleben der Menschen beobachtest. Du möchtest mich Yasks wegen aus dem Verkehr ziehen, damit er wieder in deiner Nähe ist. Einer deiner erfolgreichsten Fälle, wie ich weiß. Er wäre dir als lebender Beweis in deinem Panoptikum gerade willkommen.«

Riss starrte Lison aufrichtig erschüttert an.

»Hältst du mich wirklich für so niederträchtig? Wüßte ich nicht, was dich so verblendet, würde ich kein Wort darüber verlieren! Aber ich weiß, daß du in diesem Zustand vorerst noch nicht erkennen kannst, daß es bei unserer Lebensform keine gewaltsame Rache mehr gibt. Wärst du gesund, so wäre es nicht nötig, dir zu erklären warum ich mich nicht haßerfüllt gegen Yask gewandt habe, als er den armen Leon ...«

»Yask ist ein Mörder, ein gemeiner Verbrecher!«

»Keineswegs. Yask ist kein Verbrecher. Leons Tod ist für uns alle ein unersetzlicher Verlust. Bitte, laß mich ausreden! Yask hat wie ein Amokläufer gehandelt und Schuld auf sich geladen. Darum hat er auch das erste Labor des Definiators in die Luft gesprengt ...«

»Und Leon dazu!« ergänzte Lison sachlich.

»Mit Leon, jawohl, weil dein Sohn nicht für jenen delikaten Posten geeignet war, den er einnahm. Sein Machtinstinkt hatte seine damaligen Fähigkeiten weit überflügelt. Und gerade der Definiator, das vollkommenste analytische Elektronengehirn aller Zeiten hat entschieden, daß er niemals zum Vorstand des Psychodoms, nie zu den vierzehn Ganglion-Superioren gehören dürfte. Yask hat Leon stets beneidet, gleichzeitig aber auch bewundert und ihn als Konkurrenten im Auge behalten. Er beobachtete ihn und versuchte, ihm fanatisch nachzueifern. Yask hat stets jene Mädchen und Frauen begehrt, die mit Leon Kontakt hatten, und mit der Zeit verrannte er sich in tödliche, hoffnungslose Phantasien, wenn es um Leons Gespielinnen ging. Er wollte Leons Platz einnehmen, wollte in seinem Bett liegen. Die Vorstellung, daß zu Lebzeiten Leons dieser stets ein Hindernis für ihn sein würde, der ihm den Weg zu einer Karriere, zu den menschlichen Freuden verstellt, wurde bei Yask zur fixen Idee. Er glaubte, Leon würde ihm eines Tages den Hahn zudrehen und sein Leben bedrohen. Aus seinem Verfolgungswahn aber ist er nach unserer Symboltherapie erwacht wie eine Mutter aus ihrem Traum, indem sie bei einem Brand in Panik geraten ist und ihren Säugling aus dem Fenster geworfen hat. In Wirklichkeit hat er Leon abgöttisch geliebt. Heute ist Yask ein gesunder konstruktiver Mensch, der versucht, seine Schuld, der er sich durchaus bewußt ist, durch großartige Leistungen wettzumachen. Glaubst du vielleicht, ich bin nicht entsetzt, wenn ich zusehen muß, welche Dämonen aus den Instinktzonen eines Menschen aufsteigen? Das ist auch der tiefere Grund, warum ich mich voll und ganz für eine *Prophylaxe* einsetze. Sollte es uns gelingen, die tiefen Schichten des Unbewußten, diese Abgründe mit Hilfe der weltweiten Polyvision zu überbrücken ...«

»Und wie das?«

»Auf die übliche Weise, doch durch *regelmäßig* aufblitzende Gedankenbefehle. Denn die Methode, mit deren Hilfe wir heutzutage unsere psychischen Impfungen anwenden, welche von den bewußt funktionierenden Gehirnzonen nicht wahrgenommen werden, reicht bei weitem nicht mehr aus. Stell dir einmal vor: Solche Phantasieblitze, die in den Matrizen der Psyche ihre Feuerspuren hinterlassen, können zu Anstößen werden, die unser ganzes Handeln und Denken beherrschen! Würden wir dieses potentielle Heilmittel etwas mutiger anwenden, könnten wir nach und nach jene seelisch bedingten pathologischen Prozesse und kriminellen Handlungen eliminieren, die selbst unter den humanen Bedingungen unseres modernen Weltsystems bei jungen Menschen grassieren, die sich in ihrem Selbstbewußtsein verletzt fühlen!«

Riss rannte bereits vor Lison auf und ab, während er seine Ausführungen vor lauter Aufregung mit hocherhobenen Armen und weit ausholenden Gesten unterstrich.

»Gerade du müßtest diejenige sein, die die überragende Bedeutung meines Planes am besten versteht! Natürlich denke ich dabei an gemeinsam geprägte ›Zaubersprüche‹, die einer strengen moralischen Kontrolle unterliegen. Ich bin mir durchaus bewußt, daß es sich hier um die delikateste Operation des 25. Jahrhunderts handelt! Mit Hilfe solcher und ähnlicher kollektiver Bemühungen könnten wir auch diese einmalige Seelenreinigung, die Umwandlung destruktiver Kräfte in konstruktive Energien fertigbringen, so wie wir heutzutage beruhigende, einschläfernde oder aufmunternde Texte ins Unterbewußtsein der Menschen einschleusen. Denn während der Zuschauer die Sendungen der Polyvision verfolgt, wird ihm nicht bewußt, *in welchem Moment* der heilkräftige Strahlenlapis seine Gedankenbefehle in die verschiedenen Bildfolgen einblendet. Doch *jeder weiß*, daß wir zu bestimmten Tageszeiten solche Heiltexte senden und ist bereit, sich freiwillig ihrem Einfluß zu unterziehen. Die von mir empfohlene Prophylaxe würde ebenfalls mit Zustimmung der Gemeinschaft stattfinden, und zwar aufgrund einer solchen Erkenntnis und Einsicht, die ...«

»... die du den Menschen aufzwingen würdest!« meinte Lison kalt. »Deine prophylaktische Methode stellt eine tyrannische Schreckensherrschaft dar, die schlimmer ist als jeder physische Zwang! Wen du auch immer mit deiner Methode überfährst oder unterjochst, wird nie mehr eine andere Möglichkeit sehen, keine Alternative kennen außer jener Vorstellung, die du klammheimlich und heimtückisch in sein Gehirn und in seine Triebwelt hineinpraktizierst. Der Mensch wird dann genau nach deinen Planvorstellungen speisen, duschen, baden, arbeiten, ruhen und seine wie auch immer gearteten Beziehungen pflegen. Du wirst es sein, der seine Trauminhalte, seine Stimmung – sei es Begeisterung oder Empörung – bestimmt. Wenn irgendwer einer Zwangsjacke und einer Sedativkammer bedarf, so bist du es, nur du allein – weil du vom Ausmaß deiner Unbarmherzigkeit und deines Verfolgungswahns keine blasse Ahnung hast!«

»Du weißt nicht, was du sagst!« entgegnete Riss heiser, wobei sich seine Stimme vor lauter Empörung überschlug.

»Das einzige, was ich nicht weiß, ist, wie man deine närrische fixe Idee aus der Welt schaffen und dir das Handwerk legen könnte. Denn die Zahl jener seelischen Krüppel, die du bereits ihrer inneren Freiheit beraubt hast, ist unfaßbar!«

»*Innere Freiheit!* Daß ich nicht lache! Ich möchte gern wissen, wieso man von Zwang und Entrechtung sprechen kann, wenn bei einem Menschen all die selbstgefährlichen, ja gemeingefährlichen Emotionen ausgemerzt werden sollen? Wem wäre es eingefallen, die Chirurgen früherer Zeiten zu verdammen, nur weil sie bösartige Geschwülste aus dem Organismus ihrer Patienten entfernten?«

»O Riss, was bist du doch für ein scheinheiliger Lügner!« lachte Lison freudlos auf. »Du selbst möchtest selbstverständlich nichts von jener Arznei schlucken, die du der ganzen Menschheit in den Rachen stopfen willst. Du würdest dich höchst empört dagegen wehren, wenn jemand versuchen würde, dich zu einem kastrierten Roboter zu machen, der keine Gefühlsregungen mehr kennt. In deiner Überheblichkeit kannst du es nicht ertragen, daß es außer dir vorerst auch noch andere gibt, die je nach Lust und Laune weinen oder lachen. Du vergißt, daß ein Mensch nur so lange ein lebendes Wesen ist, so lange er das Recht hat, an sich zu zweifeln oder sogar Hand an sich zu legen.«

Dann betrat sie das Förderband, das sie in schnellem Tempo von Riss wegbrachte, der, wutentbrannt, plötzlich auf seine Armbanduhr schaute und das Mineofon anknipste. Shintal! Er mußte unbedingt Shintal sprechen! Schon seit den frühen Morgenstunden hatte er versucht, Shintal zu erreichen, doch dieser hatte es nicht für nötig gehalten, sich zu melden.

Das UV-Signal im Sensorit-Kristall pulsierte weiter, ging auf und zu, immer wieder auf und zu.

Kyrov riß die Augen weit auf, doch sein Blick war wie verschleiert. In den tiefsten Traumzonen seines Gehirns tauchte das Bild eines Fisches auf, der auf dem

Trockenen lag und nach Luft schnappte. Kyrov bekam Magenkrämpfe vor lauter Bemühung, sich aus dieser Benommenheit zu reißen. Es wollte aber einfach nicht gelingen. Selbst als er mit offenen Augen und scharfem Blick die Anzeige 72-0 registrierte, wollte die Benommenheit nicht von ihm weichen. Denn diese lebendig gewordene Skala, diese hartnäckige Anzeige erinnerte ihn an ein todesmutiges Wesen, das seiner ureigenen Daseinsform entronnen war und nun …

Aber er durfte diese Gedankenkette nicht weiterknüpfen! Die Müdigkeit drohte ihn zu überwältigen und in irreale Phantastereien zu treiben. Er mußte Shintal unbedingt über das Radar des Mineofons suchen. Kyrov startete den Kontaktor auf seiner Armbanduhr. Seine Augen fielen zu, dann aber riß er sie gleich wieder weit auf.

Das Signal wurde schneller!

Shintal!

Delia

Die 14 Superioren rekelten sich nach der telepathischen Fernkontakt-Übung im lauwarmen, sprudelnden Wasser des Ruhebeckens auf elastischen, weichen Yadillbänkchen. Das pastellgrüne Licht der Liegen durchleuchtete die lässig hingestreckten jungen Körper, und die schimmernden Kohlensäurebläschen rollten im schaukelnden sanften Wellenschlag wie Perlen über sie hinweg.

Es wollte aber nicht jedem Superior gelingen, ›den Gedankenprozeß abzuschalten‹, wie es hieß und wie es erwartet wurde. Die Kontrollen waren zu dieser Stunde gelockert, weil der Leerlauf des Gehirns nach der großen Anstrengung automatisch einsetzte. Delia aber konnte sich wegen einer ›dummen, lästigen Drüseninfektion‹ trotz der günstigen Umgebung nicht entspannen. Sie ahmte nur jenen Zustand nach, jene angenehme Betäubung, in die ihre Kollegen versunken waren. Auf ihren gewölbten Lidern vibrierte ein braunes Licht, weiße Zähne, die an ein Raubtiergebiß erinnerten, lugten zwischen ihren vollen Lippen hervor. Ihre breite Stirn wurde von einer Kaskade roter Haare überflutet, die an ein loderndes Flammenmeer erinnerte.

Hinter Delias geschlossenen Augen geisterte Shintals markantes Gesicht mit dem starken Kinn. Jeden Zug, jede bittere Falte dieses Gesichts bewahrte sie in ihrem Herzen wie ein Brandmal, das man ihr aufgedrückt hatte.

Warum nur war sie in diesen Menschen vernarrt, der

ihr Vater hätte sein können? Warum nur bekam sie feuchte Hände, warum erlahmte ihre Zunge, warum begann sie zu stottern, wenn sie auch nur seine Stimme hörte? Sie kam sich vor wie ein folgsames Schoßhündchen, welches das Nahen des Herrchens wittert, wobei sie gleichzeitig abgrundtiefen Haß empfand. Sie haßte seine Gleichgültigkeit, wenn er gedankenlos und zerstreut an ihr vorbeizog, ohne sie auch nur eines Blickes zu würdigen. Doch war es fast noch schlimmer, wenn er sie gelegentlich im Vorübergehen zur Kenntnis nahm. Dann schaute er auf, lächelte sie zerstreut, verlegen und entschuldigend an. In diesen Minuten hätte sie sterben mögen. Aber zum Teufel noch mal, nein! Sie wollte leben, ihr Leben mit ihm teilen, sich um diese hagere, hohe, dürre Gestalt ranken, die zwar aussah wie eine Wüste, unter deren Oberfläche sich aber ein glühendes, flüssiges Magma verbarg.

Wie hatte man ihn verspottet und ausgelacht wegen Selena, die ihn verlassen hatte und mit Lamiel davongelaufen war. Delia wollte Selena am liebsten erdrosseln – einfach nur, weil es sie gab, aber auch, weil sie Shintal verlassen hatte. Sie hätte Selenas Hals umklammern mögen, wie ein Höhlenweibchen aus der Steinzeit. Denn alle Welt wußte, daß sich Selena in allen Betten wälzte, nur Shintal, der Betrogene, nicht. Vielleicht wollte er es aber auch gar nicht wissen. Wahrscheinlich weiß er immer noch nicht, daß sein verborgenes Elend im ganzen Psychodom ein offenes Geheimnis ist. Er glaubt, daß sein regelmäßiges Konzentrations-Training ihn mit einer Art Panzer umgibt, obwohl …

Tränen des Zorns stiegen in Delias Augen. Wenn nur dieser entsetzliche Hunger an ihr vorbeigehen würde, der in ihren erogenen Zonen kreiste wie eine ätzende Lauge. Das kann doch kein Mensch mehr verkraften! Und so oft sie versucht hatte, diesen Hunger mit einem anderen Partner zu stillen, wurde alles nur noch schlimmer. Denn nur ihn, ihn allein begehrte sie, von jener Zeit an, als ihn Maron den Superioren bei der Einweihungsfeier anläßlich der Inbetriebnahme des Retrospektors vorgestellt hatte, dieses Supergeräts, das auf rätselhafte Weise in die Vergangenheit eindringen und frühere Ereignisse unheimlich scharf wiedergeben konnte.

»Und das ist Professor Shintal, der hervorragendste Dimensionsingenieur des 25. Jahrhunderts! Ihm ist es zum Großteil zu verdanken, daß der Mensch, der mit dem ›Raumschiff Erde‹ durch den Weltraum reist, vom Astronauten zum Psychonauten geworden und dank dieser Entdeckung zum Zeitreisenden geworden ist!«

Warum hatte er nicht jenen wilden Stromschlag gespürt, den sie, Delia, empfand? Als sie bei der Erläuterung der Arbeitsweise des Geräts die Wählscheibe des Rubinlokators gleichzeitig berührten, hatte er seine trockene Hand mit den langen Fingern so plötzlich zurückgezogen, als hätte er Brennesseln angefaßt. Allerdings hatte er auch die Gänsehaut auf Delias Arm bemerkt, dennoch hatte sie vergebens versucht, zu ihm vorzudringen. Sie lockte ihn, sie diente sich an – alles vergebens. Shintal war durch ihre Annäherungsversuche befremdet und lehnte sie schroff ab; denn seine Sinne waren von Selena besessen. Sie hat ihn mit dem Schlangengift ihres Wesens geimpft, und diese Droge hatte Shintal süchtig gemacht, wie alle anderen, die sie an der Nase herumführte und zum Narren machte. Doch keiner ihrer Liebhaber hat je ihren mörderischen Ehrgeiz erkannt, weil sie teuflisch klug und begabt war. Aber sie verstand es, ihren berechnenden Verstand hinter der Maske einer sich lustvoll rekelnden, trägen Dirne zu verbergen. Ihre schleppende Kinderstimme, ihr silbernes Gekicher brachte die Frauen in Wut, doch die Männer lagen ihr scharenweise zu

Füßen, weil sie genau wußte, wo die männliche Eitelkeit ihre Achillesferse hatte. Dabei war sie nicht einmal hübsch, eher hager, hochgeschossen, flachbusig und knabenhaft. Doch immer wieder schlüpfte sie in ein neues Kostüm, setzte eine andere Maske auf. Sie wußte sich dauernd zu verwandeln, während sie, Delia, immer dieselbe blieb, immer nur eine dämliche Marionette, die man nach Sisotris' Sturz aus einer entsprechenden Ahnenreihe gezüchtet hatte. Sie besaß einen Stammbaum wie ein Rassehund, war die beste Mathematikerin ihres Lehrgangs, eine Superiorin, wie sie im Buch steht. Doch all dies hätte sie gern hingegeben, wenn Shintal sie auch nur ein einziges Mal so angeschaut hätte, wie er Selena anschaute.

Ihr fester, reicher Körper straffte sich in der Erinnerung an die Begierde, die sie für Shintal empfand. Doch jetzt fuhr sie plötzlich zusammen, als Chiarro sie schüchtern berührte und seine Hand über ihre Schulter glitt. Der junge Mann, der seinen Arm nach ihr ausstreckte, kam ihr vor wie ein Säugling, der hungrig nach der Mutterbrust tastet. Und bei dieser Assoziation wurde ihre Ungeduld, ihr Verdruß mit einem Schlag hinweggefegt, Mitleid und Verachtung zugleich stiegen in ihr hoch, während sie ihren Kommilitonen betrachtete, den der ›Rat der Weisen‹ als Partner, als Gatten für sie ausgesucht hatte. Es war nämlich berechnet worden, daß sich Chiarros launisches, flatterhaften Wesen, seine lebhafte Phantasie und Delias nüchterne, praxisorientierte Art optimal ergänzten. Wie sehr sie doch diese rasseveredelnden Überlegungen haßte! Menschen waren schließlich keine Zahlen, die sich in irgendwelche Computer einspeisen ließen. Außerdem: Welche Maschine auf dieser Welt hätte es wohl fertiggebracht, jenen nicht vorhersehbaren Dammbruch der Gefühle zu berechnen, den Shintal bei ihr verursacht hatte? Warum kam ihr Chiarros zaghafte, ungeschickte Umarmung wie Zuckerwasser vor, während sie, wenn sie an Shintal dachte ... Delia duldete regungslos die Zärtlichkeiten des jungen Mannes, die immer stürmischer wurden. Sie schloß die Augen und wechselte in Gedanken Chiarros Körper, der auf ihr ruhte, gegen Shintals Körper aus. Sie preßte die Hand auf den Mund, um seinen Namen nicht laut hinauszuschreien, als ...

Sobald Kyrov Songvans flaches, breites Gesicht erblickte, war er mehr als erleichtert – doch diese Erleichterung schlug ebenso plötzlich in blanke Wut um.

»Na endlich!« rief er vorwurfsvoll, wobei er sich auch eine Spur von Selbstmitleid nicht verkneifen konnte. »Shintal hat sich auf keiner Frequenz gemeldet, Lison aber wurde von Riss kassiert. Ich bin seit Stunden mutterseelenallein da, ohne jede Kontrolle. Bitte nehmt endlich zur Kenntnis, daß ich nicht mehr bereit bin, die Verantwortung zu tragen! Ich schmeiß' euch alles hin und gehe als Ozeanaute! Ich habe euch alle satt!«

»Du bist total ausgeflippt«, bemerkte Songvan trocken, wobei sie sich dem Projektor des Pyknoskops zuwandte. »Hast du deine Synchron-Pastillen genommen?«

Kyrov aber fuhr wütend hoch.

»Pastillen! Als ob ich sonst an nichts zu denken hätte!« Vor seinen Augen tanzten dunkle Ringe. Seine Hand fuhr in die Hosentasche. Er holte eine Handvoll Tabletten heraus und stopfte sie in den Mund. »Merkst du eigentlich, was da passiert?«

»O ja, ich sehe es genau.« Songvans dunkle Augen verengten sich zu einem schmalen Schlitz, während sie auf den Bildschirmen des Sensorit-Kristalls jenen Streifen beobachtete, der von Sekunde zu Sekunde immer breiter wurde.

Es ist wie bei einer Geburt, dachte Songvan bis ins Mark erschüttert, so wie es einst in frühen barbarischen Zeiten geschah: Ein Mutterschoß tat sich auf, von Wehen und pulsierenden, jagenden Schmerzen gepeinigt. *Doch was war die Frucht dieses Leibes, die hier geboren werden sollte?*

Die Mondsteine der Selena

Rekreons Hain war zu dieser Zeit völlig verlassen. Denn bis auf Shintal und die kleine rote Katze, die im seidig grünen Gras schlummerte, war der Hain menschenleer, weil alle übrigen Bewohner des Psychodoms in den verschiedenen Abteilungen ihrem Tagwerk nachgingen.

»Shintal!«

Der kleine blaue Ring auf seiner Armbanduhr glühte so intensiv, daß er bereits zu solarisieren begann. Und inmitten dieses Kreises leuchtete Riss' Gesicht wie eine Miniatur. Das edelsteinähnliche Mineofon übertrug selbst die feinsten Schattierungen der Stimme seines Freundes mit minutiöser Präzision. Shintal spürte ein leises Unbehagen, da er sich insgeheim schämte und sich seiner Schuld durchaus bewußt war. Aber warum in aller Welt ließ man ihn nicht in Frieden? Kam es doch nur äußerst selten vor, daß er sich dem synchronisierten, tyrannischen Mechanismus den Psychodoms entzog. Und wenn er es tat, dann hatte er seine Gründe.

Im blauen Ring tauchte jetzt Kyrovs vor Schlaflosigkeit aufgedunsenes Gesicht auf. Sein Name wirkte in Begleitung des durchdringenden Zeitsignals wie ein dringender Hilferuf.

Shintal aber schaltete kurz entschlossen das magische Auge seiner Uhr aus.

Diese spontane Geste hatte auch etwas von einer berauschenden Genugtuung an sich, einer Genugtuung, die gleichzeitig einer Abwehr glich, jawohl, eine

Schutzmaßnahme des Lebensinstinkts, des Selbsterhaltungstriebs. Mag sein, daß jenes Gegengift, zu dem er Zuflucht nahm, ebenso tödlich sein könnte, wie das Nervengift der ewigen Erwartung, die sich mehr und mehr steigerte. Doch er spürte deutlich: Sollte es ihm nicht gelingen, sich in dieser Nacht gegen die hektische Atmosphäre, die im Oszillatorium herrschte, abzuschotten, würde in seinem Organismus der gleiche Kurzschluß eintreten, wie seinerzeit nach der Einweihung des Retrospektors, als Selena und Lamiel …

O nein, daran würde er gar nicht denken!

Es hatte Monate gedauert, bis ihn Riss einigermaßen wieder hingekriegt hatte. Jetzt aber durfte er einfach nicht krank werden.

Denn auf dem 72-0-Band der UV-Skala hatte sich ein unbekanntes Lebenssystem gemeldet, welches kurz davor stand, die Schwelle zu überschreiten und die Mauern der menschlichen Lebensform zu sprengen.

Sein Pulsschlag hatte sofort auf jenen Rhythmus reagiert, der bei Tag und Nacht, im Wachen und Träumen den Takt in ihm schlug. Vor seinen geschlossenen Augen begann die achtfache Schlangenlinie zu vibrieren.

Nein! Nur das nicht!

Auf diesen Punkt mußte er sich konzentrieren, damit dieser reißende Strom sich von ihm wendete, der …

Nur in Rekreon sein, in Rekreon bleiben und abschalten! Denn die Einsamkeit, die ihn aus Zeit und Raum heraushob, war die einzige Medizin für seinen desolaten Zustand.

Seine Liege stand am Rande der Löwenquelle und schaukelte leicht hin und her. Durch das mit pastellfarbenen Mondsteinen ausgelegte Becken strömte das Wasser in silbernen Strähnen dahin. Die Windharfe, die in den Bäumen hing, flüsterte zu dieser frühen

Morgenstunde ihr leises Lied, weil jetzt die musikalischen Varianten der künstlichen Luftströme schwiegen. Nur die Natur allein war es, die in die Saiten griff und ihre geheimsten Werke vorspielte.

Diese raschelnden Töne, dieses leise Geflüster erinnerten ihn an die traute Zweisamkeit mit Selena, an die vollkommene Union unwiederbringlicher Momente, in denen ihre Gedanken und Gefühle ebenso verschmolzen, wie ...

Er streckte die Hand aus, griff ins Gras und holte drei samtene Mondsteine hervor. Die flachen, feuchtglatten Steine schmiegten sich lebendig und warm in seine Handfläche. Ihre Berührung vermittelte einen erregenden, künstlerischen Genuß, ihr schimmernder Glanz, ihre Strahlen drangen wie glitzernde Nadeln in seinen Körper ein und ließen Erinnerungen wach werden, die ...

»Wirf sie weg!« sagte jemand oder etwas in seinem Hirn, aber es war bereits zu spät. Die violett irisierenden Nebelfarben erinnerten ihn an Selenas Augen, die sich verdunkelten, sooft er sie umarmte und sich über sie beugte.

Nun wußte er nur zu gut, daß Selenas Mondsteine jenes andere ganz besondere Gift bargen, das ihn seinerzeit dazu getrieben hatte, sich in seiner Arbeit zu vergraben, und vor dem er diesmal in seine Privathölle geflohen war. Sein Leben schwang wie ein Pendel zwischen diesen beiden Polen, ein Zustand, der ihn langsam aber sicher aufzureiben drohte. Denn wenn er es geschafft hatte, sich von dem einen Extrem loszureißen, wurde er ins andere geschleudert.

Shintal ließ die Steine durch seine Finger gleiten. Doch jener Kunstgenuß, dem ihm diese Berührung vermittelte, erweckte keine tonischen Ströme, wie dies sonst bei den anderen Besuchern Rekreons der Fall war, die hier Erholung und Entspannung suchten, weil er ihn stets an Selenas nackten, biegsamen Leib erinnerte. Sein Herz begann zu rasen, in seiner Halsschlagader spürte er ein rhythmisches Klopfen.

Das gemütliche Schnurren seiner Katze war intensiver als die feinen, flüsternden Geräusche im Hain. In diesem monotonen Singsang schwang die Zufriedenheit eines selbstvergessenen Lebens mit. Jeder, der Selenas Steine in die Hand nahm, diese Steine, die vor heilkräftiger Ausstrahlung strotzten, konnten diesen Frieden empfinden, der mit der Ewigkeit verwoben war. Selenas Theorit-Akkumulatoren hatten die Tür zu einer neuen Zeit geöffnet. Auch Riss hatte das Denkmal des ›Zufriedenen Menschen‹ in Theorit gießen lassen. Selena aber verabscheute dieses Porträt mit den wulstigen Lippen und den teigigen Zügen, vor allem den stieren, leeren Blick dieser Augen, die keine Augäpfel besaßen. Also taufte sie die Statue in ihrer charakteristischen, zynischen Art auf den Namen ›das große Imbezil‹ und bezeichnete sie als Denkmal des glorifizierten Schwachsinns.

In Shintals Hand begannen die Mondsteine zu glühen.

Selenas ungreifbare Nähe nahm in ihm immer mehr Gestalt an.

Und da ihm war, als würde er Selenas fliegenden Atem spüren, setzte er wider alle Vernunft hartnäckig seine Phantasiespiele fort, die ihn nur immer weiter ins Verderben trieben.

Denn Selena liegt neben ihm, ihr Umhang gleitet auseinander. Sie beobachtet den Vogelflug am Firmament. In ihrer Hand erzittert der golden schimmernde, haarfeine Draht der Selonantenne, die auf die Frequenz der Vögel abgestimmt ist und mit deren Hilfe sie eine Schwalbe heranlockt. Das schlanke Tierchen mit dem Gabelschwänzchen huscht auf den Befehl seiner Wellenlänge wie ein berauschter Sklave zu ihr herab. Shintal spürt den Luftstrom seiner flatternden Flügel an seiner Wange, während sich das Vöglein an Selenas Hals schmiegt und aus voller Kehle zwitschert, daß es ihm vor Freude schier die kleine Brust zerreißen will.

Dieser schrille Ton der Erinnerung riß wie eine spitze Nadel die Luftblase seiner Visionen auf. Und plötzlich wurde er sich seiner schmerzlichen Einsamkeit bewußt, welche die dahineilende Zeit nur noch vertiefte. Doch je deutlicher er sein Elend wahrnahm, um so krampfhafter versuchte er, sich an seinen verborgenen Schatz zu klammern, drückte den Schmerz und das Leid wie einen verlorenen Wolfsjungen an seine Brust. Doch er war stets bemüht, solche Regungen zu verheimlichen, besonders vor seinem Freund Riss, der mit Sicherheit nicht gezögert hätte, ihm die Flausen auszutreiben, und sei es mit Gewalt. Denn Riss konnte vorerst nicht ahnen, daß die Spuren, die sein Leben mit Selena in ihm zurückgelassen hatten, daß dieser Schmerz, der in seiner Seele brannte, nur getilgt werden konnte, wenn man sein Leben auslöschte. Selena war zum bestimmenden Faktor geworden, der all seine Gedanken und Gefühle beherrschte. Sein sphärisches Haus, seine Arbeit, seine Freizeit waren untrennbar mit Selenas Gewohnheiten verwachsen. Alle Gegenstände, die sie je berührt hatte, trugen die Spuren ihres strahlenden Wesens. Sie hatte es verstanden, jeden Augenblick ihres Zusammenseins zu verzaubern, als vielschichtiges Liebesspiel oder als paradiesisches Vergnügen zu gestalten. Sie hatte seine Phantasie zutiefst aufgerührt, neu geschaffen und ihn unrettbar in ihren Zauberbann gezogen.

»Shintal!«

Er schaute überrascht auf seine Uhr. Das Mineofon war in finsteres Schweigen versunken.

Doch auf einmal konnte er klar und deutlich vernehmen, daß jemand seinen Namen rief, ein dringender Ruf – Delias tiefe, belegte Stimme, *die irgendwo in seinem Gehirn erklang.* In seinem inneren Gesichtsfeld tauchte gleichzeitig auch ihr seltsam verzerrtes Gesicht auf. Shintal aber, verwirrt, bestürzt und versunken, wischte dieses Bild in sich weg, als würde er einen Stein in helles Wasser werfen, weil er in Delias Miene die Begeisterung einer animalischen Lust entdeckt hatte.

Dennoch hatte er Respekt vor jener Kraft, die in diesem hartnäckigen, ungestümen Mädchen wohnte.

Hatte sie doch am Ende ihres telepathischen Trainings, im unkontrollierten Zustand der Entspannung wieder einmal einen erotischen Angriff auf ihn gewagt, obwohl er der Meinung war, daß Selenas Zauberkreis jeden Versuch in dieser Richtung vereiteln würde. Delia aber, diese auf elementare Weise ewig junge Erdenmutter, war die Göttin der blinden sexuellen Gier. Dies war auch der Grund, warum er sich nie zu ihr hingezogen fühlte. Sie war einfach ein fremder Typ, weil … ja weil sie einfach das genaue Gegenteil von Selena war.

Selena ist wie ein Blitz. Sie gleicht dem Licht, das man nicht erhaschen, nicht greifen kann. Doch alles, was sein Schein berührt, erstrahlt sofort in schimmerndem Glanz.

Wo mag sie jetzt sein? Zuletzt hatte sie von einer Helios-Raumstation einen kurzen Gruß geschickt. »Bin auf der richtigen Spur. Mallonas Sternenstaub wird bald aus den Steinen sprechen. Ich werde später über den musikalischen Kosmos berichten, nicht in Worten, sondern …«

Shintal wußte nicht, ob es Absicht war oder vielleicht nur der Zauber ihrer Selbstsucht, weil das Xenogramm auch Lamiels Unterschrift trug.

Wie lange würde die Lamiel-Episode noch dauern?

Wahrscheinlich so lange, bis diese neue Passion, an der sie sich erfreute, gleich einer verzehrenden Flamme in ihr loderte.

Zunächst war es in der Tat Lamiels Pandämonium, das diese Begeisterung in ihr entfachte, die Möglichkeit gemeinsamer Experimente mit den ›tönenden Mondsteinen‹. Doch ihre Begeisterung allein hätte nicht ausgereicht, die Leitung des Psychodoms vom Wert ihrer Entdeckung zu überzeugen. Selena und Lamiel bekamen erst grünes Licht, als sie ernstzunehmende Ergebnisse aufweisen konnten. Jene kreative Energie aber, die zwischen den beiden Venen zirkulierte, mußte zwangsläufig dazu führen, auch den Stromkreis ihrer Sinne zu verbinden.

Selena hatte Lamiel erstmals über Polyvision gesehen, als er bei einem Konzert seine Nova-Symphonie dirigierte. Der Taktstock in seiner Hand vibrierte wie ein lebendiger Nervenstrang, sein feingeschnittenes Gesicht mit den ziselierten, fast weiblichen Zügen hatte sich mit obszöner Vertraulichkeit zwischen Shintal und Selena gedrängt. Sie hatten Seite an Seite im Bett gelegen, und Selena hatte das Gerät einfach aus einer Laune heraus eingeschaltet. Im selben Augenblick aber war der Raum von Lamiels Gegenwart erfüllt. Shintal spürte eine bange Ahnung in sich aufsteigen, als Selena mit wohlvertrauter, bebender Stimme fragte:

»Weißt du eigentlich, daß der Taktstock, der ehemalige Zauberstab der Magier, eigentlich ein Phallus-Symbol ist?«

»Selbstverständlich!« gab er ungemütlich zurück und wollte das Gerät wieder ausschalten.

»Nein! Laß doch!« sagte Selena gereizt. »Das ist einfach herrlich! … ›Im Anfang war das Wort‹«, zitierte sie nachdenklich den Spruch aus der Genesis. »Jahrtausendelang hat der Mensch geglaubt daß alles sinnloser Quatsch sei, bis der gute Doktor Cladni die akustischen Tonfiguren entdeckte. Er hat herausgefunden, daß vokale Schwingungen den feinen Sandstaub, der auf eine Glasplatte gestreut wird, zu geometrischen Formen ordnen können. Hör mal zu!« sagte sie, während sie sich plötzlich kerzengerade aufrichtete. »Wenn es gelingen würde, in die Sammellinse der Theoritsteine solche ›welterschaffenden Logostöne‹ einzuschließen und diese wieder abzuspielen, könnten wir Riss ein herrlichen Heilelixier in die Hand geben! *Tönende Mondsteine!* Was sagst du dazu?«

Sie war plötzlich Feuer und Flamme, doch diese Begeisterung hatte nicht ihm gegolten, sondern jene Vorstellung, die gerade Selenas Phantasie angeregt hatte. Und während er sie umarmte, war ihr Blick über seine nackten Schultern hinweg auf den Bildschirm an der Decke gerichtet, den sie mit weit aufgerissenen Augen anstarrte und den dirigierenden Magier anhimmelte. Shintal versuchte verzweifelt, sich dem dunklen Schwarm seiner Gedanken zu entziehen, die wie Geier über ihm kreisten, doch es wollte ihm nicht gelingen. Denn ihr finsterer Kreis hatte ihn bereits fest umschlossen. Sein Verhältnis mit Selena war schon immer ein atemloser Wettlauf, eine einzige blinde Unsicherheit gewesen. Ihm war, als würde er einen Vogel in der Hand halten, der freiwillig dorthin geflattert war. Er konnte nie wissen, wie lange der Vogel blieb. Doch er konnte keinen Augenblick daran zweifeln, daß der Vogel eines Tages davonflattern würde, den Gesetzen seiner eigenen Lebensformen folgend.

Lamiel konnte sich mit Selena in die Lüfte erheben, weil er ein ›Vogelmensch‹ war. Er aber mußte auf der Erde bleiben und auf dem Boden kriechen wie ein Lurch. Auf deinem Bauche sollst du gehen und Erde essen dein Leben lang.

Shintal sprang so schnell auf die Füße, daß sein Liegestuhl umkippte und die Katze mit gesträubtem Fell auf ihren Füßen landete. Ihre gelben Hexenaugen verfolgten das Herrchen mit erschrockenem Blick, der seinen Hydromantel raffte und mit langen Schritten über den schimmernden Rasen dahinstürmte. Hier und da stieß er in der Eile mit Schultern und Stirn gegen die tief herabhängenden Äste der Bäume, und die Windharfe, aus ihren Träumen aufgeschreckt, begann in höchsten Tönen zu singen. Ihr erratischer Rhythmus schaltete in Shintals Nerven wieder das Pulsieren, den hämmernden Takt der 72-0-Anzeige ein. Und von diesem Rhythmus gejagt, betrat er das hellgelbe Transportband, das ihn in seine Welt zurückbrachte.

Lison

Shintal hätte gern eine Begegnung mit Riss vermieden, weil er wußte, daß der Doktor mit ihm über Lison sprechen wollte. Er fühlte sich nicht gelassen genug, mit Riss' zäher, hartnäckiger Klugheit fertigzuwerden, der es oft an Weisheit mangelte. Auf dem Flur aber, der zum Therapion führte, sah er vor einer Fensterlinse die Kollegin stehen.

Lison betrachtete das Panorama mit verträumten Augen, die auf unendlich eingestellt waren, ohne die Stadt zu sehen, die sich zu ihren Füßen ausbreitete. Wieder einmal war sie aus sich herausgetreten, hatte ihren Körper abgestreift und einfach liegen lassen wie einen leeren Sack. Shintal erschauerte vor ihren spitzen Knochen, die Lisons Umhang geradezu durchbohrten. Es war unheimlich, wie selbstvergessen sie dastand und mit versonnenem Lächeln in sich hineinhorchte. Lison bemerkte seine Gegenwart erst, als ihr Shintal die Hand auf die Schulter legte. Sie schaute verwirrt auf, wie jemand, der nicht weiß, in welcher Welt er erwacht ist.

»Warst du gerade auf einer langen Reise?« fragte Shintal in jenem leichten, scherzhaften Ton, mit dem ein Freund versucht, einen unheilbar Kranken von seinen Gedanken abzulenken.

»O ja«, erwiderte Lison mit einem Lächeln, das Shintal mitten ins Herz traf. »Und dies habe ich dir zu verdanken, nur dir allein. Denn keiner hat es bis jetzt fertiggebracht, mir die Zeit, die vierte Dimension so deutlich vor Augen zu führen wie du. Es ist ein großer

Schatz, den du mir geschenkt hast. Nun weiß ich endlich, wie ich Leon in der Vergangenheit jederzeit aufsuchen kann. Denn jetzt kann ihn die dahineilende Zeit nicht mehr in unendliche, unerreichbare Fernen entrücken. Kann ich doch parallel jede Minute unseres Zusammenseins beschwören, weil ich ungehindert in die Vergangenheit eindringen kann.« Ihr sanftes irres Lächeln vertiefte sich. »Stell dir nur vor, welch ein Leben und Treiben um mich herrscht, welch eine emsig wimmelnde Masse mich umgibt! *Und diese Menge setzt sich einzig und allein aus Leons verschiedenen Gestalten zusammen!* Da ist Leon, der im paradiesischen Schlaf der Säuglinge versunken, beide Fäuste neben seinen Kopf aufs Kissen legt, Leon im Kindergarten und Leon, wie er die Zeit durchläuft. Während er von einer Bank zur anderen geht, wird er immer größer, klüger und hübscher. Da ist Leon im Studio, Leon, in seine psychotechnischen Spiele versunken, Leon im Streß, im Lampenfieber vor Prüfungen, und Leon entspannt während der Ferien. In unserem sphärischen Haus wimmelt es von Leons Gestalten: Leon als Kind, als Schüler, als Jugendlicher, und Leon als gereifter Mann. Der verliebte, der erfolgreiche, der niedergeschlagene, der phantasierende Leon, dessen Gedankenfühler die unendlichen Dimensionen des Andromeda-Nebels oder der Kassiopeia abtasten und dessen Gefühle einen gewaltigen musikalischen Kosmos mit wunderbaren akustischen Symbolen füllen. Selbst diese Traumgestalt kann ich deutlich sehen. Seine Stirn reicht bis zu den Sternen. Leon bei der Inbetriebnahme des Definiators, wo dieser komplizierte, eiskalte Mechanismus zum lebendigen Organismus erglüht und unter seinen Händen zum selbständigen, übermenschlichen Titan heranwächst. Leon in der Stille des Labors, allein im Lichtkreis der Scheinwerfer, als ...« Hier stockte Lison. Ihre jagenden Gedanken waren auf einen Fels geprallt, ihre

Augen weiteten sich von dem schmerzlichen Schock. Sie hatte Shintals Anwesenheit vollkommen vergessen, versuchte sich mit schwankenden Schritten zu entfernen, doch der Kollege rief ihr nach:

»Warte!« Dann hielt er verwirrt inne. Was konnte er ihr noch sagen?

Lison drehte sich nach ihm um, wartete einen Augenblick, bevor sie das peinliche Schweigen brach.

»Was willst du mir noch sagen?«

»Ich weiß es nicht!« brach es aus Shintal hervor. »Du müßtest etwas tun. Vielleicht wenn du …«

Lison aber schüttelte langsam den Kopf.

»Ich werde Riss nicht in Anspruch nehmen. Gehe hin und sag ihm, es tut mir leid, daß ich die Beherrschung verloren habe. Aber er soll endlich den Versuch aufgeben, meinen toten Sohn aus mir herauszuoperieren. Leon ist mein Problem – eine Sache, die nicht in seinen Wirkungskreis gehört.«

Shintal konnte Riss im Sprechzimmer des Therapions nicht finden. Sein Blick glitt über die Reihe der phantastischen Gemälde, die von den Wänden strahlten und einen wichtigen Teil der Symboltherapie seines Freundes Riss ausmachten. Die Bilder zeigten die verschiedenen Phasen eines Genesungsweges. Die ersten Stationen stellten ›auf Leinwand projizierte‹ Dämonen, prähistorische Ungeheuer, symbolische Klagen und unerfüllte Sehnsüchte dar. Die meisten Bilder waren auf entsetzliche Weise suggestiv. Sie waren von einer hinreißenden Beharrlichkeit, gleich den elektrisch geladenen Lebewesen der Tiefsee, die ihre Beute mit jenem unterirdischen Leuchtstoff in die Falle lockten, der Luziferin hieß und dessen Glanz die Meeresbewohner betörte.

Shintal blieb vor einem Bild stehen. Es stellte einen Polypen dar, der auf allen Seiten seines mächtigen

Kopfes ein teuflisch schönes Frauenantlitz trug. Um seine langen Fangarme, die mit weißen Saugnäpfen bestückt waren, rankten sich rote Korallengebilde in einem algengrünen Wasserbett: ein Kunstwerk, das von außergewöhnlichem Formgefühl zeugte, ein Bild im Stil der Psycho-Art, Yasks berühmte ›Lilith‹. Leons Mörder hatte mit seiner Darstellung der vernichtenden und kreativen Pole weiblicher Magie haargenau jene ungewisse treibende Kraft getroffen, die ihn seinerzeit zu seiner Tat verleitet hatte. Denn dieser Zwang war von ebenso blinder und archaischer wie femininer Natur.

Erst die modernen, hochsensiblen, leuchtenden Farben hatten es möglich gemacht, eine solch faszinierende Wirkung zu erzielen, so wie Selenas Mondsteine schließlich zu Riss' aktiver Farbtherapie führten.

»Du wirst zugeben, daß Lilith das gefährlichste Biest ist, das wir aus den Triebmooren der Natur herausgelockt haben«, erklang Riss' modulierende, weiche Moll-Stimme hinter seinem Rücken. Wenn man Selena glauben konnte, so pflegte Riss daheim regelrechte Stimmübungen zu machen, wie ein Opernsänger. Doch aus dieser einschmeichelnden Melodie stachen die scharfen, hypnotischen Gedankenbefehle wie spitze Dolche hervor. »Ich bin der Meinung, daß es nicht sehr vorteilhaft ist, diese Bilder ohne ihre ergänzenden Elemente zu betrachten. Denn jeder, der sie anschaut, kriegt automatisch einen optischen Stromschlag ab.«

Riss schaltete den Sonor-Reflektor ein, und sogleich begannen über Liliths Bild die ergänzenden Farben der Genesung zu glühen. Schwarze Ringe verkrampfter Kraftlinien wurden gesprengt, die zu Pastelltönen verwaschenen Schatten begannen allmählich zu verblassen. Aus schmutzigen Farbklecksen tauchten geordnete Seelenlandschaften auf. Die in allen Details durchleuchtete, gelöste Komposition barg keine unvermuteten Emotionen und Spannungsherde mehr. Der gletscherblaue Himmel war weder von Kummer, der an der Seele nagt, noch von leidenschaftlicher Begeisterung getrübt. »Schlimmer, als wenn Yask gestorben wäre«, erklangen Selenas Worte in ihm. Das abgespaltene Bruchstück seines Ich, das zu ihr gehörte und selbst im Lichterglanz nach den Schattenspielen raffinierter Gelüste suchte, war bereit diese Meinung zu teilen. Doch sein reifes, verantwortungsbewußtes Selbst mußte zwangsläufig Riss zustimmen.

»Großartig!« Er drehte sich um und wandte sich lächelnd dem Freund zu, dem er trotz dessen Befangenheit und leiser Eitelkeit aufrichtig zugetan war. »Wo ist eigentlich Yask?«

»Im freiwilligen Exil.« Riss konnte nur schwer verbergen, daß er aufgebracht und beleidigt war. »In freiwilliger Verbannung auf einer Raumstation. Ein glänzender Symbologe. Sein Intelligenzgrad hat während der Behandlung deutlich zugenommen. Ich hätte ihn gern hier behalten, doch er konnte sich *hier und jetzt* von den Kurzschlüssen seines Gewissens nicht befreien ... aus Gründen, die wir alle nur zu gut kennen.« Shintal war über den deutlichen Hinweis verärgert.

»Natürlich Lison!«

Riss war so sehr mit seinen eigenen Gedanken beschäftigt, daß er Shintals eindeutige Stellungnahme überhaupt nicht wahrnahm.

»Gerade ihretwegen habe ich nach dir gesucht.«

»Ich weiß.«

»Yask gehört in den Psychodom! Wir können einen vollwertigen Menschen nicht aufgeben wegen einer Person, die ...«

»Also ist Lison *kein* vollwertiger Mensch?« fragte Shintal überdeutlich.

»Davon bin ich felsenfest überzeugt!« In Riss' Worten schwang jene Härte mit, die seine Kollegen als Fanatismus bezeichneten. »Es wäre ein schwerer Fehler, Yask einem krankhaften egoistischen Rachefeldzug auszusetzen!«

»Also willst du Yasks wegen jetzt auch noch Lison lebendig begraben!« gab Shintal heftig zurück. Sobald er aber diese Worte ausgesprochen hatte, tat es ihm auch schon wieder leid. Denn Riss hatte eine solch ungebührliche Beschuldigung wahrhaftig nicht verdient. »Verzeih mir!« setzte er hastig hinzu. »Nur ein dummer Reflex, nichts weiter.«

»Das will ich hoffen!« bemerkte Riss kühl, während sich die beiden vor der großen Linse der Glaskuppel niederließen, von wo aus der Blick bis zu den Hügelterrassen von Makropolis, bis zu den hängenden Gärten und den Yadill-Villen reichte, die aus gepflegten Hainen hervorlugten, bis dorthin, wo sich durchsichtige Bauten in glitzerndem Wasser spiegelten. In diesem faszinierenden Panorama waren die von Blumen flankierten Prachtstraßen und all die Spaziergänger, die da auf und ab flanierten, kaum noch zu erkennen. Die gewaltigen Dimensionen der Metropole waren zu einer stilisierten Festung der Phantasie zusammengeschrumpft, und das ameisenartige Gewimmel in den Straßen wurde erst plastisch, wenn man auf einer bestimmten Facette der Linse einen Ausschnitt vergrößerte, den man näher betrachten wollte.

Über den weiter entfernten Berggipfeln blitzten die Antigrav-Stationen, welche die Anziehungskraft der Erde regelten, wie schlanke Silberpfeile auf. Die wild wuchernde Flora jenes isolierten Tales, das außerhalb des Stadtgebiets lag, schmückte die Landschaft mit ihrem keuschen Waldgürtel.

Shintal aber wußte genau, ja, er konnte sehen, was dieser struppige Urwald verbarg. Und als urplötzlich Savonarolas hageres Antlitz mit den bitteren Zügen erschreckend scharf in seiner Vorstellung auftauchte, waren seine Nerven vor lauter schmerzlichen, hilflosen Gefühlen gespannt. Denn nur er allein wußte um die außerordentlichen Werte, um die unheimliche seherische Begabung und um das selbstkritische Pflichtgefühl dieses ›Degenerierten‹, der zum Raubtier, zum gejagten Wild geworden war. Shintal wußte nur zu gut, wer Savonarola einst gewesen, bevor er seine eigene Haut abstreifte und mit schier mörderischer Selbstironie in die Maske eines italienischen Mönchs schlüpfte, den man vor tausend Jahren auf dem Scheiterhaufen verbrannt hatte. Natürlich war dies auch kein Zufall, ebenso wie …

Doch nein! Diesen Faden konnte er hier vor Riss' Augen nicht weiterspinnen. Denn all die ›Degenerierten‹, die Savonarola gefolgt waren, all ihre kindlichen, fast lächerlichen Bemühungen standen ihm jetzt so deutlich vor Augen, daß er sich in Gedanken erneut zu diesen verlorenen Schäfchen bekennen mußte, zu diesen Abtrünnigen, diesen Revolutionären, die aus der Herde ausgebrochen waren, wie zum Beispiel Sisotris. Riss kann nicht begreifen, daß dieses arme, kranke, wunderschöne Kind vor seinem eigenen telepathischen Genie in den Wahnsinn geflüchtet war, weil es all seine Erfahrungen nicht verkraften konnte. Riss darf aber auch nicht erfahren, daß er, Shintal, die ›Degenerierten‹ von Zeit zu Zeit besuchte, weil er die Begegnungen mit Savonarola nicht missen möchte, obwohl er ihm kaum näherkommen konnte, und die Kontroversen beiden Parteien nur Schmerzen bereiteten.

Shintals Blick kehrte rasch wieder auf die Oberfläche von Makropolis zurück. Es war nicht gut, noch tiefer unter die Oberfläche zu tauchen, weil … auch dieses wahr ist! Und dieses bezaubernde Bild enthielt keine störenden Elemente. Er konnte es sich nicht leisten, daß …

Der Anblick beruhigte ihn auch diesmal und hob ihn über sich selbst hinaus. Es gab Zeiten, wo er vor seiner Vorzugsstellung, besonders aber vor der Verantwortung zurückschreckte, die man ihm aufgebürdet hatte. Manchmal kam er sich irgendwie schwach und infiziert vor, doch seine Selbstbeherrschung hatte ihn bisher noch nie im Stich gelassen. Und sooft er das Panorama dieser ›ewigen Stadt‹ betrachtete, die durch eine unsichtbare Nabelschnur an die Zentrale gebunden war, breitete in ihm die Verpflichtung, diese Gemeinschaft zu hegen, zu pflegen, zu betreuen und zu beschützen, weit ihre Flügel aus. Was seine Gefühle betraf, so hatte er die Krise zum Großteil überwunden, zumindest insofern, daß er gelernt hatte, mit einer chronischen Krankheit zu leben, die ihn aber nicht weiter an seiner Arbeit hinderte. Sein Leben, sein Streben gehörte der Hauptstadt, der schäbige Rest aber Terropolis, das sich ›auf neuem Boden, unter einem neuen Himmel‹ aus den Trümmern der großen Vernichtung erhob. Die verbotenen Gebiete sind es, welche die Erinnerung an das große Kataklysma bewahren. Sie alle hatten daraus gelernt, würden es nie vergessen. Nun lebt die ganze Führerschaft mitsamt den Kollegen auf dieser hohen Warte wie eine *Dienerschar,* welche Karyatiden gleich die schwersten Lasten der Welt auf ihren Schultern trägt. Alle Fäden, alle Kontrollorgane, die dazu dienen, Gefahren abzuwenden oder besser zu verhüten, halten nur sie allein in Händen. Darum darf es niemals geschehen daß …

»Wir müssen Lison in ein fernes Raumsanatorium verschicken«, leitete Riss seine Attacke ein. »Sie muß dauernd überwacht werden, auch gegen ihren Willen!«

Doch selbst hinter den strengen harschen Worten seines Freundes konnte Shintal das Mitleid spüren, das Riss für Lison empfand. Denn Riss war nach wie vor nicht bereit, die argwöhnische Antipathie der Kollegen zu teilen. Er wußte, daß Riss ein hervorragender Fachmann war, und daß alles, was er tat, aus einer wohlwollenden, aufrichtigen Überzeugung heraus geschah. Doch leider, was Lisons Fall betraf …

In Shintal schlugen alle Glocken Alarm.

»Unmöglich!« erwiderte er prompt, von seiner Heftigkeit selbst überrascht. »Lison ist nicht zu ersetzen! Zumindest vorerst nicht. Vielleicht später, wenn überhaupt … Sie allein ist in der Lage, die noch nicht justierten Ultraregister des Definiators zu kontrollieren. Und so oft eine Störung auftritt, können wir stets mit ihrer spezifischen *mütterlichen* Intuition rechnen, so merkwürdig sich dies auch anhören mag. Leon ist es zum Großteil zu verdanken, daß diese Erfindung verwirklicht werden konnte. Denn in ihm liegt weitaus mehr Energie verborgen als in jenen Nachkommen, die aus den Lenden unserer zahlreichen Urväter und Vorfahren hervorgegangen sind. Selbst sein letzter Gedanke hat dem Definiator gegolten. Lison aber hält diesen Analysator für ein Lebewesen, hält ihn für einen Blutsverwandten, der die Brücke zwischen ihr und ihrem Sohn schlägt. Dabei ist auch eine gewisse Parallele vorhanden. Doch wir würden nicht nur Lison der einzigen Fähigkeit berauben, die sie für Leons Verlust entschädigt. Auch unsere Arbeit würde größten Schaden erleiden, wenn in dieser entscheidenden, kritischen Versuchsphase unser wichtigstes Kontrollorgan, unser Interpretationsinstrument ausfiele.«

»Shintal!« Riss schaute ihn an, als hätte der Freund Verrat an der gemeinsamen Sache begangen. »Machen wir uns doch nichts vor! Lison ist auch mein größtes menschliches und medizinisches Problem. Was ihre Person betrifft, verdient sie jedes Mitgefühl und alle Hochachtung. Im Pschodom aber ist sie eine potentielle Gefahr. Sie kann sich auf dem ganzen Domgelände frei bewegen. Sie ist eins der Kontrollorgane des Oszillatoriums. Sie kennt unsere Geheimcodes, sie arbeitet an der Programmierung des Prophylaktons mit, der zur Verhütung seelischer Störungen dient. Einmal in der Woche hat sie Nachtdienst, wobei sie die zentralen Kontrollgeräte überwacht. Begreif doch endlich, daß Lisons spontane, impulsive Reaktionen unberechenbar geworden sind. Sie ist bereits drauf und dran, heimlich, still und leise unsere gemeinsamen Ziele zu sabotieren. Sie ist von Ironie und beißendem Zynismus erfüllt. Ich bin in einer äußerst schwierigen Lage! Wir leben auf dem einzigen ›exterritorialen‹ Punkt dieser Erde. Hier gibt es keine Privilegien, nur Pflichten. Ich kann mit Hilfe unserer Technopsychologie die Besatzung und die Einwohner auch der entferntesten Städte, Raumstationen, Untersee-Siedlungen, sphärischen Häuser und kosmischen Versuchsstationen über alle Hindernisse hinweg mühelos erreichen. In unserer ausgewählten, geschlossenen, geschützten Gesellschaft war ein Unsicherheitsfaktor wie Lison nur möglich, weil …«

»Weil eine ›Gehirnzelle‹ unserer Art ihre Fähigkeiten nur dann entfalten kann, wenn ihr nichts im Wege steht«, warf Shintal ein. »Vergiß nicht, unter welchen Voraussetzungen und Bedingungen uns die Leitung des Psychodoms anvertraut wurde! Das Ergebnis unserer Intelligenztests und unserer moralischen Prüfungen ließen sich nicht manipulieren. Und selbst beim leisesten Verdacht, daß irgendwelche Gefühlskrisen das in uns erbaute konstruktive Sperrsystem durchbrechen könnten, hätten wir niemals diese Posten übernehmen können, die wir heute inne haben. Lisons Charakterbild ist einwandfrei und unangreifbar. Sie ist von strengem Pflichtbewußtsein und großer moralischer Kraft erfüllt. Unsere intolerante Absicht aber, die zu heilen, übt einen ständigen Reiz auf sie aus und steigert um so mehr ihre Widerspenstigkeit. Ich schlage vor, lassen wir sie vorerst laufen. Wir sollten sie auch nicht mit unserer kollegialen Teilnahme belästigen, weil sie ja alle unsere Schliche kennt und unsere Methoden von vorn herein ablehnt. Lassen wir sie in Frieden, bis sie sich beruhigt hat. Später vielleicht …«

»Später vielleicht was?«

»Später vielleicht können wir zu der Lösung übergehen, die du für richtig hältst.« Shintal lehnte sich erschöpft zurück und schloß die Augen. Er hatte nicht nur für Lison gekämpft, war er doch Schicksalsgenosse, Blutsbruder, Konspirator und Kumpan seiner Kollegin, selbst wenn sein Freund nicht ahnen konnte, welch virulenter Infektionsherd sich in Shintals Vorstellung verbarg.

Shintal blickte unruhig und irritiert auf. Denn Riss war stets wachsam, immer auf dem Posten und allzeit bereit. War er wirklich so arglos, wie Shintal glaubte?

Durch Riss' forschenden Blick hindurch schaute er auf eine undurchdringliche ›Zellenwand‹, die das innerste Sanktuarium der Mitglieder der Ganglion-Gruppe vor den Gedankensonden ihrer Kollegen abschirmte. Diesen Panzer strengster Konzentration konnte außer Sisotris nur noch Lison durchbrechen, weil … weil sie sich Riss über seine Gefühle näherte. Lison konnte vom Nullpunkt ihres eigenen Lebens aus in alle Tiefen menschlichen Leids schauen. Riss dagegen verfügte nicht über solch resonante Fähigkeiten. Dieser Gedanke löste seine Beklemmung, und er stand auf.

»Nun?« fragte er, während er Riss in die Augen schaute, der ihn immer noch forschend und nachdenklich musterte.

»In Ordnung«, meinte Riss nach einer kurzen Pause, wenn es ihm auch schwerfiel. »Lange dürfen wir die Sache aber nicht aufschieben. Lisons Disziplin lockert sich von Tag zu Tag, sie schwebt stets zwischen Traum und Wirklichkeit, in den Visionen einer Welt gefangen, die sie allmählich zur Somnambulen macht.«

Eine Schlafwandlerin, ja. Auch Shintal hatte diesen Eindruck. Auf jeden Fall hatte er aber zunächst einmal Zeit gewonnen, wider sein besseres Wissen und Gewissen, weil …

Aber egal warum! Ein vernünftiger Grund war sowieso nicht vorhanden.

Also nahm er von Riss Abschied und betrat das lautlos dahineilende Transportband, das ihn zum Trainingsraum des Retrospektors brachte.

Die Vergangenheit als Gegenwart

Jede empirische Erfahrung ist als kosmische Aufzeichnung im Weltraum gespeichert und kann jederzeit wieder abgerufen werden.

SHINTAL

Eigentlich hatte Shintal nicht vorgehabt, bei den Superioren hineinzuschauen. Wenn er es nun trotzdem tat, geschah es aus einem spontanen Gefühl heraus, aus dem Wunsch, die Dinge auf die lange Bank zu schieben. Denn er wollte die Begegnung mit jenem *Unbekannten,* das im Oszillatorium auf ihn lauerte, so weit wie möglich hinausschieben, außerdem ...

Während er sich den Studios näherte, vernahm er ein leises Summen, in dem auch Delias sinnlicher Lockruf mitschwang. Nun hatte er freilich wochenlang enthaltsam gelebt, so daß er auf die Ruffrequenz des Mädchens zwangsläufig reagieren mußte, obwohl er Delia nach wie vor nicht begehrte. Doch seine Sinne lechzten nach Entspannung, und früher oder später mußte er diese aufgestauten Triebe befriedigen, sonst wäre er in dieser Gemeinschaft nur unangenehm aufgefallen, wo jeder die Gewohnheiten und den Lebensrhythmus seines Mitmenschen automatisch registrierte.

Die 14 Superioren aber ließen sich nicht stören, nahmen von ihm keine Notiz. Sie saßen im gedämpften Licht vor dem Tastenfeld des Retrospektors und erledigten ihr Teamwork wie die Mitglieder eines Orchesters. Ihr Instrument aber gab keine Töne von sich, sondern sensible Strahlen, die sich gleich Fühlern in die Dimensionen der Zeit erstreckten und jene Symbole und Gegenstände erfaßten, welche alle Erinnerungen an die Jahrmillionen alte Vergangenheit bargen. Denn dieser Lichtkondensator konnte die Erinnerungskeime in Bilder umwandeln und auf einen Bildschirm projizieren.

Die Schüler waren dabei, mit Hilfe von Shintals ›archäologischem Musikinstrument‹ die eingefangenen Vagabunde des Kosmos' zu befragen: streunende Asteroiden, Meteoren und den Flugsand des Sternenstaubs. Sie wählten in der scheinbar toten Asche der Reservate, in der Schlacke nuklearer Explosionen und erweckten die dramatischen Epochen der Geschichte zum Leben, die eine Flut von Feuer und Blut von der Erdoberfläche getilgt hatte.

Die Strahlenmeißel der Tasten trugen die Kruste der Vergangenheit Schicht für Schicht ab und holten aus den tiefen Schluchten der Zeit die geheimen Aufzeichnungen der sichtbaren Materie des Universums ans Tageslicht. Solche Erlebnisse dehnten das menschliche Bewußtsein schier endlos über alle Grenzen hinaus, wobei sie das Weltbild der Wissenschaft pausenlos veränderten.

Shintal heftete seinen Blick auf den großen Bildschirm, auf dem die Mikropartikel eines Meteoriten, den die ›Mesonkrallen‹ des Retrospektors in der Zange hielten, soeben die Blütenblätter ihrer Erinnerung zu entfalten begannen. Die dunkle Masse wuchs, wurde immer durchsichtiger, und gallertartige Fäden wanden sich aus ihr heraus. Die Atmosphäre, die um sie herum flimmerte, wurde von einem transparenten Stoff wie von einem glitzernden Dunstschleier in unwirkliche Farben getaucht.

Die konturlose, amorphe Masse nahm allmählich die Gestalt eines seltsamen Reptils an und begann tiefrot zu glühen. Auf dem genoppten, spiralförmigen Zylinder blitzten in rhythmischer Folge bunte Kringel wie Leuchtzeichen auf.

»Ort?« fragte Chiarro mit vor Aufregung heiserer Stimme.

»Einer der explodierten Monde des Planeten Luzifer.«

Diese Antwort kam aus dem Definiator.

»Zeitraum?«

»Dreißig Millionen Jahre. Künstlichen Ursprungs.«

»Charakter und Lebensform der Bewohner?«

»Eine Kombination aus organischer und anorganischer Materie, hervorgerufen durch hochintelligente Energie vor dem Untergang dieser Rasse. Diese stets regenerierten Gehirne von unendlicher Lebensdauer waren in der Lage, jene mechanischen Organismen zu beseelen und am Leben zu erhalten, die sie sich als Ersatz für ihren verwundbaren, vergänglichen Leib geschaffen hatten.«

»Ihre Art?«

»Destruktiv.«

»IQ-Wert?«

»Zwohundertzwoundfünfzig, Zahlenwert 252.«

»Lebensdauer?«

»Achtzigtausend Erdenjahre, Zahlenwert 80 000.«

»Grund ihres Untergangs?«

»Dekadente, sich selbst aufzehrende Genialität.«

Der Strom jener Freude, den seine geniale Erfindung in Shintal auslöste, durchströmte seine Nerven. Doch während sein Blick noch wie gebannt jene ›Lebewesen‹ verfolgte und jene karge Landschaft betrachtete, die sich kupferfarben aus einer Wolke von Staub und Sand erhob, begann in seinen Adern erneut der fieberhafte Rhythmus des Bandes 72-0 zu pulsieren. Eine gewaltige Welle der Erregung bäumte sich in ihm auf, die geistigen Rausch und Beklemmung zugleich mit sich brachte: Ein seltsamer, seltener Augenblick. Hoch über seinen Problemen schwebend, hatte er noch nie die Großartigkeit seiner Verdienste mit solcher Demut erfahren. Nur die ›Euthanasie‹, das leichte Sterben, der fröhliche Abschied des ›begeisterten Entschlummerns‹, war mit diesem Zustand zu vergleichen, wenn man sein Lebenswerk vollendet hatte, wenn man bereit war …

Aber halt. Ein vollendetes Lebenswerk? Was soll das heißen? Was war es, wovon er sich mit seltsamer Vorahnung verabschieden wollte? Im Zenith seines Lebens stand er auf der Schwelle einer Entdeckung, die das Weltbild der Menschheit von Grund auf ändern konnte. Die Natur aller Dinge, die im Haus der Schwingungen, im Oszillatorium vor sich gingen, konnten selbst er und seine Mitarbeiter in keiner Beziehung ermessen, konnten nur ihre Bedeutung fühlen und ahnen. Ihr gespannter Nervenbogen aber würde schließlich jene Pfeile abschießen, die auf die erschütternden, gewaltigen Möglichkeiten abzielten, welche in der fernen Zukunft verborgen lagen.

Die Projektionen des Retrospektors verschwammen vor seinen Augen. Dafür erglühte auf dem inneren Bildschirm seines Gehirns das fein oszillierende Spektralband 72-0, das er, ein Odysseus des Hyperraums und seine Mitarbeiter ebenso froh und begeistert begrüßt hatten, wie einst die Helden des Homer nach langer Irrfahrt die Küsten von Ithaka.

Shintal war plötzlich von fieberhaftem Tatendrang erfüllt. Und er ging ebenso unbemerkt, wie er gekommen war.

Das Oszillatorium

Shintal zog die Vorhänge des fünffachen Energiefeldes hinter sich zu, welches das Oszillatorium gegen den Rest des Psychodoms abschirmte.

Zwar nahm der seltsame geistige Rausch, der ihn überkommen hatte, immer mehr zu, doch seine Exaltation war nicht frei von Beklemmungen. Ihm kam es vor, als würde er sich mit geschlossenen Augen einem glühenden Herd nähern. Diese erschreckend überspannte Sensibilität von vorhin stieg wieder mit Macht in ihm hoch. Dies war auch der Grund, warum er jenen Augenblick möglichst weit hinausschob, in dem er in den Prozeß, dessen Initiator er selbst gewesen war, eintreten sollte. Dabei hatte er auch Kyrov, Songvan und Lison in ein Grenzgebiet gedrängt, wo bereits ihre Gesundheit gefährdet war.

Die Kontrollräume waren verlassen. Shintal warf seinen Umhang ab, trat splitternackt in die Modellierkammer und setzte den Sprühautomaten in Gang. Und während die Kammer von einem bernsteinfarbenen Nebel erfüllt war, mußte er an Lison denken und daran, was Riss über sie gesagt hatte. »Sie bedarf der ständigen Aufsicht.« Shintal aber mußte sich selbst gestehen, daß er sich schon oft gefragt hatte, ob nicht vielleicht die Gefahr bestehe, daß die Kollegin, zerstreut und geistig abwesend, nicht eventuell einmal ins Labor kommen könnte, ohne die Modellierkammer passiert zu haben. Das mußte er so bald wie möglich nachprüfen, wenn erst einmal …

Dieser Solarspray, der alle gefährlichen Ultrastrahlen

schluckte und neutralisierte, bedeckte seinen ganzen Körper gleich einem hauchfeinen, porösen Überzug. Er legte sich auf die Augäpfel, drang in die Lungen ein, wurde vom Organismus resorbiert, ohne dessen Funktion auch nur im geringsten zu beeinträchtigen.

Tiefrote, silberviolette und giftgrüne Strahlenklingen kreuzten sich über dem Sensorit-Kristall, der in der Mitte des Labors funkelte. Songvan stand neben dem Projektor und war damit beschäftigt, die Farbfrequenz stufenweise zu erhöhen.

Auf den acht Bildschirmebenen des Sensoritkristalls verwoben sich die Strahlen zu einem komplizierten Lichtnetz.

An den Wänden und an der Decke des kreisrunden Raumes rasten Kraftlinien zwischen den einzelnen Stufen der Frequenzskala dahin. Sie glommen auf, erloschen, peitschten wie Schlangen über das Sichtfeld, zuckten Blitzen gleich von Wand zu Wand, um sich dann an der Decke zu einem Knäuel zu verschlingen und in die achtgesichtige Falle, in die acht Facetten des Kristalls zu stürzen.

Dieses höllische, schwindelerregende Feuerwerk zerrte an den Nerven, während die Strahlenmeißel auf dem ultravioletten Band die äußersten Grenzen des Spektrums belagerten.

Das Solarspray konnte die sich ständig steigernde Spannung lediglich von ihren Körpern fernhalten, während sich ihre Gefühlswelt mit schier unerträglicher Exaltation erfüllte.

Shintals erster Blick galt Lison, die sich über das Steuerpult des Definiators beugte. Auf ihrem dünnen Hals und auf ihren Händen schimmerte die irisierende Schutzschicht wie ein Regenbogen.

Songvans flache Züge ließen keine Erschöpfung erkennen. Ihr Antlitz tauchte gleich einer asiatischen

Dämonenmaske aus dem Dämmerlicht auf, eine Maske, die sich ständig veränderte, sooft der Schein der Farbakkorde aus Kyrovs Lichtorgel sie beleuchtete.

In ihrer sensiblen Neutralität entdeckte Shintal plötzlich diesen geheimnisvollen Zug in ihrem Wesen, das aller Weiblichkeit entbehrte, diesen Zug, hinter dem sich eine weitaus heftigere Leidenschaft als Sexualität verbarg. Was mochte das wohl sein? Machtgier vielleicht?

Doch dann wurde seine Aufmerksamkeit mit gebieterischer Macht auf jenen achtfachen Energiespalt gelenkt, der immer weiter auseinanderklaffte, auf diesen Spalt im menschlichen Raum/Zeit-System, auf diese pulsierende Öffnung, die auf und zu ging, auf und zu, auf, auf, immer weiter auf – diese Öffnung, die immer größer und breiter wurde! Seit gestern nacht hatte sich der schmale Spalt zu einer dicken Pulsader entwickelt. Kyrov aber war in diesen Stunden, die sich wie Jahrtausende dahinzogen, mutterseelenallein, während er …

Shintal warf einen kurzen, besorgten Blick auf seinen Assistenten. Kyrov hatte seine Anwesenheit überhaupt nicht wahrgenommen. Seine Backenknochen stachen hervor, seine Augen glühten in einem tiefen, schattigen Abgrund, seine zusammengekniffenen Lippen lagen zwischen zwei scharfen Furchen wie in Paranthese. In seiner starren Miene spiegelte sich eine versonnene, hartnäckige Konzentration, während er die Tastatur der Lichtorgel bearbeitete und jener Kraftlinie Herr zu werden versuchte, die auf dem Mikro-Minuskop vibrierte.

Kyrov hatte seit Tagen kein Auge zugetan, hatte seit Tagen nichts mehr gegessen, hielt sich nur noch mit Hilfe von Weckaminen auf den Beinen. Dies durfte Shintal auf keinen Fall zulassen.

Er trat zu Kyrov, um ihn abzulösen, ihn von seinem

Posten zu verscheuchen, doch im selben Augenblick hatte er seine Absicht auch schon vergessen. Denn Kyrovs exaltierter Zustand hatte auch ihn gefangen genommen. Shintals nüchterner, gesunder Menschenverstand verblaßte. Dafür glühte in ihm eine andersartige gesteigerte Wahrnehmung auf, die nur von einem einzigen Gedanken, von einem einzigen Ziel beherrscht war: *Er wollte in jenen Lichtspalt eindringen, der vor seinen Augen vibrierte.* Zusammen mit Kyrov versuchte er, den Spalt auseinanderzuziehen und so weit wie möglich zu dehnen, damit die Sensoritsonden jenes System ertasten und erkunden konnten, von dessen Existenz ein von Menschenhand geschaffenes Gerät erstmals berichtet hatte.

»Unser Drache klopft immer ungeduldiger an die Pforten!« sagte Kyrov mit lärmendem Lachen. »Er kann es kaum erwarten, sich kopfüber in Songvans Lichtnetz zu stürzen!«

»Es könnte aber durchaus sein, daß der violette Drache uns als gefährliche Raubtiere betrachtet!« Warum bin ich nur so laut, blitzte der Gedanke in Shintal auf, als wäre ich taub geworden oder von Kyrovs Tabletten berauscht.

»Seid doch endlich still!« sagte Songvan gereizt. »Lison ist schon wieder vor dem Definiator eingenickt. Was ist mit dem Limit? Ich steigere die Lichtenergie bereits seit Minuten ohne jede Kontrolle! So weit sind wir noch nie über die Schwellenzone hinausgedrungen. Ich habe wahrhaftig nicht vor, mich in einer Atomwolke aufzulösen, nur weil ... Lison!«

»Ja ...«, ertönte Lisons verschlafene Stimme hinter der Barrikade des Definiators.

»Reicht dir der Yadill-Schirm nicht aus?« fragte Kyrov wütend. »Da kann nichts passieren, selbst wenn ...«

»Wir haben es auf einem solchen Spannungspunkt

noch nie versucht! Kannst du nicht begreifen, daß ... Ich bitte um ein Zeichen!« rief Songvan außer sich. »Soll ich aufhören?«

»Warum denn?« fragte Lison heiter. Ihr übermütiger, irrer Frohsinn ließ den Kollegen das Blut in den Adern gefrieren.

Und während Shintal noch im Laufschritt hinter das Yadill-Schild des Definiators spurtete, heulten bereits die Sirenen auf und meldeten in höchsten Tönen Alarm.

Der aufgerissene Spalt

Sobald diese überraschenden aber durchaus vorhersehbaren Ereignisse über das Oszillatorium hereingebrochen waren, wurde in Sekundenbruchteilen das gesamte Schutz- und Abwehrsystem aktiviert. Kyrov schaltete zunächst jenes Band an der äußersten Grenze ab, welches den Alarm ausgelöst hatte. Shintal schloß die gesamte Abwehrkette an, so daß das Labor innerhalb des lebenden Organismus' des Psychodoms zu einer uneinnehmbaren Festung wurde. Nach dem ›Alles-Klar‹-Signal blockte er auch noch die Kommunikationsanschlüsse zu den einzelnen Sektoren ab. Doch alles, was er tat, geschah wie in Trance, und seine Handlungen waren nichts weiter als lediglich ein automatischer Reflex.

Um ihn und um alle anderen herum war eine Sturmflut der Ereignisse aufgebraust, die man mit menschlichen Sinnen nicht mehr fassen konnte, eine Sturmflut, für die es kein Halten mehr gab.

Shintal hatte das Gefühl, sich in das Tanggeflecht entsetzlicher Traumbilder verstrickt zu haben. Und er konnte aus diesem Alptraum nicht erwachen, obwohl er sicher war, daß all das, was er erlebte, einfach nicht wahr sein durfte und nicht wahr sein konnte.

Ihm war, als würde ein ausgeschaltetes Polyvisionsgerät immer weiter laufen. Die Spannung des abgeschalteten Stroms wuchs und wuchs, kletterte die Skala immer weiter nach oben, hatte längst alle meßbaren Werte überschritten.

Das weit aufgerissene Band auf 72-0 vibrierte und

flammte wie ein zischender funkensprühender Komet *in den Tiefen* der acht Bildschirme des Sensorit-Kristalls. Ja, es nahte aus unendlichen kosmischen Tiefen, wurde immer größer und breiter, *stürzte auf sie zu,* als hätte eine geheimnisvolle Explosion eine titanische Energielawine ausgelöst, die sich durch die aufgerissene Antimaterie-Raumkluft des Sensorits in Richtung Oszillatorium wälzte.

In der Gewißheit des sicheren Untergangs überkam Shintal eine merkwürdige Ruhe und Gelassenheit. Er riskierte noch einmal einen Blick auf Lison, die mit geschlossenen Augen, die Hände im Schoß und mit versonnenem Lächeln vor dem Steuerpult des Definiators saß.

Riss hatte recht. Man mußte diese Frau ständig überwachen, bevor sie in ihrer verbohrten Trauer sich selbst und alle anderen vernichtete! Wer auf einem solchen Posten seine Wachsamkeit einbüßt, beschwört nicht allein die blanke Lebensgefahr herauf, sondern einen ›Weltuntergang‹ in einem hermetisch verschlossenen Tiegel, eine Katastrophe, die eine der wichtigsten Ganglion-Teams oder Gehirntrusts des Doms in radioaktiven Dunst aufzulösen vermochte.

Kyrov stand regungslos neben seinem Gerät. Er hatte die Hände gefaltet und dachte nicht daran, die Klaviatur der Lichtorgel zu berühren. Sein Blick, der am Sensorit hing, war von gierigem, ungläubigem Staunen erfüllt. Songvan aber saß immer noch vornüber gebeugt auf ihrem Platz, angelte und fischte gespannt und hartnäckig mit ihrem irisierenden Netz im Trüben, als wollte sie die Hoffnung nicht aufgeben, daß vielleicht doch noch …

Der Augenblick, in dem das Ende nahte, dehnte sich endlos in der still stehenden Zeit.

Jene Materie, welche diese Lichtexplosion ausgelöst hatte, erfüllte alle acht Ebenen des Sensorit-Kristalls und wurde plötzlich auf sämtliche Empfangsflächen des Oszillatoriums projiziert. In diesem blassen, wallenden, pastellfarbenen Nebel blitzen nie gesehene Farbschattierungen auf, die Shintal mit wilder Begeisterung erfüllten – ein Zauber, der ihn vollkommen von seinem todbereiten, verantwortungsbewußten Ich trennte. Dieses mitgerissene, beiseitegeschobene Bruchstück seiner Persönlichkeit war angesichts dieser allerletzten Genugtuung zur Selbstaufgabe bereit, die besagte, daß dieses übermenschliche Drama nebst aller Lust und allem Leid mit Hilfe des Retrospektors im ganzen Dom selbst dann bekannt würde, wenn in der Leere des ausgebrannten Oszillatoriums scheinbar keine Spur von all den früheren Experimenten zeugen sollte.

Wer von den Superioren würde all das wieder aufbauen, wer würde einen neuen Anfang machen, um alles weiterzuführen, was sie einst …

Doch wozu sollte ein Neubeginn gut sein? Warum sollte man noch einmal diesen Weg gehen, der letztendlich in die Hölle führte? Wieso hatte die Menschheit eine solch entsetzliche Erfahrung nötig?

Doch sie hatte es nötig – tausendmal und abertausendmal ja! Selbst um den Preis ihres Lebens, um all diejenigen, die sie zu Fall bringen wollten, zu umgehen, wenn …

Nun war bereits der ganze Raum von blendendem Glanz erfüllt und es begann um ihn herum durch die heranstürzende Springflut mit silberner, elektronischer Stimme zu singen und zu klingen.

Dieses *undefinierbare DING* quoll aus dem Bildschirm hervor, wölbte sich, dehnte sich aus und verdünnte sich dann am oberen Ende gleich einer Flüssigkeit, die Tropfenform annahm, als wollte sie gleich zu Boden fallen.

Die magnetisch anziehende, nervenzerreißende Melodie dieser fremden Sternenmusik steigerte sich immer mehr und wurde schließlich zu einem wilden, spitzen Schrei.

Denn der ultraviolette Komet war durch den aufgerissenen Dimensionsspalt des Sensorits und der anderen Bildschirme ins Oszillatorium gestürzt.

Plötzlich wurde es Nacht. Alle Lichter erloschen, auch die elektronische Stimme verstummte.

Noch nie hatte ein Mensch ein solch finsteres, unheilvolles Schweigen erlebt.

Dieses bedrückende, abgrundtiefe Schweigen hatte selbst die gewaltige Energie des Strahlenprojektors überwunden.

Was war geschehen?

Wieviel Zeit war unter diesem dichtgewobenen Leichentuch verronnen?

Vegetierten sie vielleicht allesamt in der Krypta der Jahrtausende mit rätselhaft dahindämmerndem Bewußtsein, seit der Abgrund sich vor ihnen aufgetan hatte, oder …

Ein feines Schwingungsnetz nahm im Raum allmählich Gestalt an, in diesem Raum, der keinerlei Stützen oder Bezugspunkte bot. Das Maschengitter des Kraftfeldes wurde immer dichter und enger, doch sein Glanz verschärfte sich nicht. Es war eher, als würde der Mondschein auf die Meeresoberfläche fallen und sich in den krausen Wellen brechen.

In welch ozeanische Lebensform waren sie geraten?

Wohin waren die Bildschirme an den Wänden und von der Decke entschwunden?

Hatten sie noch festen Boden unter den Füßen oder schwebten sie bereits im Universum eines Mikrokosmos', ohne jede Orientierung, von drohenden Schatten umgeben?

Befanden sie sich außerhalb des Lebens oder waren sie in einer unbekannten Dimension gefangen?

Das Netz weitete und dehnte sich immer mehr aus, umspann sie, pulsierte.

Und dann tauchte plötzlich an jenem Punkt, wo sich die Strahlenbündel kreuzten, ein nie gesehenes, unbeschreibliches ETWAS auf.

Gegenwart

Dimensionen sind nichts anderes als die höheren oder tieferen Schwingungen der Wahrnehmungsweise unseres Bewußtseins.

SHINTAL

Die immer dichter werdenden Schwingungen des Pyknoskops – ein Gerät, das dazu diente, spärliche und dünne Energieaggregate der Materie zu verdichten – umschwärmten und erfaßten schließlich jene … nun ja, jene … *Erscheinung,* die mit Hilfe der bisher bekannten Terminologie nicht zu definieren war. Selbst die scharfen Laserfinger hatten ihre liebe Not mit diesem gallertartigen *Ding,* mußten einen Schattenkampf mit dieser amorphen Masse ausfechten, die sich ständig verwandelte und ihren Laserfängen entglitt. Auch der Versuch, das *Ding* wie eine fotografische Platte zu ›entwickeln‹ oder herbeizurufen, führte nur zu einem Teilerfolg, weil jenes Muster, das aus der Unendlichkeit auftauchte, nur an einigen Stellen aufglühte, wobei die komplizierten Bruchstücke so gut wie nichts über Sinn und Zweck oder über die Natur des Ganzen verrieten.

In einer tausendstel Sekunde taucht das *Ding* wie eine weitverzweigte Kette in grenzenlose Dimensionen des Raumes ein, dann wurde es wieder zur Sammelstelle eifrig wimmelnder Punkte, so daß man den Eindruck hatte, aus großer Höhe auf die belebten Straßen einer Großstadt hinabzuschauen. Doch selbst die kleinsten Details hatten noch eine monumentale Ausstrahlung. Man hatte das Gefühl, durch das Okular eines

Elektronenmikroskops zu blicken, welches das Reich der Bakterien zu kosmischen Ausmaßen vergößerte.

Shintal aber wurde plötzlich gewahr, daß es sich bei der Erscheinung, die er da beobachtete, nicht nur um einen flüchtigen Anblick handelte, sondern um einen bleibenden Eindruck, der in der Zukunft fortwirkte, um ein fast mythisches Wesen, das eine Musik mit sich brachte, die die Nerven erregte, und einen Duft, der Visionen hervorrief und einen faszinierenden Farbenzauber verbreitete. Diese sich rapide steigernde Wirkung versetzte ihn in einen seltsamen Zustand der Benommenheit, in dem er mehrere Dimensionen der Wirklichkeit gleichzeitig wahrnehmen konnte, als hätten sein Gehirn, seine Augen, seine Ohren die Rolle des Mikro-Minuskops übernommen, das gewaltige Geschehen aus unbekannten Welten vermittelte.

Und während er noch in fremden Welten schwebte, wo er sich nicht zurechtfinden konnte, erklang eine Art Erkennungsmelodie, zwar keine Basis in Raum und Zeit, eher ein Leitmotiv, das ihm dringend nahelegte, Kontakt mit der *Erscheinung* aufzunehmen.

In seiner Faszination konnte Shintal nicht feststellen, welcher Art ein solcher Kontakt überhaupt sein sollte, doch er nahm an, daß es sich eher um eine gefühlsmäßige Beziehung handeln dürfte.

Erst war es nur eine leise Ahnung, doch dann wurde ihm mit an Sicherheit grenzender Wahrscheinlichkeit klar, daß dieses *Ding,* welches ins Oszillatorium eingedrungen oder eher über seine eigene Lebensschwelle gezerrt worden war, zumindest eine Art *intelligente* Masse darstellte. Und plötzlich war er sich auch bewußt, daß dieses *Ding* ebenso ergriffen und erschüttert war wie er selbst.

Aus der Wolkenformation (oder aus dem Organismus?), die sich über mehr als drei Dimensionen erstreckte, schlugen ihm die Wellen einer panischen

Angst entgegen, die an das Mitleid appellierten. Sein rauchartiges Gewalle und Gekräusel, seine wilden Farben, seine Tonmischung waren wie eine Symbolsprache, mit deren Hilfe dieses Wesen seine Panik auszudrücken versuchte.

War es nun ein Einzelwesen, oder handelte es sich um die Symbiose einer engen Gemeinschaft?

Shintal zitterte am ganzen Leib vor diesem fremden Strom, doch dieses persönliche Symptom wurde von der Neugier des Gelehrten, des Forschers unterdrückt, die in ihm erwacht war. Sein Blick verfolgte wie der scharfe Strahl einer hell leuchtenden Stirnlampe jenen Prozeß, der vor seinen Augen ablief. Er versuchte zu deuten, was er sah.

Er trat an den Definiator, um diesen titanischen Computer voll auf jenen ›Ankömmling‹ anzusetzen, der sich stufenweise einkopierte und immer merkwürdigere Erscheinungen hervorzauberte. Auch Lison war längst dabei, die verschiedenen Instrumente entsprechend abzustimmen. Ihre Miene aber spiegelte seine eigene gespannte Aufmerksamkeit wieder.

Aus dem Leitmotiv, das Shintals ganzes Wesen erfüllte, sprossen zarte Gedankenzweige, Gedanken, die sich vertieften und zumindest vorerst einen bleibenden Eindruck hinterließen. Ohne den kurzen Blackout Lisons, wäre das Band 72-0 niemals aufgerissen worden, einfach wegen des Risikos, das ein solches Unterfangen mit sich brachte.

Wer hätte geahnt, daß man auch ein solches Energiepotential überleben konnte? Bei dem Versuch, den Prozeßablauf zu bremsen, hatten leider die abenteuerlichsten Theorien ebenso wie nicht ausreichend verifizierte Teilergebnisse eine tragende Rolle gespielt …

Also war es keineswegs sicher, ob man solche Einwirkungen wirklich überstehen konnte. Und noch weniger wußte man, welch komplizierter, vielleicht auch lebensfeindlicher Faktor aus der unbekannten Dimension eingeschleust worden war.

Keiner hatte auch nur die blasseste Ahnung, ob das, was über die verbotene Schwelle eingetreten war, eine unabwendbare Katastrophe auslösen würde, oder ob es sich um eine säkulare Entdeckung handelte, die der kulturellen Entwicklung auf Erden neue Impulse verleihen konnte.

Nur eins war gewiß: daß sie nämlich alle ›in Quarantäne‹ bleiben mußten, solange nicht feststand, was der ›violette Drache‹ für die Menschheit bedeutete.

Auf Shintals innerem Gesichtsfeld tauchte plötzlich ganz nahe Savonarolas gespanntes, asketisches Gesicht auf. In seinen Augen glühte das Feuer einer geradezu wahnsinnigen Begeisterung – und noch etwas.

War es Mitleid?

Die intermittierenden Lichtsignale des Definiators erglühten, und der Dialog mit dem vollkommensten künstlichen Gehirn dieser Erde begann.

Die persönlichen Gedanken und Vorstellungen der Anwesenden aber wurden durch die sich immer mehr steigernde Energie jenes Etwas (oder jenes Jemand?) ausgelöscht, das sich vom Band 72-0 losgelöst hatte.

Phantastischer Dialog

Die kühle, metallische Stimme, die aus dem Definiator ertönte, kam ihnen bei all dem kakophonischen, ohrenbetäubenden Stimmengewirr wie ein Rettungsgürtel vor, an dem sie sich krampfhaft festhielten, als drohten sie von einer Springflut erfaßt zu werden, die den sicheren Untergang bedeutete.

Diese raumfüllende Materie, die allmählich eine gallertartige Konsistenz annahm und sich immer wieder verwandelte, begannen an ihrer Vernunft zu nagen und den Ablauf ihrer logischen Gedankengänge zu blockieren und abzubauen. Jene Sätze aber, die der Computer von sich gab, waren auf ungewöhnliche Weise unpräzis und abgehackt, so als würde die Maschine blind und unsicher in ihrem phänomenalen immensen Begriffspeicher herumtasten. All die seltsamen Töne, all die Nebengeräusche, auch die Alarmglocke, die mitten in einem Wort ertönte, all dies vermochte ihre unguten Gefühle zu steigern und sie an den Rand einer panischen Angst zu treiben.

»O nein!« rief Shintal und hieb mit der Faust in die Luft, wobei er feststellen mußte, daß er seinen Oberkörper hin und her wiegte. Dann aber hatte er sich sofort wieder gefangen und versuchte, sich mit aller Aufmerksamkeit auf den Text zu konzentrieren, den der Computer ausspuckte.

»Hyper ... Hyperion ... Hyperioniten!« knallte es aus dem Definiator, daß die Funken sprühten.

»Bitte das Wort zu analysieren!«

»Aus dem Universum des Hyperraums in die

menschliche Lebensform hineingestürzte ...« Hier brach der Satz ab.

»Ein Aggregat?« fragte Shintal, während er näher an den Definiator heranrückte.

»Eine Person?«

»Nein. Ein gleichmäßiger, gleichartiger ... schöpferischer Strom. Diesseits von Zero und jenseits von Zahlen. Falsch. Entzieht sich jeder menschlichen Definition.«

»Präziser!«

»Bildhauer des Lichts.«

»Versteh ich nicht.«

»Chemiker der ... Gefühle.«

»Deutlicher, bitte!«

»Ton ... Tonmagier. Ton-Figuren. Beschwörer von Ton-Reichen. Ihr Dasein währt nur so lange, bis der Takt ihres lebenspendenden *Spruchs* ... Wortes ... Verheißung ... nicht vom Takt des Schweigens abgelöst wird.«

»Unklar, undeutlich.«

»Die Stille zieht das vokale Skelett plötzlich aus ihnen heraus. Dann sinken sie in den amorphen Ruhezustand.«

»Information zu knapp, zu unverständlich!«

»Sie erschaffen sich selbst.«

»Lebewesen wie wir oder ähnlich?«

»Nein.«

»Parallelwesen einer Antiwelt?«

»Nein.«

»Intelligente Wesen?«

»Ja.«

»Sind sie sich selbst bewußt?«

»Sie haben kein stetiges Selbst!« kam die Antwort prompt wie ein Peitschenhieb.

»Was für ein Dasein? Isoliert? Individuell?«

»Anders.«

»Gruppiert?«

»Anders. Ein Spannungsdasein. Ein Kampf zwischen ... zwischen verschiedenen künstlerischen Inhalten und Strömungen ... zwischen ... Licht, Farben, Tönen, Gefühls-Werken. Doch all die Inhalte, die Ideen ... sind ... *Lebewesen!* Sie selbst sind die Lebewesen! Wie ein Magnet die Eisenspäne anzieht, sind einzelne lebende Ideen durch eine eigenartige ästhetische Anziehungskraft verbunden, werden in gemeinsame Visionen eingeschlossen. Ihr Schönheitskult weicht voneinander ab. Was bei der einen ... artisekte Begeisterung auslöst, wirkt auf die andere wie eine verzerrte Parodie. Sie sind in wütende Schwingungskriege verstrickt. *Bildende Kunst und abstrakter Kampf:* das ist ihr Lebensinhalt.«

»Ich muß mehr darüber wissen!«

»Ihr Lebensinhalt ist die bildende Kunst. *Doch sie verfügen über keinen anderen Rohstoff, keine andere Realität, als über sich selbst.* Sie erwachen zum Leben wie eine musikalische Komposition, aber sie selbst sind ihre eigene Partitur. Mit Hilfe ihrer Phantasie werden sie stets neu geboren, bringen immer wieder sich selbst hervor. Einziges Ziel, einziger Sinn ihres Daseins ist ...« Der Computer verstummte an der Schwelle des Unaussprechlichen.

»Weiter! Gleichnisse, bitte!«

»Sie nehmen jede Form an, aber sie identifizieren sich mit nichts. Sie bewahren keine Konturen, wie Wasser und Wolken.«

»Unverständlich!«

»Ihr Dasein ist eine ewige Verwandlung wie Gedanken, die immer neu entstehen. Jetzt ist ihnen aber etwas zugestoßen ...«

»Was ist geschehen?«

»Sie sind im Sieb- und Verdichtungssystem des Oszillatoriums hängengeblieben, zappeln im Netz der menschlichen Lebensform. Vögel, in Zement gestürzt.«

Shintal riskierte einen kurzen Blick auf den Spannungsmesser und wich angesichts des angezeigten Wertes entsetzt zurück. Der hochempfindliche Computer laborierte irgendwo hart an der Grenze eines Kurzschlusses.

»Fürchten sie sich?«

Die Frage war plötzlich und unerwartet in Shintal aufgetaucht, so als hätte ihn jemand als Sprachrohr benutzt. Und im selben Moment heulte auch die dreifache Alarmsirene des Computers wie ein langgezogener Hilfeschrei auf.

»Ja!« durchdrang die metallische Stimme den Lärm, wie eine scharfe Klinge.

»Wovor?«

»Vor dem Zwang der erstarrten Formen! Vor dem Grab, vor der Krypta der Materie!«

»Warum?«

»Weil sie die Einschränkung ihrer ewigen Verwandlung als tödliche Krankheit empfinden. Erstarren bedeutet für sie, lebendig begraben zu sein. Ein Dasein, an eine *einzige* Form gebunden, ist für sie ein Horror, die Hölle, in der sie zu ersticken drohen.«

»Haben sie Waffen?«

»Ja. Phantasmen, die sie sich selbst einreden. Schönheit, die jeden Widerstand aufreibt. Unabwendbare Gefühlsintensität. Schöpferisches und destruktives Ton-Maximum. Phantastische dämonische Frequenzen.«

»Welche Art Frequenzen?«

»Ströme ... für den Menschen nicht wahrnehmbare, undefinierbare Ströme. Unendlich gesteigerte Dissonanzen, die möglicherweise ganze Gedankensysteme auflösen können.«

»Werden sie geboren?«

»Nein. Sie entwickeln und entfalten sich.«

»Woraus?«

»Keine Antwort. Nicht aus etwas.«

»Bitte symbolische Umschreibung.«

»Es ist, als würden sie wie Flammen aus einer Hochzeit emporschlagen, die in der Phantasie stattfindet. Ihr Leben ist die Dialektik von Ideen, Thesen und Antithesen. Sobald ihr Leitmotiv verblaßt ist zu einem Feuerkern und …«

»… stirbt?«

»Nein. Er wird zu Asche, um dann erneut aufzuflammen. Sie kennen nur Verwandlung, keinen Tod.«

»Lieben sie?«

»Nein.«

»Hassen sie?«

»Nein. Sie sind von ihrer eigenen Idee berauscht. Sie leben und spüren nur sich selbst.«

»Gibt es keine Kollisionen?«

»Nein.«

»Wie bekämpfen sie sich dann?«

»Sie schwingen durch einander hindurch. Der Strom mit der höheren Frequenz, der heftigere Strom ist dem schwächeren überlegen, löst oder stört die schwächere Frequenz. Aus den gleich starken, ebenbürtigen, gegenläufigen Strömen aber erwachsen krankhafte, bizarre Tendenzen, die sich in einem krampfartigen Zustand konservieren und eine längere Lebensdauer haben als die harmonischen Gebilde.«

»Ist also demnach ihr Wesen nicht materieller Natur?«

»Doch. Aber es handelt sich um eine seltsame, bisher unbekannte Erscheinungsform der Materie. Die sich verdichtende Antriebskraft sowie die Tonenergie sind mit jenem Prozeß vergleichbar, mit dessen Hilfe die Hyperioniten *scheinbar aus dem Nichts* abstrakte Vorstellungen konkretisieren können. Etwa ähnlich jenem Vorgang, wo eine befürchtete oder eingebildete Krankheit schließlich ein bestimmtes Organ befällt, auf das sich die Aufmerksamkeit des Patienten konzentriert. *Die Anwesenheit der Hyperioniten kann die Kluft zwischen Vorstellung und Verwirklichung einfach vollkommen verschwinden lassen. Also finden Idee und Verwirklichung, Planung und Durchführung gleichzeitig statt!*«

»Können ihre Waffen physischen Schaden anrichten?«

»Frage nicht verstanden.«

»Dann will ich sie anders formulieren. Ich möchte wissen, ob sie für den Organismus des Menschen, beziehungsweise auch für die ganze menschliche Lebensform gefährlich werden können. Sind sie nun schädlich oder unschädlich?«

Der Definiator schwieg. Es war ein scheinbar endloses Schweigen, und die aufkeimende Hoffnung brachte Shintal eher an den Rand eines Nervenzusammenbruchs als die Erschütterungen, die er bisher erlebt hatte. Er spürte, wie ihm der Schweiß auf Stirn und Handflächen ausbrach. Sein Magen verkrampfte sich vor lauter Spannung und Erwartung.

Aus dem Computer drangen wieder Stimmen. ›Der Definiator ist übergeschnappt‹, dachte Shintal. Warum fährt er mit Sirene und Blaulicht wie ein Rettungswagen, der zu einer Unfallstelle rast? Die Worte verklebten, verhedderten und überlappten sich, ausgerechnet jetzt, wo …

»Kann nicht verstehen! Deutlicher! Und ganz langsam!«

»Für den Menschen und für seine ganze Lebensform beschwören sie Unheil, Katastrophen und schließlich den endgültigen Zusammenbruch herauf. Ihre Anwesenheit auf Erden ist eine tödliche Gefahr!«

Shintal beugte sich mit dem ganzen Körper über das glühende Yadillschild des Computers.

»In ihnen ist ein bewußtes, böswilliges, giftiges Element vorhanden, das …«

»Nicht bewußt. Unbewußt. Weder gut noch böse. Etwas anderes.«

»Etwas ansteckendes?«

»Ja, ein ansteckender, giftiger *Virus der Vorstellung,* der sogar in jener Lebensform selbstvernichtend wirkt.«

»Warum?«

»Die Regionen des Unbewußten im Menschen bergen versiegelte, vermauerte Grabkammern in sich. Die Scheintoten aber brechen aus ihren Grüften aus.«

»Detaillieren! Einzelheiten, bitte!«

Shintal schaute gehetzt auf, sein Blick suchte seine Genossen. Und in diesem Orkan von Farben und Tönen sprach die Stimme weiter: »Die Hyperioniten machen verborgene Impulse sichtbar. Sie dringen durch die Poren der Materie. Für sie gibt es keine verbotene, verschlossene, unzugängliche Dimension. Sie vermischen Vergangenheit und Zukunft zur Gegenwart, wobei sie das Heute unterschlagen.«

Shintals bange Ahnung aber wurde blitzartig zur Gewißheit, war ihm doch plötzlich klargeworden, was da auf sie zukam.

Das Haupt des Götzen

Der Anblick, der sich ihm bot, ließ ihn fast erstarren.

Denn Lison, die halb verrückt vor Freude leise vor sich hinschluchzte, war in einem Netz unglaublicher, unbeschreiblicher Dinge gefangen.

An ihren nackten schlaffen Brüsten hingen fette, putenähnliche, dralle Säuglinge. Kleinere und größere Buben, wie aus Gelee geformt, schmiegten sich an ihre Knie, Arme umrankten sie, junge, freche Männer umarmten ihre Schultern, die sich wie Projektionen einander zugekehrter Spiegel bis ins Unendliche fortsetzen: *und alle, alle waren Leons, Leon in jeder denkbaren Ausgabe:* der Säugling, der kleine Junge, der heranwachsende, der pubertierende, der zum Mann heranreifende Leon. Der tote, ermordete Leon, der zusammen mit seinem Labor atomisiert worden war. Jetzt aber drängten sich die Leons in den verschiedensten Variationen um Lison, so wie sie ihn in ihrer sich selbst kasteienden Phantasie bewahrt und durch das Fieber ihrer mütterlichen Leidenschaft am Leben erhalten hatte. Der ›violette Drache‹ der Hyperioniten aber hatte diesen geheimen Phantomen der Erinnerung einen entsetzlichen Plasmaleib verliehen, und …

… und ebenso auch Lisons Haß auf Yask weiter geschürt, auf Yask, der sich den Folgen seiner schlimmen Tat entzogen hatte. Der von Haß und von unstillbarem Rachedurst erfüllte Richter und Henker in ihr führte seine Hetzkampagne weiter fort, wobei er hilflos, doch mit grausamer Genugtuung das Urteil über den Mörder ihres Sohnes immer und immer wieder vollstreckte, ihn wie ein wütendes Urweib der Höhlenbewohner keulenschwingend zu Brei schlug, ihn wie eine Furie an den Galgen brachte, aufs Rad flocht, auf die Folter spannte, vierteilte, pfählte, köpfte und Spießruten laufen ließ, ihn mit Säure übergoß, ihn Raubtieren zum Fraß vorwarf und ihn mit glühenden Zangen zerfleischte.

Diese plastischen Szenen überlagerten sich, folgten pausenlos Schlag auf Schlag, liefen synchron oder parallel ab, verblaßten, um dann auf den Bildschirmen von Lisons Phantasie neue, scharfe Konturen zu gewinnen.

Lisons starres, verzücktes Antlitz, Yasks unterwürfiges Gesicht, der sich eifrig zu rechtfertigen sucht, weil er wie ein in die Enge getriebenes, verschrecktes Tier denjenigen getötet hatte, den er am meisten bewunderte und liebte … Yasks von Panik erfüllter Blick, wie er mit ausgestreckten Armen um Gnade fleht, sein blutender, geschundener, nackter verstümmelter Leib …

Shintals Augen suchten verzweifelt nach Kyrov, dem stets nüchternen Mann mit der unerschütterlichen Selbstbeherrschung – doch auch er war bereits von den Wogen bunter, plastischer Formen umwallt, die sich mehr und mehr verdichteten. Und Songvan …

Songvan hockte in einer Ecke des Raums vor einem überdimensionalen Götzenkopf.

Shintal war beim Anblick dieses Kopfes ebenso erschüttert wie gerührt, weil ihm die Züge dieses Gesichts unheimlich bekannt vorkamen. Zwar erinnerte ihn dieser Kopf, der aus den Hekatomben zersägter, blutender menschlicher Körperteile herausragte, eher an die Trümmer einer primitiven Götterstatue, dennoch …

Shintal konnte sich nicht wehren. Songvans armseliges Geheimnis war nun offengelegt, er aber konnte nicht gut ihren ›Schwarm‹ vernichten, dieses Bildnis, *das seine – Shintals – Projektion darstellte:* ein Bild, das die demütige Verehrung seiner Assistentin aus dem undefinierbaren Wachs der Phantasie modelliert hatte, welches die Hyperioniten erzeugten.

Das Haupt des Götzen aber lebte und bewegte sich. Aus der Mitte seiner Stirn und aus seinen durchsichtigen Augen drangen Lichtstrahlen wie Wasserfontänen hervor, deren Schein sich Sonnentümpeln gleich über den Haufen verstümmelter Extremitäten legte.

Songvan beugte sich vor und begann in den Leichenteilen zu stöbern, um dann schließlich mit heiserem Vogelschrei Selenas abgeschnittenen, von Schlägen aufgedunsenen, zerkratzten Kopf hervorzuzerren, ihn wie eine Fahne hochzuhalten und dem Zuschauer zu präsentieren. In ihren Augen, in ihrem verschleierten, trüben Blick flammten die Feuer eines rauschenden Triumphs auf, während sie kichernd wie eine Hexe um sich blickte.

Shintal konnte diesen Anblick nicht mehr ertragen. Er wandte sich ab und …

… und spürte, daß *jemand* sich an ihn schmiegte, mit einer lang entbehrten, durstigen Berührung, die stets wie ein Stromschlag auf seine Sinne gewirkt hatte.

»Nein, o nein, nur dieses nicht!«

Der glatte, kühle, geschmeidige Körper einer Frau preßte sich an den seinen, legte sich um ihn wie eine Schlange. Das Gesicht konnte er nicht sehen, wollte es auch nicht sehen, doch waren ihm Körper und Gesicht so nah, als wären beide nackt. Ihre Haut war heiß und kalt zugleich.

Der Computer fing wieder an zu reden, und man mußte ihm aufmerksam zuhören. Ihm, nur ihm allein, nur seiner Stimme mußte man lauschen – weil er schon wieder unverständliche Töne und Wortfetzen ausspuckte.

Er klammerte sich an das Yadill-Schild, um alles von sich fernzuhalten, was …

»Bitte um Angabe der Schutzformel nebst genauer Frequenz der Hyperioniten deutlich und langsam!«

Selbst das Yadill begann bereits die Konsistenz eines seidig pulsierenden Körpers anzunehmen, der sich an ihn schmiegte.

»Kei-ne Schutz-formel vor-handen«, skandierte der Definiator. »Kein präziser Frequenzcode verfügbar.«

»Unmöglich! Noch einmal!«

»Was von den Hyperioniten kommt, ist Projektion. Ihr Wesen ist nicht zu erfassen.«

»Genauer definieren, bitte!«

»Sie lassen sich nicht steuern, weder bremsen noch eingrenzen. Sie vermehren sich, potenzieren sich zu einer unendlichen Menge und ziehen den Menschen in ihren *Bann* – Bann – Bann ... absolut in ihren Bann – Bann ...«, wiederholte der Computer mit schriller Stimme.

»Und wie geht das vor sich?« rief Shintal.

»Sie verwirren die Vorstellung, die Phantasie des Menschen, trennen ihn von seinen ureigenen Naturgesetzen.«

»Wieso?«

»Sie lähmen seine Tatkraft. Der Mensch kann nicht mehr zwischen Traum und Wirklichkeit unterscheiden, *weil sie die Grenze zwischen Wirklichem und Unwirklichem verwischen.* Sie sind Killermatrizen, die Urahnen des Chaos.«

Shintal spürte, wie die Spannung, welche die Nähe des Phantoms Selena in ihm aufgebaut und seine Sinne gereizt hatte, schlagartig verebbte.

»Gibt es keinen Schutz gegen sie?«

»Nein. Sie versetzen den Menschen in einen Rausch, der weitaus heftiger ist als beim Genuß von Opium, Haschisch, Heroin, Marihuana, Phantazol oder LSD – ein Rausch, der alle Grenzen aufhebt, alle Hemmungen beseitigt und Ausschweifungen jeder nur denkbaren

Art Tür und Tor öffnet. Die Visionen aber verbleiben nicht in den inneren Regionen: Sie werden *projiziert,* verwandeln sich in plastische Kunstwerke. Zunächst sind es nur Wolkengebilde, Wolkenstatuen, die dann aber rasch immer dichter, immer bedrohlicher, zu immer intensiveren Trugbildern werden. Verlogene, gemeine, destruktive Phantasien werden wahr, Atavistische Träume nehmen Gestalt an, Urgeschöpfe der Emotionen werden zum Leben erweckt, entsetzliche Leidenschaften werden zu blanken Waffen, Abwässer und Fäkalien unterdrückter Triebe brechen Fontänen gleich hervor. Sie überschwemmen jegliches Menschenwerk und reißen sämtliche Kontrollorgane der Vernunft und der Tugend wie eine Springflut mit sich.«

Der Computer gab ein wirres, pulsierendes Geräusch von sich, ein Stöhnen, das Shintal an die erratischen Zuckungen des Zeitreisenden Hermond Gjall erinnerte, über den er sich in diesem Dschungel im Sperrbezirk gebeugt hatte, damals, als der Zeitreisende Savonarola besucht hatte.

»Nun denn ...«

Ihm war, als würde wieder einmal ein Fremder aus seinem Munde sprechen. Also brach er ab, weil er genau wußte, was er zu tun hatte und daß es eine wahnwitzige Hoffnung sei, daß dieser Kelch an ihm vorbeiginge.

»Funktion der isolierenden und vernichtenden Kraftfelder überprüfen!« sagte jemand mit Shintals Stimme, ohne daß er selbst etwas damit zu tun hatte. Seine Gedanken schweiften ab, kehrten zu Savonarola zurück. Eigentlich schade, daß sie keine gemeinsame Basis gefunden hatten. Eine gewisse Zeit lang, wo sie einander hätten helfen können, waren sie doch stets wie Brüder miteinander verbunden. Für ihn, Shintal, war Savonarola stets von höchster Bedeutung. Und auch er, Savonarola ...

»Die Formeln der Vernichtung treffen auf die Hyperioniten nicht zu.«

»Wir werden sie zusammen mit dem Oszillatorium vernichten.«

»Wir müssen noch warten ... warten, abwarten!«

»Wir wollen und werden nicht mehr warten! Alarm!«

»Zu spät! Zu spät! Zu spät!« Der mechanische Text, der sich dauernd wiederholte, ging im Geheul der Alarmsirene unter, das in immer höhere Oktaven anstieg.

Dieser Ton ließ sich nicht mehr steigern. Bald würde alles zu Ende, bald würde alles vorbei sein.

In Shintals Hirn fielen die Vorstellungen auseinander, und in seinen Nerven trat der Kurzschluß eher ein als im Definiator. Selbst jenes Feuerwerk, das hinter dem Yadill-Schirm sprühte und glühte, konnte ihn nicht mehr überraschen. Die zischenden, blendenden Blitze und den Donner der Detonation nahm er nicht mehr bewußt wahr. Der Computer schwieg – die Schirme hatten ihre Probe bestanden.

Aus dem Yadill war die Hitze in Sekundenbruchteilen entwichen. Das Material wurde kalt und feucht, wie die Haut eines Toten.

Shintal war wie gelähmt, wäre unfähig gewesen zu handeln, doch seine eingefleischten Reflexe handelten an seiner Stelle.

Er taumelte zum Alarmgerät und begann automatisch Marons und Riss' Geheimnummer zu wählen.

Das letzte Gericht

Die beiden vor Aufregung starren Gesichter tauchten so plötzlich in der Dämmerung auf, daß Shintal vor ihnen zurückschreckte und den Kopf einzog. Ganz gleich, wo sie sich auch befanden: Über diesen besonderen Kanal konnte er die Kollegen zu jeder Tages- und Nachtzeit erreichen.

Seltsam, schoß es Shintal durch den Kopf, wie argwöhnisch Menschen angesichts einer drohenden Gefahr reagieren, sobald ihnen die Angst in die Glieder fährt. Im selben Augenblick aber, als das Alarmsignal ertönte, wußten alle auch ohne Kommentar, daß sich da eine Katastrophe mit unübersehbaren Folgen ereignet hatte.

Shintal wollte keine Zeit verlieren. Er projizierte das gesamte aufgezeichnete Bild- und Tonmaterial ins Kontrollzentrum und löschte die beiden Gesichter vom Bildschirm, die ihn fragend anschauten.

Nun wartete er ab, weil er sich das Rückspiel der jüngsten Ereignisse ersparen wollte. Auch hätte er diesen Anblick kaum verkraftet, war doch sein Inneres ausgelaugt, als wäre auch in ihm der Stromkreis heftiger Emotionen und logischer Gedanken total ausgebrannt.

Shintal wandte sich Kyrov zu, um mit ihm gemeinsam die Zeit für die Vorführung zu ermessen, doch dieser war unter buntscheckigen, wuchernden Formen und Gestalten verschüttet, irrte durch ausweglose, unterirdische Gänge, die sich über Raum und Zeit erstreckten. Denn auch Kyrov war im Kerker, im Universum seiner ehrgeizigen Träume, seiner unterdrückten, verdrängten Instinkte gefangen, ebenso wie Lison und Songvan. Außerhalb dieser phantastischen Welt konnte er nicht mehr leben, hatte er keine Beziehung mehr zur Realität. Er glaubte lebendig zu sein, obwohl er die gleichen Halluzinationen hatte wie ein Verrückter, ein Drogensüchtiger oder ein Betrunkener – wie ein Mensch, der den Boden unter den Füßen verloren hat.

Nur er allein, Shintal, war nüchtern und wach geblieben. Und dieser Wachzustand peinigte ihn mehr, als wenn man ihm in voratomarer Zeit in einer Folterkammer die Nägel bei lebendigem Leib abgerissen hätte. Dieser Schmerz aber war nicht nur eine Buße, sondern gleichzeitig auch ein Schutz gegen all die Schatten, die ihn umschlichen, umlauerten und auf ein Rufsignal seiner Gefühle warteten, um Gestalt zu gewinnen, ihn zu umgarnen, ihre Fangarme auszustrecken und ihn in bodenlose Tiefen hinabzuziehen, ihm seinen Geist, seinen nüchternen Verstand zu rauben. Er aber mußte seine Handlungsfreiheit bewahren, bis er das Urteil vollstreckt hatte.

Im Oszillatorium war eine geistige Pest ausgebrochen, die es mit Lapis auszumerzen galt.

Jene Pein, die wie ein Blitz in ihn gefahren war, hatte nichts mit Selbstmitleid zu tun, eher mit der blanken, nackten Trauer um Lison, Songvan und Kyrov, die ihn mit unendlichem, tiefem Schmerz erfüllte – um seine Kollegen und Mitarbeiter, die ihm blind vertraut und ihm bis zur letzten Konsequenz, bis in die Katastrophe gefolgt waren.

Ein schneller Feuertod – wäre diese Buße hoch genug für einen, der eine solche Katastrophe heraufbeschworen hatte?

Shintal merkte, daß sein wieder erwachtes Bewußtsein durch seine Augen, durch seinen Blick versuchte, in Kyrovs phantastische Plastiken einzudringen, um endlich ihren Sinn zu enträtseln. Dieser Anblick strahlte eine hypnotische Anziehungskraft aus, deren Faszination er sich nicht entziehen konnte.

Das Plasma, welches sich immer mehr verdichtete, nahm die Gestalt zweier Operationstische an. Zunächst ähnelte die Vision einem leblosen, stehenden Bild, das eine ungeschickte Hand schärfer einzustellen versuchte. Mal verblaßte das Bild, mal trat es wieder deutlich hervor, bis es blitzartig durch die phantastische fixe Idee Kyrovs erhellt wurde.

Denn sie beide – Kyrov und Shintal – lagen auf dem Operationstisch. An ihren Köpfen machten sich Ärzte zu schaffen, deren Gesichter von Masken verhüllt waren. Die Schädel der Patienten waren bereits geöffnet, die Schädeldecke entfernt. Einer der Operateure mußte Professor Ruggiero sein, der beste Chirurg des Psychodoms. Shintal hatte ihn an seinem Körperbau und an seinen charakteristischen Gesten erkannt.

Ruggiero hob mit leichten Fingern Shintals Gehirn heraus, während seine Assistenten Kyrovs Hirn entfernten. Dann konnte man sehen, wie die beiden Gehirne ausgetauscht wurden. Kyrovs gespenstisches Abbild aber war bei vollem Bewußtsein! Wie eine Alptraumgestalt in einem Horrorfilm streckte er die Hände nach seinem Kopf aus und half den Ärzten, über Shintals veruntreutem Hirn die Schädeldecke wieder aufzusetzen.

Shintal schlug beide Hände vors Gesicht, um diesem Anblick zu entfliehen. Er hatte nie geahnt, daß sein Schüler ihn insgeheim in den Tiefen seines Unterbewußtseins mit solch krankhaftem Fanatismus beneidete. Nur all die moralischen Hemmungen hatten bisher verhindert, diesen wahnwitzigen Ehrgeiz zu bändigen, so daß er nicht offen zu Tage trat. Wenn dem aber so ist, wenn diese Dämonen trotz allem im Untergrund des menschlichen Wesens weiterleben, dann hat sich Riss gründlich geirrt, wenn er glaubt, das Problem gelöst zu haben. Im Gegenteil – er hatte es nur hinausgeschoben.

Denn die unterdrückten, verdrängten rebellischen Urkräfte werden allezeit aus ihrem Kerker ausbrechen, sobald irgendwann und irgendwo die Kontrolle locker wird. Jetzt aber …

Shintal blickte auf und sah sich Riss' und Marons Gesicht gegenüber. Das Bild wurde von dort übermittelt.

Riss' Lippen formten stotternd Worte, doch seine Rede war tonlos und stumm. Was konnte er auch noch sagen? Er hatte nun nicht mehr das letzte Wort.

»In etwa drei Minuten wird es geschehen.« Shintals Stimme hörte sich ruhig und ausgeglichen an, doch in Wirklichkeit war es nur die Gleichgültigkeit nach dem großen Schlag, die seinen Tonfall gesammelt und gefaßt erscheinen ließ. »Tut mir leid, Riss. Irgendwo haben wir alle miteinander einen großen, unverzeihlichen Fehler begangen. Wir müssen die Natur des Menschen und die Methoden, mit deren Hilfe wir all die Emotionen zu bremsen versuchen, neu bewerten und reformieren. Nun zu dir, Maron! Bei der Ausarbeitung der Reformen solltet ihr Savonarola hinzuziehen. Er wird jetzt bestimmt bereit sein, mit euch an meiner Stelle zu kooperieren. Savonarola hatte recht: Es ist verboten, mit irgendwelchen Zauberkunststücken den Naturgesetzen entgegenzuwirken, selbst mit Mitteln oder Instrumenten der Wissenschaft – und wenn, dann nur stets im Einklang mit der Natur. Elementare Urkräfte lassen sich weder verdrängen noch eliminieren, weil sie einfach unsterblich sind. Man muß sie vielmehr nutzen zum Wohle der Menschheit. Ich hätte noch so gerne … Aber was soll's! Ihr werdet wohl nicht darauf bestehen, daß ich mich in aller Form verabschiede?«

»Nicht doch!« rief Riss. »Nicht doch! Warte!«

»Worauf?«

»Vielleicht«, warf Maron ein, »vielleicht werden wir doch noch einen Ausweg finden, und ...«

Maron schossen die Tränen in die Augen. Shintal hatte ihn noch nie weinen sehen. Dies war schlimmer als alle seine bisherigen Erfahrungen. Er streckte seine Hand nach dem Schalter aus, um den Atomblitz der totalen Vernichtung auszulösen – doch dann erspähte sein Blick eine seltsame Bewegung hinter Riss' Rücken. Shintals Hand schwebte in der Luft. Und die Erkenntnis, die ihn plötzlich überkam, lähmte ihn, so daß er unfähig war, zu sprechen oder zu handeln.

Lange, schwarze Fangarme legten sich schlangengleich auf Riss' Schultern, die Arme eines Polypen mit seinen weißen Saugnäpfen, die sich öffneten und schlossen.

Lilith, der Polyp, den Yask in der ersten Phase der Symboltherapie gemalt hatte, war zum Leben erwachte; dieses Monster, das seit jener Zeit von der Wand des Sprechzimmers im Therapion herabstrahlte war einmal Riss' ganzer Stolz. Die boshaft schönen Frauengesichter, die Yasks mythisches Reptil aufwies, kreisten und schwebten zwischen den zuckenden Tentakeln. Erst lächelten sie, dann verzerrten sie sich zu drohenden Fratzen, und ihre Augen traten aus den Höhlen, während sie mit ihren dicken beweglichen Schlangenarmen nach Opfern suchten.

Dann aber erblickte Shintal auch all die anderen Phantome: die Ratten in Uniform mit ihren roten Mützen, die Frauengestalten mit dem Vogelleib, aus deren Gefieder hohe, spitze Brüste hervorstachen, und all die Mißgeburten in Gestalt von Insekten, Fischen, Schweinen, welche gewaltige Geschlechtsteile zur Schau trugen, all die geschundenen Menschen, in deren aufgerissenem Leib die Lungen hektisch atmeten und das Herz wie rasend pulsierte. Braune Kuben, Pyramidenstümpfe und Strudelwesen, versprühten die rotglühenden Funken feindlicher Welten. Eine Fledermaus, die kopfüber an einem Balken hing, schlug mit ihren harten, ledernen Flügeln immer wieder in Riss' totenbleiches Gesicht. Ihr Kopf aber sah aus wie das Haupt eines alten Mannes, der einen grünen Bart trug.

Shintal aber konnte sich an jedes einzelne Porträt genau erinnern, weil alle in der Galerie des Therapion hingen. Denn es handelte sich um die projizierten, ›an die Wand gemalten‹ Dämonen der Patienten, von denen sie sich nach Riss' Meinung für alle Zeiten befreit hatten – obwohl diese Therapie lediglich die Kranken vorübergehend in eine stubenreine Zwangsjacke zu stecken vermochte. Doch die Wurzeln des Übels wucherten weiter. Und wenn man diese überschäumenden Kräfte nicht pausenlos in das Flußbett stetiger, kreativer Anstrengungen leitete, werden sie ihre verzerrten Bilder im Charakter des Menschen stets neu erschaffen, ähnlich wie den Drachen im Märchen die abgeschnittenen Köpfe immer wieder nachwachsen.

Shintals Arm sank herab. »Die Formeln der Vernichtung treffen auf die Hyperioniten nicht zu!« widerhallte die Information des Definiators in ihm.

»Die Regionen des Unbewußten im Menschen bergen versiegelte, vermauerte Grabkammern in sich. Die Scheintoten aber brechen aus ihren Grüften aus.«

So ist es.

»Für die Hyperioniten gibt es keine verbotene, verschlossene, unzugängliche Dimension. Zu spät!«

In Shintal rückten alle Mosaiksteine auf den richtigen Platz.

Die Scheintoten waren aus ihren Grüften ausgebrochen, eine Schutzformel gab es nicht. Sie schwangen über alle Energiesperren des Oszillatoriums hinweg. Sie haben bereits das Kontrollzentrum im Wachturm des Psychodoms besetzt, sind in die Sedativkammern des Therapion eingedrungen. *Sie haben das Gehirnzen-*

trum der Erde erobert. Sie haben all den fixen Ideen des Menschen, seinem Ehrgeiz, seiner Ruhmsucht, seinen destruktiven Instinkten Gestalt verliehen, um dann diesen heftigen Strom nach außen zu projizieren, auf dessen Energiegerüst sie dann in rätselhafter Weise *einen Stoff* konzentrierten. Jawohl: einen Stoff, eine Materie, die sich immer mehr und mehr verdichtete! Gespenster verworrener Vorstellungen wurden in plastische Formen gegossen, die sie dann auf ihre Weise *real und glaubhaft* machen, in einer Gestalt, die mit den Händen zu greifen war.

Aus dem globalen Projektionszentrum ergoß sich eine tödliche Infektionswelle in das schutzlose Wesen des Menschen, welche die Tatkraft der Menschen lähmte und sie unfähig machte, freie Entscheidungen zu fällen.

Wenn aber in den Dimensionen der Zeit die Grenzen zwischen Vergangenheit, Gegenwart und Zukunft verwischt werden, dann ...

Unmöglich! Ein unvorstellbarer Alptraum, den alle bisher bekannten Naturgesetze Lügen straften. Dies mag auch der Grund gewesen sein, warum der Definiator keine genaue Bestimmung finden konnte – weil nämlich eine solche Möglichkeit keinem Menschen eingefallen wäre, nicht einmal im Traum.

Gedanken und Reize sind Prozesse, *die innerhalb des menschlichen Körpers* ablaufen. Sie können zwar nach außen projiziert werden, wie dies etwa bei der Polyvision, bei den Bildern der Psychoperlen oder bei den Bildern aus Selenas Vorstellungswelt der Fall ist – doch nie und niemals könnten sie einen solchen plasmatischen Aggregatzustand annehmen! Läßt man diese Prozesse noch einmal ablaufen, dann tauchen Gestalten und Ideen auf, Visionen, die ebenso plötzlich wieder verschwinden, wie sie gekommen sind. Denn zwischen all den Vorstellungen und Plänen, die aus der

Phantasie geboren wurden und deren *Verwirklichung*, stehen Hindernisse der verschiedenen Realisierungsstufen, die überwunden werden müssen.

Die Hyperioniten vertreten ein schreckliches Antigesetz, eine naturwidrige These, der sie zum Durchbruch verhelfen wollen. Denn alles, was der Mensch durch sie zu sehen, zu empfinden, *zu berühren* meint, *ist in Wirklichkeit gar nicht vorhanden* – ebenso, wie auch ein Schauspieler nicht mit seiner Projektion identisch ist, auch wenn er auf Tausenden und Abertausenden Bildschirmen zu sehen ist, ist er selbst weit davon entfernt. Und dieser scheinbar lebendige Schatten, dieses plastische Abbild läßt sich jederzeit abrufen, jederzeit vervielfältigen und auch dann immer wiederholen, wenn sich der Betreffende an einem weit entfernten Ort aufhält oder bereits seit Jahrhunderten tot ist.

Der pure Wahnsinn! Aber er mußte dahinterkommen, mußte es begreifen, selbst angesichts der Tatsache, daß der Versuch, diese unerklärliche Erscheinung erklären zu wollen, im titanischen elektronischen System des Definiators einen Kurzschluß ausgelöst hatte. Er *mußte all dies begreifen*, weil vorher keine Diagnose möglich, kein Ausweg, keine Lösung zu finden war.

Auf Beistand konnte er nicht hoffen. Er, nur er allein konnte und *mußte das Versuchskaninchen* sein – selbst auf die Gefahr hin, daß sich vielleicht sein Geist verwirren und sein Leben erlöschen sollte.

Doch halt! Was er in diesem Augenblick empfand, war nichts weiter als ein wütender, nervöser Hunger, der sich hinter allen seinen Gedanken wie ein starker Selbsterhaltungstrieb verbarg. Denn sein Organismus war leer, und ...

Wenn ich, angenommen ...

Der Reiz seiner Magensäfte ließ in Shintal plötzlich die Erinnerung an einen Abend mit Savonarola wieder aufleben. Sie hatten auf einer Lichtung des Waldes gesessen, der das Sperrgebiet wie ein Gürtel umgab, und Sisotris hatte ihn mit einem etwas verkohlten, jungen Maiskolben bewirtet, den die ›Degenerierten‹ am Spieß über dem Feuer gebraten hatten. Dies gehörte mit zu den aufregendsten Erlebnissen seines Daseins, weil er nie geglaubt hätte, daß eine solch primitive, nicht ganz saubere Speise einen solchen Genuß für den Gaumen bereiten konnte. Doch ausgerechnet dieser gebratene Mais war es, auf den er jetzt Appetit hatte. Hinter seinen geschlossenen Lidern versuchte er mit konzentrierter Aufmerksamkeit die Erinnerung an diese gelbschwarzen Kerne, an ihre mehlige Konsistenz, an ihren milchigen Geschmack heraufzubeschwören und …

Ihm war plötzlich als werde er einen solchen Maiskolben in den Händen halten. Er spürte, wie der heiße Mais auf seiner Handfläche brannte, und der Geruch stieg ihm in die Nase.

Er führte den Maiskolben an den Mund und biß gierig hinein. Duft, Geschmack, Wärme, alles war vorhanden … doch sein Hunger wurde nicht gestillt, im Gegenteil: er wurde immer hungriger, Er biß zu und kaute, *aber er brachte nichts herunter!* Sein Magen wurde durch den zunehmenden Fluß von Magensäften gepeinigt. Er fühlte sich immer hungriger – *aber die Kerne auf dem Maiskolben wurden nicht weniger!*

Also reichte dieser Versuch nicht aus. Er mußte ein weiteres Experiment wagen. Er mußte sich davon überzeugen, was er bereits ahnte. Er mußte sich durch ein Experiment letzte Gewißheit verschaffen, durch einen Versuch, welcher …

Vielleicht, wenn er eine lebendige Gestalt herbeischwor, von der er *wußte,* daß sie Lichtjahre von ihm entfernt war, die also gar nicht anwesend sein konnte …

»Selena!«

Allein schon, daß er diesen Namen nannte, riß in seinem Inneren schmerzliche Wunden auf. Sein wacher

Geist löste sich von seinem infizierten Ich, das er den Raubtieren seiner Leidenschaft zum Fraß hingeworfen hatte. Shintal bedeckte sein Gesicht.

Zuerst erschien ihm Selena in jenem hautengen, goldenen Gewand, das sie seinerzeit in Marons Haus getragen hatte, wo ihr Shintal zum ersten Mal begegnet war, wo sie sich kennengelernt hatten. In ihrer hochgetürmten Frisur schimmerten winzige Theoritsteine, und diese glänzende Haarkrone mit dem schwingenden Sternendekor kam ihm vor wie ein Stück Nachthimmel, und das hatte er ihr auch gesagt.

»Selena!« wiederholte er seinen Ruf, diesmal etwas lauter. Dann schaute er auf.

Vor ihm stand Selena in ihrer ganzen Schönheit, in ihrer ganzen Pracht.

»Du hast mich gerufen. Hier bin ich.« In ihrer Stimme schwang ein lasziver Ton mit, der eindeutig war. »Wollen wir gehen?«

»Wohin?« fragte Shintal, und diese Frage ließ die gleiche heiße Freude in ihm aufsteigen wie früher.

»Zu dir. Worauf warten wir noch?«

Dies waren die Worte, die er von Selena vernommen hatte, bevor …

Seine Hand berührte Selenas kühl wehendes Gewand, seine Finger tasteten nach den Theoritsternen in ihrem Haar.

»Vorsicht! Meine Mondsteine senden einen Strom aus, der allen erogenen Zonen einen elektrischen Schlag versetzt. Ich habe sie nicht isoliert.«

Es waren dieselben Worte, haargenau die gleichen Worte bis in die letzte Schattierung! Alles wiederholt sich, wiederholt sich so oft wie er es beschwört und aus sich hinausprojiziert, mit dem Unterschied, daß es sich hier *nicht um ein pures Lichtspiel,* um eine körperlose Projektion handelt, *sondern um eine tastbare, plastische Form.* Sie besitzt eine eigenartige Materie, die aus der Sperre des menschlichen Gehirns heraustritt, obwohl es nur eine *Kopie* ist, nicht mit sich selbst identisch, nur eine leere Hülle der Phantasie. Es ist, als würde aus dem Bildschirm der Polyvision eine Figur heraustreten, die in Wirklichkeit auf irgendeiner fernen Raumstation in Lamiels Armen liegt, hier aber ihn, Shintal, begehrlich umarmt, ihre Arme fordernd um seinen Nacken legt, so daß er sogar ihre pulsierenden Adern spüren kann. Doch ihre Anwesenheit ist ebenso eine verlogene Spiegelfechterei, ein Blendwerk, wie die Schatten, welche aus den Projektionskammern dringen, wie Lisons Wunschträume von Leon oder die zum Leben erwachten Monster der Therapion-Galerie, die aus verborgenen Instinkten und heimlichen Gedanken hervorgehen.

»Ja«, wiederholte Selenas Projektion, »warum gehen wir nicht endlich?«

Nur einem winzigen Bruchteil seines Ich, das verzweifelt versuchte, seine fünf Sinne beieinanderzuhalten und seinen gesunden Menschenverstand zu bewahren, war es zu verdanken, daß es ihm schließlich gelang, dieses Phantasiegebilde doch noch abzuschütteln, diese Gestalt, die sich wie eine Schlange um seinen Körper wand. Wie von Furien gehetzt griff er in seine Tasche, holte sein Notizbuch hervor, beugte sich wie schützend darüber und begann mit wirren, krakligen Buchstaben, die wie betrunken die Zeilen entlangpurzelten, seine Gedanken aufzuzeichnen.

»Der Mensch, der seinen eigenen Gesetzen folgt, ist stets bemüht, seinen Ideen Gestalt zu verleihen, seine Pläne zu verwirklichen, sei es, daß er malt, modelliert, seine Skulpturen in Bronze oder Kunststoff gießt, Maschinen, Mechanismen oder auch Computer baut, Nahrungsmittel, Brennstoffe oder Antriebskraft erzeugt. All das aber, was er verwirklichen will, all seine Ideen und Pläne entstehen zunächst einmal in seinem Gehirn als Modell, als Wille und Vorstellung. Doch seit dem Überfall der Hyperioniten sind diese Gesetze ins Wanken geraten. *Denn die Hyperioniten holen die Saat der Phantasie, der Instinkte und Triebe direkt aus der Imagination!* Sie können alles, was ihnen beliebt, ohne jede Zwischenphase gleichzeitig und schlagartig heraufbeschwören und verwirklichen oder …

»Vorsicht!« flüsterte ihm Selena mit aufreizendem, lauem, duftendem Atem ins Ohr. »Meine Mondsteine senden einen Strom aus, der allen erogenen Zonen einen elektrischen Schlag versetzt. Ich habe sie nicht isoliert!«

Shintal aber klammerte sich verzweifelt an seinen Text:

»Nichts weiter als unmögliches, verlogenes Blendwerk, eine Imitation der Wirklichkeit! Lauter Pappkameraden, unbrauchbare, untaugliche Variationen menschlichen Lebens, die nichts ersetzen, nur eingesetzt werden wie imaginäre Werte in eine Gleichung, die nicht zu lösen ist. Doch die Wirklichkeit läßt sich nicht einfach wegdividieren, die Luft durch keine Imitation ersetzen. Und was die Liebe betrifft … Im Mittelalter glaubten die Menschen felsenfest, daß sie im Traum von Inkuben und Sukkuben, den dämonischen Lustobjekten der unterdrückten sexuellen Phantasie in ihren Betten heimgesucht werden und mit der Magie krankhaft gesteigerter Lüste die Kraft aus ihren Körpern gesaugt bekommen. Am nächsten Morgen aber, nach einer Liebesnacht, die sie mit den Projektionen ihrer eigenen Phantasie verbracht hatten, fuhren sie erschrocken, schuldbewußt und ernüchtert hoch – aus einer Liebesnacht, die, wenn es hoch kam, nichts weiter gewesen war als eine heftige Onanie.«

»Was haben wir hier noch zu suchen?« fragte Selena, doch Shintal schrieb unbeirrt weiter:

»Die Invasion der Hyperioniten in unsere Daseinsform wurde durch eine Art Bremsprozeß aufgefangen und verlangsamt, sonst hätten sie möglicherweise die Erde in die Luft gejagt. Letztendlich ist es wohl der verdichtenden, konzentrierenden Wirkungsweise des Pyknoskops zu verdanken, daß eine solche Invasion überhaupt stattfinden konnte.«

»Sollte jener irrationale Zustand aus den fremden, verfremdeten Schwingungen unserer Daseinsform, aus dem Gemisch dieses verdichtenden Elements hervorgegangen sein, *welches die Schranken zwischen Raum und Zeit aufhebt, die Wirklichkeit und Phantasie von einander trennen?*«

Stellt der Gedanke allein schon die Realisation an sich dar? Ist der Wunsch der Vater des Gedankens? *Wird das Opus im Augenblick seiner Entstehung bereits zum Leben erweckt?*

Sind die Hyperioniten in der Lage, die Energie der Vorstellungen, welche in der Phantasie auftauchen, in einen greifbaren materiellen Aggregatzustand umzuwandeln, wie dies etwa bei der beschleunigten Photosynthese unserer modernen Wissenschaft der Fall ist? – *Das ist die Frage.* Auch wir Menschen tun desgleichen, indem wir die wichtigsten Prozesse unserer Flora verkürzen. Aus Kohlendioxid und Wasser bauen wir mit künstlichen Hilfsmitteln Kohlehydrate auf, die das Sonnenlicht und das Chlorophyll ersetzen. Dies bildet die Grundlage unserer Ernährung. Und wie sieht es mit unseren Kunststoffen aus? Sind wir nicht bereits je nach Bedarf und Belieben makromolekulare, organische Stoffe aus flüssigen, ja sogar aus gasförmigen Energieträgern zu fertigen?

Stellen all die Ströme von Gedanken und Gefühlen keine meßbaren Energien dar? Dies ist der Punkt, wo man den ganzen tödlichen Bluff enttarnen könnte, weil …

Die abstrakte Photosynthese der Hyperioniten aber erschafft aus den Kräften der Vorstellungen und Begierden *keine echte Nahrung, kein echtes Leben, sondern nur eine Art Kunststoff!*«

»Ich habe sie nicht isoliert«, flüsterte ihm Selena wieder ins Ohr, während ihre Hand über seinen Körper glitt. Es war die gleiche vertraute Berührung wie einst, gekonnt und raffiniert, eine Berührung, die ihn rasend machte, und ...

Shintal riß sich los, doch das Phantom Selena rückte nach.

Nun holte er aus und schlug zu – doch ihm war, als hätte er einen weichen elastischen Ball berührt, der an seinem Arm festgebunden war. Der Plasmakörper schwang träge zur Seite, schwang wieder zurück.

»Warum gehen wir nicht? Gehen wir nicht? Gehen wir nicht?«

Die hartnäckig wiederholten Worte, diese süßlichen, geilen, empörenden Tiraden, die sich wie das Geschwätz eines Papageis anhörten, brachen in Shintal den Bann, brachten ihn zur Vernunft, lieferten ihn wieder seiner ganz persönlichen Verzweiflung aus. Doch zunächst einmal klappte er sein Notizbuch zu und steckte es wieder ein.

Natürlich wäre es einfacher, jetzt den roten Knopf zu drücken, anstatt als einzig Verantwortlicher in dieser ausweglosen Tragödie unter ›Killermatrizen‹ zu leben. Shintal hätte nie geahnt, daß in der Vorstellung solche Super-Atombomben verborgen liegen können, daß die Kettenreaktion einer nuklearen Explosion auch im konfliktreichen inneren Kosmos des Menschen ausgelöst werden könnte. All dies allerdings war keine Entschuldigung für seine Tat – war er es doch gewesen, der das Abwehrsystem der menschlichen Lebensform vernichtet hatte.

Vor dem ›ultravioletten Drachen‹, den er auf die Menschheit losgelassen hatte, hätte er sicher in den Tod flüchten können.

Doch dies war keine Lösung. Shintal mußte am Leben bleiben.

III. Teil

Die lebenden Statuen

Symbole sind die höchsten Wirkungskräfte der Natur, welche in die größtmögliche Form eingeschlossen sind.

Shintal

Die Vulkanausbrüche von gestern

An den Bäumen und Sträuchern des grünen Gürtels, welcher das Sperrgebiet umgab, regte sich kein Blatt. Selbst die Käfer hatten sich in der wolkenverhangenen, lauwarmen Stille dieser frühen Nachmittagsstunde unter dem Schutzdach der Blätter und Zweige verkrochen.

Dies war die Zeit der großen Siesta in Makropolis, der sich auch jene Parasiten, die in das atavistische Fell der Vergangenheit gehüllt waren, nicht entziehen konnten.

»Denn sie nehmen jede Gelegenheit wahr, die Beine von sich zu strecken und sich selbst zu vergessen«, dachte Savonarola. Er saß in dem Ruinensessel, der sich inmitten der Lichtung erhob und lehnte sich gegen die bemoosten Steine. »Sie haben aber auch allen Grund dazu.«

Warum aber war er stets gereizt, wenn er ihre verschlungenen Leiber, ihre lächerlichen Lumpen, ihre Münder betrachtete, die sich wie Kindermünder öffneten? Dies war immer noch besser, als würden sie in einer klimatisierten Sedativkammer auf einem schwingenden Bett, auf weichem Pfuhl mit steriler Haut und sterilisiertem Gehirn liegen. Hier lagen sie am feuchten, dampfenden, warmen Busen der Natur, am Busen der Mutter Erde. Hier war es ihnen vergönnt, zumindest von Zeit zu Zeit den Geschmack eines echten, unverfälschten Lebens zu empfinden. Sie zogen Kartoffeln und Mais mit ungeschickten Händen, mit Hilfe von Geräten und Werkzeugen, die sie irgendwo auf einer Müllhalde gefunden oder aus irgendwelchen Museumsbeständen entwendet hatten. Savonarolas strenger Blick wurde sanfter. Wenn sie wüßten, wenn sie alle wüßten, daß die Samenkörner, die im naturwissenschaftlichen Labor aufbewahrt wurden, jene Samen, die einst ihre nomadisierenden Vorfahren veredelt hatten – daß es Shintal gewesen war, der ihnen dieses Saatgut beschert hatte und der ihnen auch alle Beschreibungen und Richtlinien über die Grundlagen von Ackerbau und Viehzucht aus dem Archiv beschafft hatte ... Warum wohl? Aus purer Neugier am Experiment, oder vielleicht ...

Wie dem auch sei: Die Küken vom Huhn der Sisotris würden bald schlüpfen. Er schaute auf das Nest hinab, das in einer Mulde der Ruinen lag, wo ›Prinzessin Lumina‹ mit hängendem Kopf vor sich hindöste. Ihre Lider lagen wie durchsichtiges Pergament über ihren sanften, unschuldigen Augen, während sie im Schlaf leise vor sich hingluckte.

Dieser Anblick besänftigte Savonarolas Unrast. Nun lächelte er und wurde eins mit seiner Umwelt, eins mit der Natur, die ihn umgab. Und daß er vollkommen glücklich war, wurde ihm erst bewußt, als der Zauber dieses Augenblicks auf leichten Schwingen entschwebte.

Nun kehrte aber die Unruhe, die sich in den vergangenen Wochen immer mehr gesteigert hatte, wieder zurück und überflutete seine Nerven. Was sollte das? Warum mußte er seinen unheilvollen, schuldbewußten Gefühlen immer neue Nahrung, immer neue Namen geben? Xenora war genesen, hatte ihm aus irgendeinem Untersee-Sanatorium einen wirren Brief geschrieben und ihre Anhänglichkeit beteuert – doch sie bedeutete ihm nichts mehr. Eigentlich hatte sie ihm kaum näher gestanden als Sisotris mit ihrem weißen Hühnchen. Xenora war nichts weiter als ein pulsierender junger Körper, der sich mit einfältigem Vertrauen an ihn schmiegte. Sie suchte bei ihm Schutz und befriedigte seine Sinne, ohne auch nur zu ahnen, mit welchen Widersprüchen er in sich zu kämpfen hatte.

Warum nur konnte er nicht mit Hingabe und Überzeugung den Narren spielen, eine Rolle, welche ihm die Freiheit garantierte? Warum nur brachte er es nicht fertig, sich mit der gleichen leichtsinnigen Genugtuung über diese scheinheiligen Psychomagier des Doms und der senilen Marionetten von Makropolis ebenso zu amüsieren wie seine Leidens- und Schicksalsgenossen, die das Los der Verbannung mit ihm teilten?

Vor wem sollte er sich eigentlich schämen? Was sollte dieser Zweifel in ihm, diese ewige Frage, ob es nun richtig war, was er tat, oder ob er nur mit sich selbst Verstecken spielte, seinem hilflosen Verantwortungsbewußtsein zu entfliehen suchte? Denn er war nicht bereit, undankbare Aufgaben zu übernehmen, sich um unpopuläre Reformen zu bemühen, obwohl …

Das war wieder Shintal, der aus ihm sprach!

Außerdem wußte er auch nicht so recht, wo sich ein Einsatz überhaupt lohnte. Sollte er vielleicht mit einem Käfig voller Narren, mit einer Herde von Eseln gegen Windmühlen kämpfen, etwa für eine Idee, die außer ihm und Shintal kein Schaf in dieser blökenden Herde begriff? Die meisten unter ihnen waren verspielt, wollten nicht erwachsen werden. Oder sie waren verletzt und hatten einen bleibenden Schaden davongetragen. Sie waren in der Tat degeneriert und von der modernen, kollektiven Norm abgewichen. Jene Gesellschaft aber, jenes Kollektiv, das der Norm entsprach, hatte sie ausgestoßen und in die Verbannung geschickt. Denn die Ausgestoßenen waren zwar schwach und unbegabt – dennoch ließen sie sich nicht unterbuttern. Lauter Revolutionäre, lauter Zigeuner und Kesselflicker, die anders sind als die anderen, anders als der einheitliche, genormte Durchschnittsmensch …

Als ihn Shintal seinerzeit gefragt hatte, ob er nun wirklich all die Errungenschaften der Wissenschaft, die friedliche, neue Lebensform der Menschheit hasse und ablehne, hatte er wie ein Politiker versucht, sich herauszureden und um eine klare Antwort herumzukommen. Shintal aber hatte ihn wie immer durchschaut und hatte mit wenigen Worten, das ganze sophistische Labyrinth, den ganzen Schutzwall niedergerissen, den Savonarola um sich herum aufgerichtet hatte.

»Du weißt selbst nicht, wo du stehst«, hatte ihm Shintal vorgehalten. »Du siehst nur die Löcher im Käse, siehst, daß unsere Lösungen nicht vollkommen sind, und daß wir alle miteinander weit davon entfernt sind, vollkommen zu sein. Wir experimentieren, und zugegeben, wir machen Fehler. Doch warum willst du dich am Risiko solcher Experimente nicht beteiligen? Sabotage und eine Kritik, die sich außerhalb jeder Bemühung setzt, ist ein äußerst bequemer Standpunkt. Allerdings ist eine solche Einstellung dann nicht statthaft, wenn einer, der irgendeinen Prozeß als Irrweg betrachtet, nicht mithelfen will, einen solchen Ablauf zu bremsen – noch besser: eine praktische Lösung zu finden, die in eine positive Richtung führt. Dies gilt besonders dann, wenn der Betreffende über jene besonderen Fähigkeiten verfügt, wie es bei dir der Fall ist.«

»Ich habe es versucht«, begann Savonarola, doch Shintal schnitt ihm das Wort ab.

»Du hast sofort die Flinte ins Korn geworfen, weil du auf Widerstand gestoßen bist und weil du beleidigt warst.«

»Darum geht es gar nicht!« gab Savonarola so prompt zurück, daß seine allzu hastige Reaktion auffallen mußte. Dabei wußte er genau, daß er auf solche Attacken – zutiefst verletzt, wie er war – stets heftig reagierte und es ihm selten gelang, seinen Unmut zu verbergen. »Riss möchte mich am liebsten kybernieren und tief unter der Erde in einer Eiskammer einfrieren, damit ich seine absolute Herrschaft über die Lebenden und die Toten nicht gefährde. Denn er fürchtet sich vor mir! Das ist der tiefere Grund, warum er mich in die Verbannung gejagt hat. Er kennt mich nur zu gut. Unser letztes Streitgespräch ging bis aufs Messer und ließ nicht daran zweifeln, daß man mich nicht zu Halbheiten zwingen kann. Gefährliche Dinge lassen sich nicht leicht erledigen – und ich will ihm dabei nicht helfen! Ich bin nicht bereit, die Verantwortung mit ihm zu teilen, sobald er auch mich nach seiner Art heimlich, still und leise in seinen Bann gezogen hat. Riss ist ein gewissenloser Irrer. Schließlich ist es nicht erlaubt, über einen Menschen zu entscheiden ohne ihn selbst zu befragen, wenn es darum geht, sein persönliches Schicksal zu gestalten. Die Kreativität eines Menschen im Spinnennetz telepathischer Befehle zu fesseln ist mehr als nur ein Ausrutscher, ein Irrtum, vielmehr eine niederträchtige, unverzeihliche Gemeinheit! Riss pflegt bei seinen Opfern alle Konflikte der Freude, der leidenschaftlichen Ruhmsucht, des Ehrgeizes radikal auszumerzen, sie der praktischen Erfahrung aus Initiative und Widerstand zu berauben, so daß sie zu hilflosen, schutzlosen, ausgelieferten Weichlingen werden. Riss hegt einen abgrundtiefen Haß gegen streitbare Menschen, die sich ihm widersetzen, kurz: *der lebendige, kreative, selbständig denkende Mensch* ist ihm in tiefster Seele verhaßt. Was er braucht, sind Roboter, nichts weiter als Roboter! Darum muß man ihn von jenem Posten entfernen, zu dem er sich hochgedient und hochgerangelt hat. Ist dir noch nicht aufgefallen, daß der ganze Psychodom bereits seine Handschrift trägt, daß es seine Arme sind, die gleich gierigen Tentakeln die ganze Welt umschlingen? Seine gierigen Krallen sind es, die den Erdball rotieren lassen, und ...«

Über diesem Dialog, den er aus seiner Erinnerung heraufbeschworen hatte, mußte er wohl eingenickt sein und begann sehr lebhaft zu träumen. Er träumte, daß er dem schimmernden Silberpfeil des Psychodoms gegenübersitzt, dessen Spitze in die Wolken sticht – doch an der Stelle des höchsten Turms *ragte plötzlich Riss' gigantisches Gesicht empor.* Aus den Fensterlinsen, aus dem Projektionszentrum schossen tief violette Strahlen hervor, und dieses Violett leuchtete so intensiv, daß ihm die Tränen in die Augen traten. Die Strahlen spalteten sich. Ein Teil von ihnen spannte sich wie ein Saitenbündel über ein Griffbrett, schlug eine Brücke bis hin zum Villenviertel von Makropolis, während sich der andere Teil gleich Fingern einer gierig zupackenden Hand weit über die Stadt hinausstreckte – wohin wohl?

Aber handelte es sich wirklich um Strahlen?

Nein, es waren Arme, Fangarme, die sich Tentakeln gleich aus dem Kontrollturm des Doms und des Therapions erstreckten, und es wurden immer mehr. Er wußte genau, in welchen Teilen des Gebäudes diese Räume lagen. Und bevor der Wolkenkratzer in unendliche Ferne rückte und hinter dem Horizont verschwand, konnte er jene gewalttätigen Hände mit den wie Krallen gebogenen Fingern deutlich erkennen, welche die Türme umklammerten: Riss' große, weiße Hände mit den eckigen Nägeln, die ...

Was war das für ein Alptraum? Er mußte unbedingt aus diesem Traum erwachen!

Er riß sich mit Gewalt von diesem Anblick los, der ihn fasziniert hatte. Doch war es überhaupt möglich, aus einem Traum zu erwachen, den er wirklicher empfand als alle Wirklichkeit, die er bis jetzt erlebt hatte?

Dennoch mußte es ein Traum sein. Hätte er daran

gezweifelt, so hätte ihn Sisotris vom Gegenteil überzeugt – Sisotris, die am Rande der Lichtung in den Wehen lag. Vielleicht aber war es Riss auch gelungen, ohne Geräte mit Hilfe einer neuartigen Suggestionsmethode in sein Gehirn einzudringen, ihm eine Vision vorzugaukeln, einen Ablauf, den er scheinbar mit offenen Augen verfolgte, obwohl …

Um Sisotris herum, die halb unter den Büschen lag, wimmelte es von seltsamen Wesen. Nackte Babys mit Hühnchenkopf und flaumigem Leib zappelten wimmernd im Gras, schlugen mit Flügelstümpfen um sich, die ihnen an Stelle von Armen gewachsen waren, wobei ihr Kindergeplärr immer wieder in lautstarkes Piepsen umschlug. Die blutigen, langen Nabelschnüre waren von der Gebärmutter noch nicht getrennt, doch der gewaltig angeschwollene Mutterleib schien unerschöpflich. Sisotris' Kleid war bis zum Hals hinaufgekrempelt und sie wollte nicht aufhören zu gebären, wollte nicht aufhören, Mißgeburten in die Welt zu setzen wie eine Termitenkönigin, die pausenlos Eier legt.

»Aber Sisotris kann gar keine Kinder haben!« sagte er laut vor sich hin. »Und heutzutage müssen die Frauen nicht mehr unter solchen Schmerzen gebären!«

Savonarola hob die Hand an den Mund und biß sich in die Faust, wobei sich die Spuren seiner Zähne tief in die Haut gruben. Dann tastete er nach seinen Augen – doch er schreckte zurück, weil seine Finger seinen feuchten Augapfel berührt hatten.

Also Riss, wieder Riss, dieser gemeine, hinterhältige Patron! Dieser Killer, dieser Mörder der freien, unabhängigen Vernunft! Er war es, der Savonarola in den Wahnsinn treiben wollte, um ihn dann zu kassieren, einzusperren und ihn seines nüchternen Urteilsvermögens zu berauben. Denn es war seit geraumer Zeit nicht mehr nötig, einem Menschen Elektroden ins Gehirn zu pflanzen, um ihn dann durch beliebige Befehle gefügig zu machen: Du sollst dich freuen! Du sollst lieben! Du sollst schlafen! Und – du sollst töten! Die Möglichkeiten des Mißbrauchs kannten keine Grenzen. Die Fernsteuerung ohne Empfangsgeräte war in Riss' Hand ein Instrument, das zur totalen Entmenschlichung, zur totalen Unterjochung führte!

Er, Savonarola, war aber nicht bereit, sich Riss zu überantworten. Mochte auch ein Hexensabbath um ihn toben, er wollte sich dieses Treiben unbeteiligt von außen anschauen, weil er wußte, daß alles, was er sah, irreal war, nichts als pure Einbildung.

Denn so lange er es fertigbrachte, sich von diesen Visionen zu distanzieren, solange es ihm gelang, seine Ruhe und einen kühlen Kopf zu bewahren …

Wenn er seine Selbstbeherrschung nicht verlor, *obwohl diese Vision, diese Scheinwelt um ihn herum zu bersten drohte,* konnte ihm eigentlich nichts zustoßen.

Nun galt es aber, sich still und ruhig zu verhalten, sich durch keine Bewegung, keinen Muckser zu verraten – denn Riss' Auge wachte über ihm wie über einem Virus, den er durch das Elektronenmikroskop betrachtete.

Der Turm des Psychodoms rotierte langsam um seine Achse. Und aus der Fensterlinse des Therapions streckte sich ein Arm aus, eine Hand, ähnlich den Krallen eines Raubvogels. Kann ich, dachte Savonarola, kann ich das noch verkraften, ohne den Verstand zu verlieren? Sowas kann man wohl kaum noch …

Nein, er würde nicht zurückblicken!

Aus dem zusammengepreßten Block des Sperrgebietes tönte Lärm, der immer lauter wurde: ein Knirschen und Klingen, gedämpfte Stimmen und … eine seltsame Musik.

Früher einmal waren die Truppen längst vergangener Kriege zu den Klängen solch zündender Musik marschiert.

Zwar konnte er den Sinn dieser Geräusche und Töne aus der Vergangenheit vorerst nur ahnen, dennoch war ihm aber, als ob …

Ja, das war's. Es sind die Düsenflugzeuge des Atomzeitalters, die über ihn hinwegbrausten, und er wußte auch, daß sie eine furchtbare Fracht an Bord hatten. Unterwegs würden sie irgendwo ihre nukleare Bombenlast abwerfen. Die Detonationen erschütterten den Boden unter seinen Füßen. Jetzt konnte er sogar schon das Pfeifen der Raketen unterscheiden. Nach den Einschlägen segelten Metallsplitter unbekannter Herkunft durch die Lüfte, fielen wie Regentropfen herab – doch so groß sie auch sein mochten, *berührte sie Kopf und Schulter nur wie leichte Wolkengebilde.* Er sah die dichten Rauchsäulen, die zum Himmel emporstiegen, die gewaltigen tiefblauen und orangeroten Pilze, welche …

Immer mit der Ruhe! Nur nicht bewegen! Nur nicht den Schrei loslassen, der in seiner Kehle steckt!

Gewaltige Panzer rollten wie schwerfällige, tapsige Urwesen in sein Blickfeld. Aus ihren drehbaren Kuppeln ragten Waffen gleich den Stacheln eines Igels hervor. Das Mündungsfeuer blitzte scharf auf, und in die brüllende, krachende Kakophonie fiel das Staccato der Maschinengewehrsalven ein.

Konnte es sein, daß er vielleicht nicht mehr am Leben war?

Über seinem Kopf zogen ganze Verbände von Jagdfliegern im Tiefflug dahin, und das Geräusch ihrer Motoren drang schmerzlich an sein Ohr. Jetzt scherte ein Flugzeug aus und kam im Sturzflug herunter. Savonarola konnte den Piloten sehen, der eine Lederkappe und eine Flugbrille trug, er konnte sehen, wie ihn der Pilot ins Visier nahm und eine Salve auf ihn abfeuerte. Doch dann explodierte die Maschine plötzlich, stürzte ab, und ihre Wrackteile segelten in Savonarolas Nähe zu Boden.

Er sprang auf, setzte sich aber gleich wieder hin.

Denn er sah, daß die Ebene, auf der die Trümmer der Maschine lagen, *etwas über dem Boden der Lichtung schwebte.*

Savonarola aber barg seine zitternden Hände in den weiten Ärmeln seiner Mönchskutte.

Aus schier unerschöpflichen Quellen strömten ohne Unterlaß Flugzeuge verschiedener Größen und Typen hervor, so wie sie von jener geheimnisvollen Atomschlacke gestartet wurden, die hinter Savonarolas Rücken in wilde Bewegung geraten war und wie ein kochender Strudel aufschäumte.

Nach einiger Zeit kam es ihm vor, daß die Flugzeuge, die jetzt über ihn hinwegbrausten, immer primitiver wurden: Flugmaschinen, die man aus uralten Illustrierten oder aus Museen kannte, seltsame, abenteuerliche Doppeldecker schwebten langsam wie zarte Libellen an ihm vorbei, wechselten sich mit zigarrenförmigen Luftschiffen und mit Ballons ab, von denen geflochtene Körbe baumelten.

Dann aber riß er sich von diesem Anblick los, weil stampfende rhythmische Geräusche seine Aufmerksamkeit auf sich lenkten.

Soldaten mit Stahlhelmen auf dem Kopf marschierten im Stechschritt nach Makropolis, ohne daß ihre Füße den Boden berührten. Denn sie stampften über das harte Pflaster einer Straße, die aus einem anderen Stoff war – waren doch die Straßen heutzutage weich und elastisch! Dieser Sache mußte man unbedingt nachgehen. Tatsache war, *daß es sich hier um zwei verschiedene Dinge handelte.* Die aufeinandergepreßten Kulturschichten des Sperrgebiets taten sich eine nach der anderen vor ihm auf. Zunächst wurden die obersten Bilder an die Oberfläche projiziert, dann die nächsten, immer schön der Reihe nach …

Die Uniformen wechselten, die geschlossenen Reihen lockerten sich. Nun schleppten sich die Soldaten in ihren verdreckten, blutbespritzten Tarnanzügen dahin, die Hände über dem Kopf gefaltet.

Irgendwo in der Luft ratterten uralte, schwerfällige Eisenbahnzüge durch sein Gesichtsfeld. Aus der schwarzen Schlange aneinandergekoppelter Wagen quollen Soldatenleiber hervor. An offenen Waggontüren hingen Menschentrauben … wohl auch Zivilisten? Ja, auch Zivilisten, die sogar die Wagendächer bevölkerten. Flüchtlinge vielleicht? Schmutziges Lumpenpack, Bündel über Bündel. Überfüllte Lastwagen rasten mit gesichtslosen Passagieren dahin. Wohin? Zu ihrer Hinrichtung … das war gewiß …

Dann folgte ein Bombenangriff. Verstümmelte Leiber, Gliedmaßen, Köpfe wirbelten durch die Luft. Von den Bäumen, von den Zweigen tropfte Blut, dort wo sich irgendwelche Körperteile festgehakt hatten, und … Genug, genug!

Savonarola drückte die Augen fest zu, wandte Kopf und Blick von dieser sich ständig verändernden, wahnsinnigen Revue.

Zum Glück konnte er noch mit dem Vorhang seiner Lider den Anblick verdecken. Denn vorerst war es Riss noch nicht gelungen, den Kordon seiner inneren Vorstellungswelt zu durchbrechen. Noch konnte er sich jene friedlichen Oasen vorstellen, die kurz oder lang zwischen den Kriegen aufblühten …

Ihm wurde gar nicht richtig bewußt, wann er die Augen wieder öffnete.

Eine scheinbar endlose Landschaft tat sich vor ihm auf, die er wie aus großer Höhe betrachtete. Im Vordergrund drängten sich Ameisenstädte aneinander, aus denen Wolkenkratzer dicht an dicht aufragten, mit Vororten, wo kleine Häuser und Siedlungen bunt zusammengewürfelt am Stadtrand standen. Zu Füßen der Wolkenkratzer aber, in brunnentiefen Straßenschluchten wogte eine schreckliche, gesichtslose Menge. Über die Fahrbahnen zogen im Gegenverkehr endlose Autoschlangen dahin, die immer wieder in einen Stau gerieten, sobald sie vor einer Ampel kapitulieren mußten.

In den weiter entfernten Gebieten schrumpften die Häuser zusammen, und auch die Menschenmassen lichteten sich. Dort saß man in Kutschen oder ritt auf dem Rücken von Pferden dahin.

Zwischen den Kleinsiedlungen lagen Gärten, Wiesen, Äcker und Wälder, welche die Landschaft auflockerten. Also war auch dies eine *offene* Zeitlandschaft, eine Idylle der Vergangenheit zwischen all den Kriegszügen, Naturkatastrophen und Seuchen, welche die Menschheit heimsuchten.

Jetzt aber tauchte ein Farbfleck in der Landschaft auf, der Savonarolas Aufmerksamkeit auf sich lenkte – ein Fleck, der sich vom Horizont deutlich abhob. Wenn er nun die Entfernung zwischen den Hochhäusern und jenem scharfen Fleck hätte schätzen wollen, so hätte er feststellen müssen, daß diese schmale Landzunge, als die sich dieser Fleck entpuppte und die wie ein mahnender Zeigefinger ins Meer hinausragte, von all den häßlichen, überbevölkerten Ameisenstädten des näheren Gestern fast durch ein halbes Jahrtausend getrennt war.

Doch je mehr er sich auf diesen Fleck konzentrierte, um so größer wurde er. Ihm war, als würde er diesen Punkt durch die Linse eines Teleobjektivs betrachten.

Alles um ihn herum ruhte, kein Lüftchen regte sich mehr. Der Anblick füllte sein Gesichtsfeld aus – doch je näher dieses Bild an ihn heranrückte, um so heftiger stiegen Beklommenheit und Ablehnung in ihm auf.

»Nein! O nein! Nur dieses nicht!«

Seine stürmischen Gefühle verschärften die Vision, die mit magnetischer Anziehungskraft auf ihn zuraste.

In der Mitte eines geräumigen, großen Platzes vor

dem grazilen Turm eines wunderschönen Palastes, stand ein aus Brettern gezimmertes Schafott oder eher eine Art hoher, breiter Scheiterhaufen. Auf den Treppenstufen lagen Masken, Perücken, Prachtbände mit Goldschnitt, Notenhefte, Musikinstrumente, Gemälde, Spielsachen und Statuen verstreut. Darüber thronte ein antiker, grinsender Pan mit Bocksbeinen, eine seltsam verzerrte Figur, aus Wachs modelliert, in schreienden Farben. Unser ›Savonarola‹ aber wußte plötzlich, daß dieser ›Teufel‹ mit Schwefel und Schießpulver gefüllt war, und er wußte auch, daß er sich im Florenz des echten Girolamo Savonarola befand, in jener Stadt, die er seinerzeit mit selbstquälerischer Präzision bis ins letzte Detail rekonstruiert hatte, weil er sich mit diesem düsteren italienischen Mönch, der mit sich selbst in Zwiespalt geraten war, auf seltsame Weise identifizierte. Er hatte sich in ihn hineingedacht, hatte dessen Persönlichkeit in sich eingezogen und war mit Haut und Haaren in dessen Habitus geschlüpft. Sooft er in den Spiegel schaute, schob sich das von apokalyptischen Visionen zerfurchte hagere Antlitz des Mönchs wie eine Maske vor sein Gesicht. Sah er seinem Vorbild wirklich ähnlich? Es hatte eine Zeit gegeben, wo ihn diese Ähnlichkeit mit Genugtuung erfüllte. Jetzt aber …

In dieser überdimensionalen Vision, die wie eine Sturzflut über ihn hereingebrochen war, konnte er nun all die längst vergessenen, längst verdrängten entsetzlichen Momente und Ereignisse erkennen, weil sich seine innere Ordnung, sein selbstgebautes System in Auflösung befand, ein Umstand, der ihn aus seiner Reserve lockte.

›Savonarola‹ aber roch plötzlich den Duft einer kühlen Abendbrise. Und am Himmel blinkten die ersten Sterne.

Im selben Augenblick flammte der Scheiterhaufen

auf. Die Menge wich andächtig und erschrocken zurück, als der ›Teufel‹ mit lautem Getöse funkensprühend in einem gelb-rot-blauen Flammenmeer hochging. Der aufsteigende Rauch hüllte den klaren Florentiner Abend in eine schmutzig-schwarze, rußige Wolke. Gewaltige Feuerzungen schossen hoch, als die Flammen neue Nahrung bekamen.

Auf dem schwarzroten Hintergrund tauchte der schwankende Schatten eines großen Galgens auf. Die Menge – war es noch die gleiche Menge? – begann zu murmeln und zu rauschen wie die stürmische See. Fluchte die Menge? Oder betete sie? Eine Gruppe von Mönchen in Kutten und Kapuzen, zusammengedrängt wie ein Schwarm schwarzer Raben, sang einen Psalm, skandierte den lateinischen Text im Chor, der sich unbarmherzig und bedrohlich anhörte, wie das Brausen eines nahenden Orkans.

Nun legten sie dem knochigen, hageren Mann die Schlinge um den Hals, und der Henker stieß ihn von der Leiter. Die Flammen, die an seiner Kutte emporstiegen, warfen ihren Schein auf das Gesicht des Gehenkten. Es war Savonarola.

Unser ›Savonarola‹ aber starrte wie gebannt auf die baumelnde Gestalt, konnte den Blick nicht von ihm wenden. Denn das blau angelaufene Gesicht in der Schlinge war *sein* Gesicht. Das Kinn war herabgefallen, aus dem geöffneten Mund quoll *seine* Zunge hervor …

Er mußte unbedingt den Kopf aus dieser Schlinge ziehen, diese entsetzliche, phantastische Vision abschütteln!

Das Urteil des Papstes, des ›Antichrists‹ über Savonarola war vollstreckt – die ›Antithese‹ von heute aber hieß Riss! Zwar wandte dieser andere Methoden an, doch konnte man sich dagegen ebenso wenig wehren wie einst gegen die Methoden der Inquisition. Denn alle Menschen, alle technischen Mittel, alle Roboter, ja selbst die Elemente standen ihm zur Verfügung und gehorchten ihm. Savonarola war in seiner Macht – Riss hatte ihn von allen Seiten umzingelt.

Und Riss hatte vor, ihn – Savonarola – über dem Feuer der eigenen Phantasie zu rösten!

Nun hatte aber der Mann, der sich Savonarola nannte, seinerzeit an zahlreichen Experimenten teilgenommen, bei denen die sich selbst täuschende Phantasie als Versuchsobjekt diente. Er hatte blutende Stigmata auf dem Körper hysterischer Weiber gesehen und rote Brandblasen, die auf der Haut eines hypnotisierten Mediums aufblühten, sobald man sie mit einem kalten Messergriff berührte. Er hatte den Herztönen eines nicht vorhandenen Fötus gelauscht, während er sich über den gewölbten Leib der bedauernswerten, von Wehen gepeinigten Sisotris beugte, die trotz ihres unfruchtbaren Schoßes von Zeit zu Zeit eine Schwangerschaft mit all ihren Begleiterscheinungen vortäuschen konnte. Aus ihren harten Brüsten schoß die Muttermilch wie eine Fontäne, und jeder, der wollte, konnte das Strampeln ihrer Leibesfrucht fühlen. Er war auch dabei, als Ruggiero einen Leichnam sezierte. Dieser Mann war in der Badewanne einem Herzschlag erlegen, weil er sich einbildete, verbluten zu müssen. Erst glaubte er, sich die Pulsadern aufgeschnitten zu haben, obwohl er sich nur ein paar Kratzer beigebracht hatte. Nun begann aber das austretende Blut das Wasser in der Wanne immer dunkler zu färben. Und als man dann die Tür zu seinem Badezimmer aufbrach, war der Mann trotz des geringen Blutverlustes bereits tot. Solche und ähnliche Ereignisse waren es, auf welche Riss sein unmenschliches Werk baute, um alle Lebewesen dieser Erde zu seinen elektronischen Sklaven zu machen.

Wahrscheinlich hatte er auch sämtliche Signal- und Alarmanlagen ausgeschaltet.

Wo konnte Savonarola jetzt noch Schutz und Erbarmen finden?

Hilfe! Shintal!

Er sprang auf und rannte davon, hinweg über den weichen Teppich seiner Vision. Naßfeuchte Nebelgebilde klebten auf seiner Haut, während er in eine geleeartige, sulzige Masse eindrang. Diese scharf riechende, lärmende Materie drang ihm in Mund und Nase.

»Shintal!« Und während Savonarola schluchzend, in höchster Verzweiflung diesen Namen rief, kroch ein glitschiges Plasmareptil in seinen Rachen.

Savonarola stolperte, und während er stürzte, bekam er einen Schlag auf den Kopf, der ihn bewußtlos machte.

Diktatur der Imagination

Shintal stand hilflos vor einem undurchdringlichen Gestrüpp von Dingen und Ereignissen, vor einer Hürde, die er überwinden mußte, um zu seinem Ziel zu gelangen. Dies aber war um so schwieriger, weil er sich nicht mehr orientieren konnte. Eigentlich wollte er Riss' Therapion erreichen, doch all die Zimmer und Räume purzelten wie Würfel herum, neckten ihn, spielten mit ihm Verstecken und waren stets an einer anderen Stelle als an jenem Punkt, den er ins Auge gefaßt hatte. Diese Bewegungstendenz ging allerdings von ihm aus. Denn er war es gewesen, der diesem empfindlichen elektronischen Gerät instinktiv einen falschen Richtungsbefehl erteilt hatte, aus einem Gefühl heraus, das seinem Verstand und seinem Willen widersprach.

All die vertrauten Räume, die Flure, die Sedativkammern, das Projektionszentrum, die Studios, die Labors und der Kontrollraum des Psychodoms verflochten sich um ihn herum allmählich zu einem Labyrinth.

Plötzlich begann der Boden unter seinen Füßen abzusinken. Er glitt in lauwarme, schäumende, strudelnde Gewässer hinab, die in der unerreichbaren Ferne einer ehemaligen Realität das Ruhebecken der Superioren gefüllt haben mochten, weil aus den Wellen hier und da Yadillbänke auftauchten. Das trübe Wasser des Beckens sandte samargdgrüne-Strahlen aus, der Pegel aber war gewaltig gestiegen. Die Konturen tauchten in schwerem Dunst unter, der sich zu schwellenden Formen verdichtete: zu Menschenleibern,

Männlein und Weiblein, die sich umschlangen – die erotischen Phantasmen eines Pubertierenden, der von sexueller Gier besessen war. All diese Gestalten befanden sich in hektischer, pulsierender Bewegung. Abscheuliche Worte, anfeuernde Rufe, Lustschreie und heiseres Stöhnen drangen an sein Ohr, und scharfe Gerüche stiegen ihm in die Nase.

Shintal wurde übel.

Er versuchte, aus dem schier uferlosen Becken zu waten, doch selbst unter der bewegten Oberfläche tauchten glitzernde Gebilde gleich großen Fischen auf, die wie in einem Netz zappelten. Menschenkörper und schuppige Fischleiber drängten sich eng aneinander und aufeinander, wimmelten um ihn herum. Sie bäumten sich auf, hüpften in elegantem Bogen wie fliegende Fische aus dem Wasser, um dann wieder in den aufschäumenden Wellen unterzutauchen. Und diese zappelnden, glitschigen Wesen rückten immer näher an ihn heran. Ihre eiskalte, feuchte Haut streifte seinen Körper, glitt über ihn hinweg. Shintal schlug um sich und teilte Hiebe aus, um sich aus der Umklammerung dieser unheimlichen Wesen zu befreien. Plötzlich spürte er eine Yadillbank unter den Füßen, an die er sich nun mit all seinen schwindenden Kräften klammerte.

Ein Kopf mit wehenden Haaren trieb auf ihn zu, das Gesicht nach unten. Doch als dieses Wesen sein triefendes Antlitz aus dem Wasser hob, schrak Shintal zurück, war ihm doch, als würde er das Phantom der grünäugigen Delia mit den gierigen Lippen erblicken – oder war es nur ein ›Selbst‹ in der Ekstase einer ureigenen, dämonischen Wunschwelt?

Ihm war, als würden sich die Tentakeln eines Reptils um Schultern und Hals legen.

»Nein, nicht doch!« rief er, indem er versuchte, sich aus dieser tödlichen Umklammerung zu befreien.

Doch seine Arme waren gefesselt, lagen dicht an seinem Körper, als wäre er in einem uferlosen, bodenlosen See zwischen Schilf und Tang gefangen. Der Boden schwand unter seinen Füßen, so daß er sich kaum mehr über Wasser halten konnte.

»Der Liebestod!« murmelte Delia irr und schlaftrunken. »Mit dir … mit dir … Ineinander aufgehend und vergehend … So …«

Shintal riß den Kopf beiseite. Spitze Vampirzähne gruben sich in seinen Hals. Dieser schneidende Schmerz aber vermochte seine Abwehrkräfte zu steigern.

Er befreite sich von dem Mädchen, das wie eine Klette an ihm hing, tauchte unter und stieß sich gleichzeitig von dem Yadill-Bänkchen ab.

Dann schwamm er unter Wasser, bis seine Lungen vor Luftmangel zu platzen drohten. Als er schließlich gezwungen war, wieder aufzutauchen, und als sein Blick wieder klar wurde, konnte er erleichtert feststellen, daß ihm das Phantom Delia nicht gefolgt war. Denn es waren doch nur die Hyperioniten gewesen, die aus ihrer bildhaften Materie heraus, aus den konzentrierten Wassern seinem Alptraum Gestalt verliehen hatten, einem Fabelwesen, das bereit war, ihm zu dienen und alle seine Wünsche zu erfüllen – *weil er nicht mehr in der Lage war, zwischen Traum und Wirklichkeit zu unterscheiden,* weil er jede Beziehung zur Realität verloren hatte.

Vielleicht war es dieser Libido-Strudel, der auch ihm durch einen geheimen, hinterhältigen, telepathischen Befehl, der den Kringeln einer Schlange glich, geblendet, magisch angezogen und gefesselt hatte. Wäre es ihm nicht gelungen, sich aus diesen Fesseln zu befreien, dann hätte ihn Delia wahrscheinlich verstümmelt und ausgesogen wie ein Spinnenweibchen das Männchen nach der Begattung. Alle Schranken von

Mitgefühl und Moral waren gefallen – und in diesem Delirium würde sich wohl das Phantom Delia selbst verzehren und vernichten.

Wie lange aber würde es ihm noch gelingen, sich gegen diesen wuchernden Wahnsinn erfolgreich zu wehren? Ein solches Inferno, ein solches Entsetzen hatte vielleicht beim Finale der nuklearen Katastrophe irgendein Sterbender erlebt, der bereits wußte, daß sich sein Körper unter der tödlichen Strahlung auflösen würde, selbst wenn er vom Zentrum der Explosion weit entfernt war.

Doch er, Shintal, war es gewesen, der diese Fusion in Gang gesetzt hatte.

Er drehte sich um, wie ein gehetztes Tier, um die Flucht zu ergreifen. Seine Hand stieß an den Beckenrand, dann schwang er sich aus dem Pool. Nun hatte er wieder festen Boden unter den Füßen. Riss! Maron! Er mußte unbedingt mit einem Menschen reden, der noch nicht in den bodenlosen Abgrund seines Unterbewußtseins gestürzt war.

Shintal stieg auf das Förderband, doch selbst auf diesem glatt dahinrollenden Verkehrsmittel konnte er kaum die Balance halten. Ihm war, als gleite er zwischen dichtem, tangähnlichem Gestrüpp und den Gegenströmen einer Art Unterseelandschaft dahin, dessen Pflanzenwelt ihn am Fortkommen hinderte. Die wie lebende Tentakeln herabbaumelnden, zuckenden Lianen teilten sich wie ein Vorhang und verflochten sich wieder hinter seinem Rücken. Sie warfen ihre Lassos nach ihm, umschlangen sein Gesicht, belasteten Hals und Rücken, stießen ihn vorwärts und rissen ihn wieder zurück.

Die Beine gespreizt, schwankend und wankend, mit den Armen in der Luft rudernd, versuchte er sich durchzukämpfen, wobei er oft in die Knie gehen und sich immer wieder mühsam hochrappeln mußte. Doch alles, was er auch tat, was er versuchte, ging allmählich über seine Nerven- und Muskelkräfte. Nur sein agonisierendes Gewissen hielt ihn noch auf den Beinen, seine hilflose Verzweiflung war es, die ihn vorantrieb wie programmierte Befehle einen Roboter antreiben. Für feine, sensible Mechanismen hatte Shintal stets eine Schwäche. Er betrachtete jene intelligenten Maschinen, die er konstruierte, stets als einen Teil seines lebendigen Ichs, als eine Art Wahlverwandtschaft – jetzt aber beneidete er sie.

Denn Roboter mußten keine Entscheidungen treffen – sie hatten nur die Möglichkeit, zu berechnen und zu dienen. Ihr ›Organismus‹ funktionierte zwar perfekt, *doch ohne individuelle Phantasie.* Was auch immer sie taten, war nicht ihr Verdienst, und sie brauchten dafür auch nicht einzustehen. Der vernichtende Virus der Vorstellung konnte ihnen nichts anhaben, außer wenn …

Außer wenn irgendein schlaftrunkener Amokläufer ins Netzwerk ihrer empfindlichen Konstruktion wie in die Speichen eines Rades griff und …

Bei diesem Gedanken war plötzlich sein ganzer Körper in Schweiß gebadet.

Wer konnte ihm garantieren, daß diese Seuche, die in den Menschen wütete, nicht auch auf die Maschinen übergriff? Denn jeder Mechanismus ist das Geschöpf seines Erbauers. Und es hatte zahlreiche Beispiele dafür gegeben, daß ein einziger Fehler ganze Komplexe verwickelter Lebensprozesse durcheinander gebracht hatte.

Sollte der Fall eintreten, daß mangels intelligenter Kontrolle irgendein Anarchist die wichtigsten Steuerungssysteme beschädigen und die Maschinen lahmlegen konnte, dann …

Shintal erschauerte, zutiefst schockiert wie er war, steigerte sich sein fröstelndes Zittern und Beben zu konvulsivischen Krämpfen. Ihm war, als müßte er sofort ohnmächtig werden. Nach Hause, nach Hause! Hinlegen und schlafen, von nichts wissen – dies war sein sehnlichster Wunsch.

Sein Lebensinstinkt, sein Selbsterhaltungstrieb schlug Alarm. Die Roboter aber waren zur Stelle. Sie lösten sich lautlos aus dem klebrigen Chaos der Schatten, Gerüche und Töne, und sie bargen diesen Menschen, der in sich zusammengesunken war.

Shintal konnte gerade noch wahrnehmen, daß man ihn auf eine Tragbahre bettete. Nun aber wollte er nicht mehr weiter kämpfen und nahm seinen inneren Zusammenbruch ergeben, fast dankbar hin.

Der Kindergarten

Die Tür von Hermond Gjalls Sedativkammer schwang auf, und ein Lichtstrahl fiel auf seinen Körper, der in der typischen Haltung eines Embryos im Mutterleib dalag, von einem Meer von Fruchtwasser umflutet, das ihn in langsamen Strudeln umkreiste, auf dessen Wellen er schaukelte.

Für die Roboter aber war diese Figur nicht vorhanden, auch nicht die weiße, gewundene Nabelschnur, Sie verrichteten ihren Dienst phantasielos mit automatischer Präzision, folgten nur den individuellen Signalen einer totalen Alarmbereitschaft und bedienten jeden, der in Gefahr war.

Gjall aber verzog sein wonniges Babygesicht vor Angst und Schrecken, und er begann lauthals zu protestieren, als man ihn vom Mutterleib trennte.

»Nein! Ich will nicht geboren werden!« keifte er, während er wütend um sich schlug und seine Pfleger mit Hieben und Tritten traktierte. Sein krampfhafter embryonaler Zustand lockerte sich erst, als der Injektionsstrahl unbemerkt in seinen Organismus eindrang und seine Nervenbahnen lahmlegte. Doch selbst in diesem angenehmen Rausch ließ ihn die Vorstellung an den großen Mutterleib nicht los, der wie ein aufgeblasener Ballon an der langen Nabelschnur hinter ihm herschwebte, auch dann noch, als der Lift mit den beiden Robotern, welche die Bahre trugen, in der Unterwelt von Makropolis versank.

In diesen geschützten, dicht abgeschotteten unterirdischen Räumen waltete lautlos der pulsierende

Rhythmus intelligenter Maschinen. Durch Kernenergie gespeist, wandelten sie den Abfall der Oberwelt in Treibstoff um, wobei sie sich mit den ›Lebenden‹ und auch untereinander durch farbige Lichtsignale verständigten. Dies war eine seltsame, komplizierte Weltsprache, die mit logischer Präzision blitzschnell funktionierte und die jede nur denkbare Nachrichtenübermittlung an Geschwindigkeit bei weitem übertraf.

Dieses ›Basisreich‹ besaß ein unabhängiges, abgetrenntes Kontrollsystem, das immer dann eingesetzt werden konnte, wenn in der Zentrale des Psychodoms eine Störung auftrat, welche die Geräte und Computer lahmlegte. Und obwohl noch nie im Leben, seit diese Gemeinschaft bestand, irgendwelche Konflikte registriert wurden, die seinerzeit vor dem Atomzeitalter an der Tagesordnung waren, und obwohl selbst aus dem Kosmos vorerst keine Gefahr mehr drohte, hatte das regierende Gremium unterirdische Vorrichtungen bereitgestellt, die die Menschen in diesen Bunkern, welche als eine Art Luftschutzkeller dienten, alles bieten konnten, was zum Überleben erforderlich war. In Wirklichkeit aber war diese Kette von Schutzbunkern nichts weiter als die moderne Projektion einer atavistischen Beklemmung,

Gjall wurde in ein solches unterirdisches Sanatorium gebracht. Angesichts seiner hauchfeinen, empfindlichen Reaktion, die durch seinen Zustand bedingt war, kam er in eine Art Kindergarten, wo hilflose Kinder einen sicheren Hort fanden, aber auch Erwachsene, deren geistiger Zustand vorübergehend dem eines Kindes glich.

Gjall war nicht bewußtlos, doch sein Bewußtsein verblaßte, der Pegel sank fast auf Null – ein Zustand, den er als angenehm empfand und der ihm behagte.

Bei gedämpftem Licht erklang leise Musik, um ihn herum schlummerten winzige Menschenpflanzen, kleine Babys wie in Mutters Armen. Durch glasklare, schimmernde Wände konnte er in eine Art Aquarium blicken, voller wedelnder Pflanzen und Zierfischen, die im Wasser schwebten.

Zwischen den Babys lagen auch ein paar Erwachsene, in tiefen Schlaf versunken. An den einen oder anderen konnte er sich schwach erinnern. Vielleicht hatte er sie in Riss' Sprechzimmer oder sonstwo getroffen … egal, wie dem auch sei. Gjall wunderte sich über nichts mehr, hatte auch an der eigenen Person kein Interesse, er selbst war sich völlig gleichgültig. Er hatte kein Ziel, wollte zu keinem gehören, wollte sich an nichts erinnern. Dieser prächtige bunte Ballon, die gewaltige Gestalt seiner Mutter schwebte über ihm und drehte sich langsam im Kreise. Ihm stand es frei, jederzeit in den Mutterschoß zurückzukehren. Wichtig war nur, ihn nicht loszulassen. Dort wollte er schlafen, ja, dort konnte er auch spielen. Sonst war er wunschlos glücklich. Denn er war ja noch sehr klein, nur ein Embryo. Er brauchte nicht zu denken, war für nichts verantwortlich – er wurde beschützt, ernährt, gehegt und gepflegt. Es gab doch andere, die an seiner Stelle handelten. Und so war es gut.

Opus Eroticus

Die Zeit stand still.

In diesem Gleichgewicht, dessen Zentrum außerhalb der Zeit lag, erlebte Shintal die Unendlichkeit der Lust, jene Erfüllung, die sich niemals erschöpfte, Höhepunkte, die ewig zu währen schienen.

Sein persönliches Bewußtsein, seine Gefühle waren in der Vereinigung mit Selena versunken. Er war mit ihr verschmolzen, starb tausend Tode und wurde immer wieder neu geboren.

In dieser schmerzlichen Überspanntheit brachte er es nicht fertig, sein Wesen von Selenas Wesen zu trennen. Und in der verkrampften Erstarrung der Ekstase mußte er immer wieder mit Erstaunen feststellen: »Selenas Leib ist mein Leib. Wenn ich den Arm hebe, schwingt ihr Arm empor. Ich bin es, der mit ihrem Hirn denkt und phantastische Träume spinnt. *Ihr* Herz schlägt in *meiner* Brust. *Ihr* Lustgefühl ist es, das über meinen erogenen Zonen kreist. Dies ist der Zustand des mythischen Hermaphroditismus, dies ist das androgyne Idyll von Mann und Weib in einem Körper, der innerlich eine Hochzeit mit sich selbst feiert.«

Dieser Zustand war es, den der Mensch seit eh und je anstrebte, diese Vereinigung, diese Verschmelzung, die er im Geschlechtsakt zu verwirklichen versuchte – dies aber auch war stets der Grund dafür, warum eine Trennung der Partner, die auseinandergerissen und sternenfern voneinander leben mußten, stets eine bittere Enttäuschung zur Folge hatte.

Das im Kampf der Geschlechter gespaltene Wesen

wird vom elektrischen Strom dieses Schocks geschüttelt. Und der zerrissene Mensch kann keine Ruhe finden, seine Sehnsucht kann nicht gestillt werden, bis die beiden Hälften wieder verschmelzen und die entsetzliche Wunde der Trennung wieder verheilt ist. Wenn es aber gelingt, einen solchen Zustand festzuhalten und zu bewahren, zwischen Höhen und Tiefen, zwischen Himmel und Hölle, in einer unbeweglichen, heißen Beständigkeit, auf den Spitzen hochschlagender Flammen als ewiges Feuer in einem Kristall eingeschlossen, dann …

Nur nicht grübeln, nicht nachdenken! Das Hirn einschotten und blenden. Taub und blind sein, nichts hören, nichts sehen, nichts sagen.

Denn das Denken, das Denken allein ist lebensgefährlich. Das Gegengift aber heißt: *Selena.*

Mit Selena … in Selena versinken und vergehen!

Keinen Zweifel zulassen, keine bohrende Frage, die da heißt, wie lange dieser Strom noch fließen wird, der die letzten Kräfte anheizt, die Fähigkeit, Freude und Lust zu genießen. Und wie lange kann ein Mensch ein solches *Fortissimo* ertragen?

Nur nicht nachdenken, nicht grübeln!

Denn es gibt kein anderes Ziel, keinen anderen Inhalt als nur Selena – *Selena allein!*

Roboter-Ameisen

»Endlich!« dachte Riss zufrieden. »Alles ist an seinem Platz. Alle sind bestens untergebracht und können keinen Schaden anrichten.«

Nun war er endlich im Kontrollraum allein. Denn all die Techniker, Dimensionsingenieure und Planer, all die Farb-, Ton- und Duftmischer, all die Dramaturgen phantastischer Symbole, all die Regisseure und Darsteller von Psychodramen, all die Programmierer von Gedankenbefehlen, all die Musiker und Kulissenschieber hatte jener fremde Strom hinweggefegt, der durch ihre Phantasie ihre Nerven überflutet hatte. Bei den meisten war nach dem ersten großen Aufglühen, nach all den irrsinnigen Zwangshandlungen, die sie bis aufs Blut aussaugten, ein unvermeidbarer Kurzschluß bereits vorprogrammiert. Nun waren sie Riss hilflos ausgeliefert – nun hatte er sie endlich unter Kontrolle.

Genau so mußte es sein. Jetzt endlich konnte er das gesamte Netzwerk des Weltapparates überblicken und beherrschen.

Denn *sein Gehirn* war nunmehr die Kommandozentrale, und alle Fäden liefen in seiner Hand zusammen. Jetzt durfte niemand mehr daran zweifeln, wer die einzig verantwortliche Person, der einzige Fachmann des Führungsgremiums war, der einzige, der seine Unabhängigkeit und sein unbefangenes, neutrales objektives Urteilsvermögen bewahrt hatte. Und keiner konnte mehr bei seinen Entscheidungen ein Veto einlegen – weil er tun und lassen konnte, was er für richtig hielt und nicht mehr darauf angewiesen war, mit fadenscheinigen Anschauungen und Ausflüchten, die ihm nicht behagten, halbherzige Kompromisse zu schließen. Das System der Gewaltenteilung barg unermeßliche Gefahren in sich, was er beweisen konnte. Dennoch war nichts vergebens, was bisher geschehen war. Mochte es im Augenblick auch so aussehen, als würde alles im Chaos, ja in einer Katastrophe enden, werde neues Leben aus den Ruinen des Gestern blühen, eine großartige, einmalige, völlig neue Lebensform würde entstehen – und dies alles allein aufgrund *seines* bis in alle Einzelheiten durchdachten und durchgerechneten Plans.

Er und die Roboter! Das genügte.

Es reicht vollkommen aus, wenn ein einziger Mensch auf Erden lebt, sich seiner selbst voll und ganz bewußt, ein einziger Mensch mit unbeschränkter Macht!

All die unverantwortlichen Versuche, all die kurzfristigen Experimente, all die unverhofften, spontanen Gefühlseruptionen verschiedener Zeitgenossen hatten lediglich zu Konfrontationen geführt und letzten Endes auch Tragödien heraufbeschworen.

In Wirklichkeit aber bedurfte es gar nicht dieses Systems, dieses durch atavistische Erinnerungen und niedrige Instinkte belasteten menschlichen Organismus', war doch diese Wesensvariante im Laufe der Evolution bereits mehrfach gescheitert. Denn der Mensch war stets verwundbar. In allen seinen Körperzellen lauern die Keime schädlicher Emotionen, die jederzeit aufgehen, entflammen und das Leben an sich vernichten konnten. Denn es war schier unmöglich, den Menschen vor seinen ureigenen, spontanen, unvernünftigen, revolutionären Emotionen zu schützen, die seinem rationalen Interesse entgegenstanden.

Der Mensch besaß nur ein einziges brauchbares

Organ, nämlich sein Gehirn, wo alles Wissen, alles Können der großen Wissenschaftler und Künstler aller Zeiten ganz oder teilweise registriert war.

Dieser ganze Komplex aber ließe sich ebenso gut in einem Supercomputer speichern, *wo er dann für alle Zeiten aufbewahrt und damit unsterblich wurde.*

Niemand wußte, wie weit seines Riss' Experimente bereits gediehen waren, weil er stets im verborgenen wirkte. Nur Konkri hatte er eingeweiht, doch selbst ihn nur teilweise und mit Vorbehalt, obwohl …

Obwohl Konkri seine Befehle ebenso blind durchführte wie die Roboter. Daß Riss ihm gewisse Einzelheiten verheimlichte, war nichts weiter als eine Vorsichtsmaßnahme, um keine unangenehmen Überraschungen zu erleben. Denn außer sich selbst durfte er niemandem trauen – vielleicht nicht einmal sich selbst.

Während er die Gedankenbefehle genormter Träume in den Globalprojektor der Polyvision einspeiste und jene Lichtsignale auf seinem Steuerpult beobachtete, welche die Bewegungen und Aktionen der Roboter signalisierten, stieg eine leichte, schwache Unsicherheit in ihm hoch. Waren seine Versuche, die darauf abzielten, Menschen mit Robotern zu kreuzen, bereits im Gang, oder hatte er sich auf ein solches Experiment nur vorbereitet, darüber nachgedacht, solches oder ähnliches seinem Assistenten Konkri gegenüber lediglich erwähnt – und wenn: Wieviel hatte er von seinen geheimen Absichten verraten?

Eins allerdings war sicher: Riss hatte Konkri nicht mitgeteilt, daß er nicht sämtliche Peripherien des wertvollen Gehirns benutzen wollte, sondern nur jene Teile, aus denen die Gemeinschaft Nutzen ziehen konnte. Er mußte Konkri vorbereiten, damit er vor den gewaltigen, nahezu göttlichen Dimensionen dieses Plans nicht in die Knie ging. Letzten Endes würde Konkri akzeptieren, daß die gefährlichen Elemente der *Persönlichkeit* nicht in die Computer weggespeichert wurden, nur jene unpersönlichen Fähigkeiten, die …

Natürlich waren die Experimente bereits im Gang! Wie hatte er es nur vergessen können?

Plötzlich tauchte vor ihm das Bild eines seltsamen Labors auf, das vollkommener war als alle bisherigen Versuchsstätten: ein scharfes, plastisches Bild. Ein leiser Zweifel stieg in ihm auf, der wie ein Schatten durch sein Gehirn huschte und ihn verwirrte. Erlebte er nun ein Etwas, das in der Gegenwart stattfand, oder war es nur eine Erinnerung? Riss kam sich vor, als wäre er in zweifacher Ausführung vorhanden. In der einen Gestalt stand er vor einem Operationstisch, während er gleichzeitig wußte, daß er hier vor dem Steuerpult unter den Bildschirmen stand, und …

Auf dem Operationstisch lag Lisons schlaffer, ausgemergelter, blutleerer Körper – Riss aber hielt ihr Gehirn in beiden Händen. Im Licht seiner Stirnlampe konnte er sämtliche Einzelheiten der Hirnwindungen wie eine fein geäderte Landkarte erkennen. Das war pure Mathematik, voraussehbar und berechenbar. Alles andere war Schrott. Nun bettete er das verstümmelte, amputierte Gehirn ins mechanische Zellgewebe zwischen die Nervenbahnen eines Computers, dessen Deckel er hochgeschlagen hatte.

Und während er dies tat, konnte er seine Freudentränen nicht zurückhalten.

Endlich – endlich war es ihm gelungen, Lisons überragende Intelligenz von ihren verseuchten Drüsen, von ihren hysterischen Emotionen zu trennen, endlich hatte er sie von jenen Qualen erlöst, die nichts weiter war als eine Folge ihrer tief verletzten Muttergefühle, ihres Hungers nach Liebe und Zärtlichkeit – mit einem Wort die Konsequenz ihrer pathologischen Persönlichkeit. Nun war es ihm gelungen, alle ihre Erinnerungen auszulöschen.

Die anderen aber würden auch an die Reihe kommen – alle miteinander!

Aber bis es soweit war, sollten sie alle getrost schlafen, in einer passiven Traumwelt vor sich hindämmern. Denn dieser Zustand war von sorgloser Heiterkeit und kindlicher Freude erfüllt.

Und während sie schliefen, während sie in ihren narkotischen Träumen dahindämmerten, würde er, Riss, den entzündeten, schmerzlichen Tumor ihres unberechenbaren menschlichen Schicksals entfernen.

Formlose, vibrierende, unbeschreibliche Dinge umgaukelten ihn, und ein namenloses, wabbliges Etwas berührte seine Schultern, doch Riss gelang es, das Ding abzuschütteln. Worte, die sich zu scharfen anklagenden Tiraden formten und von Lisons Stimme vorgetragen wurden, drangen an sein Ohr.

Er aber, aufs äußerste gespannt und konzentriert, achtete nur auf jene Bilder, die aus seiner eigenen inneren Vision aufstiegen. Hinter dem Schild seines kalten Rausches geschützt und verborgen widmete er sich höchstens ab und zu ein wenig seinen Gedanken, jenen Visionsschwaden, die ihn wie ein Nebel umschwebten. Er hatte nichts damit zu tun und wollte auch nichts damit zu tun haben. Halluzinationen, nichts als Schall und Rauch. Die Erscheinungen würden verschwinden, sobald ihre Quelle versiegt war. So wie die leere Hülle Lisons, der Perle ihres Verstandes beraubt, aufgezehrt wurde, weil sie zu wertloser Schlacke geworden war.

Ein einziger Gedanke war es, der ihn stets zu Höchstleistungen anspornte: Er wollte der Erlöser der Menschheit sein, alles andere war ihm nicht gut genug. Nun wurde es offenbar, obwohl er bisher nicht gewagt hatte, sein Ziel, seinen Anspruch so genau zu definieren – weil er sich vor Gedankenspionen fürchtete, so etwa vor Sisotris.

Nach Lison würde Sisotris die nächste sein.

Es hatte eine psychische Explosion benötigt, um endlich seine titanische Aufgabe zur Rettung aller irdischen Kultur erfüllen zu können: jene Aufgabe, die ihm von gewaltigen Schicksalsmächten zugedacht worden war.

Matrizen

Vergebens. Alles vergebens. Shintal konnte sich immer weniger dagegen wehren.

Alles hatte mit einem Anflug von Müdigkeit begonnen. Doch diese Mattigkeit, die sich allmählich bis zur totalen Erschöpfung steigerte, wurde ihm erst bewußt, als seine Kräfte nicht mehr ausreichten, um verhindern zu können, daß all die Gedankenvipern in seinem Gehirn zu wuchern begannen, dieses Geschmeiß, das ihm den Verstand zu rauben und ihn endgültig zu unterjochen drohte.

Er durfte nicht zulassen, daß dieser hilflose Zustand, in dem er sich jetzt befand, all jenen Dingen und Ereignissen Tür und Tor öffnete, welche …

Sachte, nur sachte! Nicht weiterdenken, nichts in Worte fassen!

Alle seine Wünsche hatten sich erfüllt, all sein Hunger, seine Sehnsucht war gestillt. Er war an jenem Punkt angelangt, den er stets angestrebt hatte, war satt und zufrieden. Das heißt …

Halt, nein, noch nicht! Was bliebe dann noch übrig, wenn der Rausch seiner Sinne verflogen war, wenn all sein Streben abgeblockt würde – war doch diese tödliche, schier selbstmörderische Sehnsucht der Dynamo seines Lebens.

Denn die Liebe pulsiert und schlägt Wellen wie das Meer. Auf dem Gipfel der Wellenberge kann man sich auf die Dauer nicht halten, selbst dann nicht, wenn Ewigkeiten in scheinbarer Regungslosigkeit verstreichen.

Das Versinken ist voll der Verheißung gesteigerter Freude. Höher, noch höher hinauf heißt die Parole!

Diese Wellenbewegung ist das gewaltige Kraftwerk der Emotion. Wellenberg und Wellental.

In den Klüften felsiger Tiefen, weit unten im Tal schaukeln wüste Trümmer …

Was mögen das für Trümmer sein?

Die Wellenberge schlagen nicht mehr so hoch, streben nicht mehr himmelwärts. Sie werden immer kleiner, sinken in sich zusammen.

Der titanische Gesang des Wassers verblaßte zu einem leisen Echo. Aus der Ferne drang der heisere, dunkle Schrei von Möwen an sein Ohr. War er ausgelaugt, ausgebrannt, total am Ende?

Denn er kam sich plötzlich so leer und so traurig vor, als hätte er seinen liebsten, engsten Verwandten durch den Tod verloren.

Bald schon, bald würde alles vorbei sein. Doch selbst an diesen unmöglichen, ausweglosen Zustand klammerte er sich mit allen Kräften … Sollte es ihm gelingen, sich in diesem Niemandsland zu behaupten, wenn er nur die Augen nicht öffnete, brauchte er nicht *jenen Dingen* zu begegnen, die …

Halt, nochmals halt! Es war streng verboten, solche Gedanken in Worte zu fassen, damit sie nicht durch Worte Gestalt gewannen. Er, Shintal, würde in diesem Niemandsland verharren, so oder so. Nur noch ein Weilchen … Es galt Zeit zu gewinnen, bis …

Wo waren die Roboter geblieben? Er brauchte dringend eine Strahleninjektion, um sich zu betäuben. Es durfte nicht sein, daß jener Gedankenkomplex, den kaum ein Mensch verkraften konnte, wieder in sein Bewußtsein drang, dieses …

Nur ja nicht diesen Namen aussprechen! Es war nun unabdingbar, sich abzuschotten, sich einzuigeln – und sich zu wehren!

Shintal schlug die Augen auf. Er lag einsam und allein auf der Liege seiner Wohnung.

Natürlich: Man hatte ihn hierher gebracht, das Licht gedämpft und ihn dann sich selbst überlassen.

Er streckte die Hand instinktiv nach dem Dimmer aus …

Und sogleich dämmerte der künstliche Sonnenaufgang seines separaten privaten Universums herauf.

Alles war in Ordnung, alles an seinem Platz. Shintal aber wunderte sich nicht mehr über diese vielschichtige Vollkommenheit, daß nämlich in seinem Heim alles vorhanden war – nicht nur die Polyvision, seine Bilder, seine elektronische Datensammlung und seine Kommunikationsmittel, *sondern auch all seine ehemaligen Gefühle, Vorstellungen und all die in die Zeit versenkten, versunkenen plastischen Idole seiner Sehnsucht.*

Diese geheimnisvollen, rätselhaften Plastiken seiner Sinne hatten sich zu jener Zeit manifestiert und an Gestalt gewonnen, als Selena gleich einem Tumor gefährliche Metastasen in seinem Organismus zu bilden begann. Seine Arbeit, seine Freizeit waren mit Selenas Gewohnheiten verwachsen. Auf allen Gegenständen, die sie je berührt hatte, waren die Spuren ihres strahlenden Wesens zu sehen. Auch hatte sie es verstanden, jeden Augenblick ihres Zusammenseins zu verzaubern, jeden Moment wie einen vielschichtigen Geschlechtsakt, wie ein paradiesisches Spiel zu gestalten.

Wie oft wohl hatte er in seinem Gehirn diese lustvollen, absolut selbstverstümmelnden Gedankenfolgen ablaufen lassen? Wie oft hatte er auch seine letzten Nervenfasern mit hilflosem Sadismus gepeinigt, den er stärker begehrte als jenes Hochgefühl, das wie eine Droge auf ihn wirkte? Und wann war dies alles gewesen? Lag diese Zeit Jahrhunderte zurück? Waren diese Gedanken wirklich in *ihm* entstanden oder hatte sie ein anderer in die Psychoperle seiner Phantasie projiziert, so daß sie jetzt aus der Atmosphäre, aus Licht und Schatten seines Heims, seiner privaten Sphäre aufstiegen?

Doch bei diesem Film, der jetzt noch einmal vor ihm ablief, war er nur noch ein Zuschauer, der befremdet und angewidert einer Handlung folgte, mit der er nichts mehr gemein hatte – weil der einst erregende Strom versiegt war.

Das Tier mit den zwei Rücken und dem düsteren, verzerrten Gesicht stieß halberstickte Rufe und Lustschreie aus. Da waren aber auch noch Monster und Mißgeburten mit zwei Köpfen und vier Armen, kopflose, kopulierende Genitalien und Münder, die sich gegenseitig zerfleischten.

Durch die offene Tür seines Badehauses konnte er sehen, daß Selena unter der Dusche stand. Das duftende, lauwarme Wasser lief in glitzernden Strömen über ihre Haut herab, die unter den Wasserstrahlen erschauerte. Selena schwebte im grünen Becken und kämmte vor dem Spiegel ihr goldenes Haar – wie die Loreley. Sie entkleidete sich und zog sich wieder an, während sie mit wissendem Lächeln ihren Körper bewunderte. Sie enthüllte sich, verbarg sich hinter tausend Schleiern, bot sich an und verweigerte sich im selben Augenblick. Gleichzeitig rekelte sie sich im Zimmer auf einem Liegestuhl, lässig, träge und lasziv, während sie leise eine kleine Melodie vor sich hinsummte. Es war stets dieser leise, singende Ton, den sie anschlug, sobald sie vollkommen zufrieden war – und dies war es, was ihn, Shintal, seinerzeit erschreckt hatte. Es war, als hätte sich plötzlich ein Vorhang vor ihre geheimsten Gedanken gesenkt. Nun endlich wußte er, daß sich hinter diesem Paravent nichts weiter als eine satte, neutrale Gleichgültigkeit verbarg.

Hinter dem Gesicht der sich kämmenden Selena tauchte im Spiegel jene Projektion auf, die sein Abbild war. Dieses zweite Ich, dieses brünstige Männchen hatte Selena auf der Liege, auf dem Teppich, im Sessel geliebt, jedoch …

Was hatte er mit dieser Gestalt zu tun?

So wenig wie mit einem abgeschnittenen Fingernagel oder mit seinem Mantel, der von seiner Schulter geglitten war.

In dieser gelockerten Stimmung aber brach plötzlich und unerwartet all das über ihn herein, was geschehen war, wofür er verantwortlich und woran er hilflos gescheitert war.

Wer weiß wie weit inzwischen der Prozeß des Verfalls gediehen war, während er sich ausgeruht, in Lust und Wonne geschwebt und sich selbst vervielfältigt hatte – so, als würde nicht die ganze Erde mit all seinen Zeitgenossen auf eine gigantische Weltkatastrophe zutreiben, die …

Shintal sprang aus dem Bett und riß den Isoliervorhang mit einer einzigen Bewegung hoch.

Vor ihm lag die Stadt im schwindenden Licht des Sonnenuntergangs. Doch über der Stadt lag ein schmutziggrauer, drohender, unheilverkündender Lichtschein, als ob …

Als ob irgendwo ein Feuer ausgebrochen war. Ja, irgendwo mußte es brennen. Fern am Horizont schlugen Flammen hoch, und dichte Rauchsäulen stiegen zum Himmel.

Außer einigen Gegenständen, die in geschlossenen Räumen aufbewahrt wurden, war in Makropolis kein brennbares Material vorhanden. Also konnte es nur innerhalb des Waldgürtels im Sperrbezirk sein, wo vielleicht aufgeschichtetes Holz oder Abfall Feuer gefangen hatte, weil die ›Degenerierten‹ einfach nicht aufgepaßt haben.

Plötzlich tauchte jene Horrorvision wieder auf, stand auf der Schwelle zur Pforte seines innersten Ich – jene Vision, die ihm seinen Willen und sein Bewußtsein geraubt hatte. Auf einmal war sein ganzer Körper mit Schweiß bedeckt.

Denn sollte sich einer der ›Degenerierten‹ – vor allem einer der Anarchisten unter ihnen – rein zufällig an den Geheimcode für die elektronische Kommandozentrale im Psychodom oder an den Code jener unterirdischen Schutzkette des zweiten Netzes erinnern, dann …

Sisotris kannte alle Geheimformeln, sämtliche Schlüssel, die jede Tür öffneten. Für sie gab es kein Geheimnis, vor ihr blieb nichts verborgen.

Und wenn sie bereits im Reservat gezündelt hatten, wer konnte sie noch aufhalten angesichts dieser Explosion, die selbst einen verantwortungsbewußten, gewissenhaften Menschen demoralisieren mußte.

Savonarola! Er war der einzige …

Technopolis

Riss' Gedankenkette hatte sich irgendwie gelockert. Sein Zeitgefühl hatte sich verwandelt, doch er wußte, daß alles in bester Ordnung war, nur die Ereignisse erfolgten Schlag auf Schlag.

Seine Pläne waren mit Hilfe der vollkommenen Denkmaschinen Wirklichkeit geworden, seine kühnsten Träume wurden innerhalb von Sekunden wahr, als ob …

Also kein Grund zum Grübeln!

Das Gespinst der gigantischen Kristalle, der geometrischen Figuren war nichts weiter als *Technopolis,* die Stadt der Zukunft, wie er sie sich vorgestellt hatte.

Die Fusionen – also jene Elemente, welche die Energie der Kernfusion verwerteten – lieferten den Treibstoff für eine Robotergesellschaft, *die keines lebenden Menschen mehr bedurfte.*

Alles war so, wie er es sich gewünscht hatte.

Ein Prinzip, das in den Mechanismus von Robotern eingesetzt wurde, erzeugte einige außerordentliche technische Wunder. Die Spannung der Zahlen- und Richtungsgesetze zapfte die Energie aus dem unerschöpflichen Vorrat des Weltraums. Das *perpetuum mobile,* das unermüdlich tickende Uhrwerk, dieser Traum der Menschheit verdichtete, verfeinerte, erweiterte sich und schmolz dann mit Hilfe untrüglicher Kombinationen all jene Gerätschaften ein, die dem Komfort dienten, um sie dann in weitaus besserer Qualität erneut hervorzubringen. Die Lebensbedingungen wurden immer vollkommener. Die Kommunikationsmittel waren in der Lage, Entfernungen in Sekundenbruchteilen zu überbrücken, so daß Absicht und Ziel unverzüglich identisch wurden. Wünsche gleich welcher Art wurden prompt erfüllt nach dem Motto: *Unmögliches erledigen wir sofort, Wunder dauern etwas länger.*

Diese herrlich anzuschauenden Automaten waren von einer balsamischen Atmosphäre, von künstlerischer Ausgewogenheit umgeben. Sie erledigten unermüdlich rund um die Uhr alle anfallenden Arbeiten. Und sie waren überall zu finden: auf breiten Straßen und weiten Plätzen, in Villen und sphärischen Häusern, in Untersee- und Weltraumsanatorien, in Raumstationen, welche auf einem Orbit die Erde umkreisten.

Kein *persönlicher, individueller* Gedanke konnte sich in seinem unterirdischen, elektronischen System verbergen, und auch im Psychodom durfte nach seinem Ermessen keine unberechenbare persönliche Absicht auch nur latent vorhanden sein.

Alles war so, wie er es sich gewünscht und erträumt hatte.

In den durch Weltraumenergie angetriebenen öffentlichen Verkehrsmitteln, über jene Kabinen, die eine Entmaterialisierung und Rematerialisierung ermöglichten, reisten Roboter von Stadt zu Stadt, auf den Transportbändern fuhren blasierte Robotergruppen dahin.

Die unermüdlichen elektronischen Roboter-Ameisen aber produzierten haufenweise synthetische Nahrungsmittel, hochwirksame Medikamente und Kleidung nach der neuesten Mode, mit denen sie die konsumfreudige Welt überschwemmten.

Computer komponierten besondere elektronische Musikwerke, die Projektionsautomaten der Polyvision formten zwischen schockierenden Farb- und Tonkulissen alle nur denkbaren Variationen. Die Kosmovision rückte alle Ereignisse des Weltraums hautnah heran.

Plastische, zeitentrückte Gemälde entstanden am laufenden Band. Auf überdimensionalen Opernbühnen wurden leidenschaftliche veristische Musikdramen aufgeführt. Tänzerinnen und Tänzer von makelloser Schönheit boten in grazilem Reigen die Pantomime jener Kräfte dar, welche die Motoren des Lebens waren. Sie lösten sich in schwingenden Tanzfiguren auf, flammten wie Feuer empor, bäumten sich auf, wie die Wellenberge einer stürmischen See. Mit lebensgefährlicher Akrobatik ahmten sie die Blitze elektronischer Entladungen, die Explosion von Planeten, die Katastrophe von Riesensternen und deren Neugeburt aus finsteren Nebelschwaden nach. Auf den Sockeln geräumiger Yadill-Hallen wuchsen entsetzliche Statuen empor, welche den Rahmen aller Dimensionen sprengten. Ineinander verschmolzen, ineinander aufgehend führten sie die Vergangenheit, die Gegenwart und die Zukunft vor Augen, nur daß eben ...

»Nur daß eben derjenige fehlt, durch den dieses Werk zustande gekommen ist und der allem Geschehen, allen Ereignissen einen Sinn gibt: der lebendige, emotionale Mensch, der durchaus in der Lage ist, selbständig und unabhängig zu denken.«

Diese Worte erklangen dicht an seinem Ohr, von beißendem Haß erfüllt, so daß Riss zusammenzuckte. Aber er drehte sich nicht um.

Weltendämmerung

Als Savonarola nach dem Sturz wieder zu sich kam und seinen Brummschädel aus dem Gras erhob, war er nahe daran, an eine Vision zu glauben.

Denn unter den Bäumen schritt Shintal daher, eine jetzt fremde, dennoch vertraute Gestalt – jener Shintal, den Savonarola einst ins Herz geschlossen hatte, auch wenn er ihn seinerzeit oft schonungslos kritisierte.

Noch nie hatte er Shintal so aufgelöst erlebt, wie er jetzt auf ihn zukam. Das silbergraue Haar, stets straff aus der schmalen, hohen Stirn zurückgekämmt, hing in wirren Strähnen herab, wie …

Wie sein eigenes Haar! Sein Umhang war zerfetzt, wies handtellergroße Löcher auf. War er vielleicht in einen Dornbusch geraten? Hatte er seinen Weg durch dichtes Unterholz und Gestrüpp gebahnt? War er geflüchtet? Und wenn, wovor und warum? An Kinn und Hals klebte getrocknetes Blut. Vielleicht war er in wilder Flucht gestürzt und …

Anders herum. Er, Savonarola, war gestürzt und hatte lange Zeit bewußtlos dagelegen. Trotzdem: Diese Gestalt, die er da erblickte, war er selbst sein *alter Ego*, sein Zwilling, sein anderes Ich – um Jahrtausende gealtert, schwere Lasten tragend hatte er sich hierher geschleppt, um …

»Steh auf!« rief die Erscheinung mit erschöpfter, heiserer Stimme.

Also war er es doch – Shintal.

Savonarola sprang auf und schwankte. Die Hände aber, die sich ihm entgegenstreckten, um ihm auf die

Beine zu helfen, fingen ihn auf und klammerten sich gleichzeitig hilfesuchend an ihn. Shintal bebte am ganzen Leib, und dieses Beben übertrug sich auch auf Savonarola, nahm von seinem Körper Besitz. Er streckte die Hand aus und berührte Shintals müdes, graues, runzliges Gesicht. Und als er die stachlige, unrasierte Haut berührte, wollte er vor Mitleid und Schmerz fast vergehen.

»Vater, mein Vater!« schluchzte Savonarola. Noch nie hatte er Shintal so genannt, war doch jede persönliche Beziehung zwischen Vater und Kind nach der Zeugung wie üblich abgerissen. Savonarola war zu Lebzeiten seiner Mutter gelegentlich bei ihr zu Gast, doch seine Kindheit und seine Jugend hatte er in einem Internat für Prominentenkinder verbracht, bei sorgfältig dosiertem Unterricht, bei vorsichtigen Übungen und in einer sorgsam temperierten Gefühlswelt. Später aber war es Shintal trotz seiner Sympathie und seiner Bewunderung für den jungen Mann nicht gelungen, ihn von jener Richtung abzubringen, die er selbst gewählt hatte. Nun aber …

Es bedurfte keiner Worte, keiner Aussprache. Denn Savonarola wußte, daß dieser Mann, der ihn aufgesucht hatte, in eine tiefe Krise geraten war und sein inneres Gleichgewicht wiederfinden wollte, daß er aus dieser geistigen Identität, die sie verband und deren Wurzeln tiefer hinabreichten als jede Blutsverwandtschaft, neue Kräfte schöpfen mußte.

Er legte die Hand auf seines Vaters Schulter, und beide spürten deutlich, daß sie in diesem Augenblick ein Herz und eine Seele waren. Sie hielten einander fest wie zwei Menschen, die den Boden unter den Füßen verloren hatten und die aus dieser Berührung neuen Mut und neue Lebenskraft schöpften.

»Auch Antaios, der Sohn der Erde, hat auf diese Weise aus dem Mutterschoß der Erde neue Kraft geschöpft«, dachte Savonarola.

Das Licht, welches aus unbekannten Quellen strahlte, warf seinen blutroten Schein auf ihr Gesicht.

»Wer zündelt denn da?« Shintal wandte den Blick von seinem Sohn ab und schaute sich gehetzt um. »Wir müssen verhindern, daß jemand dem Gehirnsystem des Psychodoms Schaden zufügt!«

»Hier zündelt keiner! Dort oben ist die Hölle los! Ich dachte schon, die hätten den ganzen Zirkus inszeniert, um mich einzukreisen und gefangenzunehmen. Bei Riss wäre es durchaus denkbar, daß er an einer solch niederträchtigen Treibjagd Gefallen finden würde. Denn Riss ist zu allem fähig!«

»Laß ihn in Frieden! Er kann nichts dafür. Ich ... ich bin es, der ...«

Shintals Beine versagten den Dienst, so daß er sich ins Gras setzen mußte. Savonarola aber kniete erschüttert an seiner Seite nieder. »Du?«

Shintal nickte stumm.

»Im Haus der Schwingungen«, begann er tonlos, »im Oszillatorium war das Experiment gelungen.«

»Sisotris hat es vorausgesehen«, flüsterte Savonarola. *»Der Befreier!«*

Shintal warf den Kopf hoch.

»Wovon hat er uns denn befreit?« Seine Stimme war so sehr von Selbsthaß und Verzweiflung erfüllt, daß sich Savonarola zu fürchten begann. »Vielleicht von der schwer erkämpften Ordnung und der verhältnismäßigen Sicherheit unserer Lebensform, unseres Daseins?« fuhr Shintal fort. »Von unserem Streben, zwischen Leben und Tod, zwischen Scylla und Karybdis nach einem Ausweg zu suchen, der uns von der Erbschuld erlöst, die da Angst und Furcht heißt? Von all jenen Möglichkeiten, von all jenen Mitteln, die dazu angetan sind, dem Menschen den Menschen, aber auch jedem sich selbst näherzubringen?«

»Nein, nicht doch! Das haben wir nicht gewollt … nicht so, nicht auf diese Weise!«

»Weißt du, was im Psychodom geschieht, in Makropolis und wahrscheinlich in allen Städten der Welt, wohin die Ideonfäden des zentralen Sendeturms reichen?«

»Was geht dort vor sich? Ich …«

»Im Oszillatorium ist der Schutzwall der menschlichen Lebensform gerissen. Und wir waren es, die jene Schwelle überschritten, jene Tür aufgebrochen haben, die in ein geheimnisvolles Antiuniversum führt. Nun hat unser Raumschiff Erde ein Leck, durch welches euer ›Befreier‹, Kyrovs ›violetter Drache‹ hereingestürzt ist. Wir armseligen Zauberlehrlinge versuchten so gut es ging, seine fremden, blinden Titanenkräfte zu bändigen. Doch hier handelt es sich nicht allein um die weltweite Kettenreaktion einer Explosion, sondern um ein weitaus schrecklicheres Ereignis, um ein entsetzliches Etwas, welches in lebenden, scheinbar intakten Körpern unsere ganze Rasse zu vernichten droht. Die uniforme Pest an der Vernunft und an der Gefühlswelt nagt, ist ausgebrochen. Wir aber verfügen weder über eine Diagnose noch über ein Serum, das der totalen Anarchie der Vorstellung und der Phantasie, die außer Rand und Band geraten ist, Einhalt gebietet. Die Energie des Definiators wurde durch dieses Etwas aufgezehrt, dessen Bezeichnung man nicht in Worte fassen kann und das der Computer als ›Hyperionit‹ zu beschreiben versuchte, aber in Wirklichkeit undefinierbar ist. Ihr unbekannntes Element hat sich durch die Berührung mit unserer Materie in ein tödliches Gemisch verwandelt. Unsere Tragödie ist auch ihr Drama, zumindest stelle ich es mir so vor. Doch dies hilft uns wenig oder gar nichts, ebenso wenige wie ihnen. Sie durchdringen jede Absperrung, überwinden jedes Hindernis, seien es Mauern, elektronische Sperren oder physische Körper – wie Gedanken, wie Phantome oder wie Traumbilder. Sie lassen sich weder greifen noch begreifen. Doch ihre Macht, ihr Einfluß ist unabwendbar.«

»Irgendwie muß man sich aber gegen diese Eindringlinge schützen können! Es muß doch irgendeine Möglichkeit der Abwehr geben!« sagte Savonarola, während er sich über Shintal beugte. Doch der ließ müde und resigniert den Kopf hängen.

»Es gibt keinen Schutz, keine Rettung. Wir wissen ja nicht, wer oder was die Hyperioniten eigentlich sind. Es handelt sich weder um Sterbliche noch um irgendwelche Personen, die irgendeinem uns bekannten physikalischen Gesetz gehorchen. Sie sind nicht beständig sondern stets im Wandel begriffen wie der Rauch und das Licht, wie ein giftiger Zaubernebel oder eine Fata Morgana. Sie täuschen den Menschen, umstricken ihn und fangen ihn im Netz seiner eigenen Phantasmen. Sie sind fähig, selbst das Undenkbare Wirklichkeit werden zu lassen, sobald auch nur der leiseste Gedanke, dic entfernteste Wunschvorstellung auftaucht. Doch diese Traumbilder haben nichts mit unserem Leben gemein. Dieser Wahn – ich spüre es deutlich – wird uns schon bald alle miteinander erfassen. Zwar stoßen diese häßlichen, entsetzlichen Erscheinungen die Menschen ab, doch es gibt kaum einen unter uns, der allen Versuchungen, dem Wahn, der Sehnsucht nach Schönheit und Vollkommenheit entfliehen könnte. Durch die Straßen, über die Plätze von Makropolis taumelt eine Menge, verloren im Rausch ihrer eigenen Phantasie, deren Bilder die Hyperioniten durch ihre gallertartige Beschaffenheit zu plasmaähnlichem Leben erwecken, wobei diese geronnenen, sichtbaren und greifbaren Visionen *die Wirklichkeit überdecken.* Eine leise Sehnsucht, ein entferntes Hungergefühl gaukelt den Menschen eine Art ›*Tisch-*

lein deck dich‹ vor, eine reich gedeckte Tafel, an der sich die Gäste niederlassen und mit hilfloser Gier all die aufgetischten Speisen hinunterschlingen, wobei sie aber keinen Bissen schlucken, der auch nur den geringsten Nährwert hat. Die Völlerei, die Wonnen dieses Phantom-Fressens vernichten den Instinkt, knebeln den Selbsterhaltungstrieb, so daß sie vor der reich gedeckten Nebeltafel ihrer Vorstellungen, ihrer Phantasie elend verhungern müssen. Andere wiederum wälzen sich in der Gosse, aus jener Überzeugung, die ihre Sinne benebelt und ihnen einflüstert, daß sie ihr Lager mit Sukkuben, oft auch mit animalischen Partnern teilen, die aber nichts weiter sind als Ausgeburten ihrer erotischen Phantasie. Denn alle unterdrückten, verdrängten Instinkte wie Rachsucht und Mangelgefühl, die der Mensch in den Hades seiner Seele verbannt hat, sind dazu angetan, ihr eigenes Dämonium zu schaffen. Durch das Teleobjektiv-Fenster habe ich gesehen, wie eine junge Frau aus einem in großer Höhe schwebenden sphärischen Haus tritt, mit den schimmernden, schlagenden Falterflügeln ihrer Phantasie bestückt. Aber sie konnte nicht fliegen und stürzte sich zu Tode. Da saß ein Mann am Ufer des Meeres. Plötzlich sprang er hoch und jagte hinter schattenartigen Frauengestalten her, die über dem Wasser schwebten. In seinem Wahn glaubte er, ebenfalls auf dem Wasser gehen zu können – doch er versank in den Fluten und ward nie mehr gesehen.«

Shintal hatte geendet und schwieg erschöpft.

Der Psychodom aber, der sich langsam um seine Achse drehte, zog Savonarolas Blick wieder auf sich. Riss' gigantisches Antlitz tauchte auch jetzt bei jeder Umdrehung wieder auf, seine mit Krallen bewehrten Fangarme schlugen wie wild um sich. Dies also war Riss' privates, höchsteigenes Dämonium. Aber ob nun Shintal, der Vater, sehen konnte, daß …

Shintal schaute mit entzücktem, verschleiertem Blick erstaunt über die Schultern seines Sohnes hinweg.

»Sieh doch!« flüsterte er. »Schau doch mal!« Und sein zitternder Finger zeigte nach oben.

Savonarola drehte sich um.

Der Vulkan der Erinnerung im Reservat war immer noch aktiv. Die verschmelzenden Lavamassen des menschlichen Lebens und der Phantasie, der Stoff, aus dem Träume sind, sprudelten wie Fontänen aus immer größeren Tiefen hervor.

Über barocken Bauten, über Renaissance-Kirchen, über gotischen Domen, über antiken römischen, griechischen, babylonischen, kretischen, indischen, chinesischen Tempeln, über Observatorien, über Palästen mit Säulenkolonnaden und Freitreppen, über Pyramiden, Sonnentoren, über grazilen Pagoden und Minaretten entfaltete sich die Zauberwelt der personifizierten göttlichen Naturgesetze und breitete sich über eine Phantasielandschaft aus, die sich in schwindelerregende Fernen dehnte. Unter dem Goldrand dichter Kumuluswolken stach ein Lichterkreuz wic cin Schwert hervor. Zwischen Dunstschleiern, auf überirdisch azurblauen Himmelskissen, tummelten sich puttenähnliche rosige Engelsgestalten, andächtige Heilige und christliche Märtyrer, über denen das einsame, allgewaltige Auge Gottes mit strengem Blick wachte. Dieses Bild aber verwuchs mit jenen Schatten, welche in die Tiefe der eigenen Seele projiziert worden waren, in jenen Orkus, wo die Verdammten im Purgatorium und in der Hölle von styrbeinigen, behuften kleinen Teufeln gemartert wurden, die triumphierend ihren glühenden Dreizack schwangen. Diese Projektionen der primitiven Furcht der Urängste und der Schuld hatten ihre unbarmherzige, sadistische Freude daran, ihre Opfer mit schier perverser Lust zu quälen, sie auf Streckbett und Folterbank zu spannen. Die armen Seelen aber streckten die

Arme hilfesuchend aus dem stinkenden Schlamm bodenloser Moore, hockten und litten in brodelnden Kesseln, loderten wie lebendige Fackeln. Aus glasähnlich glitzernden, kohleschwarzen Abgründen stieg das monotone Psalmodieren von Stimmen empor, die um Gnade flehten.

In einem mythischen Hain lehnte ein flötender Pan mit gespaltenen Hufen und behaarter Brust an einem rissigen Baumstamm. Die Töne, die wie glühendes flüssiges Silber aus seiner Flöte drangen, waren Urworte der Schöpfung, welche all die Lichtungen, den tiefen, grünen, nebelumwallten Schoß lauschiger Büsche, all die algendurchflochtenen Seen und schäumenden Quellen mit huschenden Gestalten bevölkerten, die von Frühlingsgefühlen getrieben eine Art Liebesreigen aufführten. Spitzohrige Faune trotteten hinter kreischenden nackten Nymphen einher, die mit Perdita-Gekicher in den schützenden Schatten dicht belaubter Äste flüchteten. Unter den Bäumen fochten Kentauren mit geflecktem Fell und breitem Steiß ihre Kämpfe aus, und ihre Hufe schlugen Funken auf dem Gestein. Auf moosigen Felsen, die aus glitzernden Wassern ragten, rekelten sich träge Syrenen mit schuppigem Unterleib, und die grünen Strähnen ihrer langen Haare schaukelten auf den Wellen. Fliegende Drachen, geflügelte Löwen, echsenartige Feuerwesen flatterten durch die Lüfte. Im Hintergrund tauchte der Berg der Götter, der Olymp auf, mit dem Phantom des ›weisen Alten‹, der über den Wolken und in den Legenden aller Völker stets in eine andere Gestalt schlüpfte, in Wirklichkeit aber nichts weiter war als eine ewig wiederkehrende Vatergestalt in neuem Gewand: Jehova, der Rächer; ein aus menschlicher Schwäche und himmlischer Größe gesponnener Zeus; Jupiter, dessen Herz mit dem Herzschlag des Menschen pulsiert; Osiris, ›der zerrissene Gott‹; Tammuz – Ormuzd, das

Licht; Ahriman, die Finsternis; Janus mit den zwei Gesichtern; Brahma – und der unerforschliche Tao. Und neben dem personifizierten Urtyp der ›unsichtbaren Macht‹ tauchten auch die göttlichen Sinnbilder der ergänzenden weiblichen Eigenschaften auf: Maya, Astarte, Sophia, Isis, Parvati, Venus, Persephone, Eurydike, Hera sowie der Urtyp von Mann und Weib, Marias Sohn aus unbefleckter Empfängnis geboren.

All diese glänzenden Ideen, Gedanken und Vorstellungen warfen tiefe Schatten auf die Erde. Die Vorstellung vom Paradies, vom Himmel auf Erden hatte den unterirdischen Kosmos der Leidenschaften und Emotionen geboren: Amenti und den Hades, die Hölle, so wie beides im Menschen vorhanden war.

»Wir müssen mit beiden Tatsachen rechnen«, dachte Shintal, während er immer tiefer in diese vielschichtige Vision eindrang. »Diese beiden Ströme sind zwar diametral entgegengesetzt, stützen und halten sich aber auch gegenseitig aufrecht, wenn sie sich auch zwangsläufig bekämpfen. Wir aber wollten nur einen von beiden an die Macht bringen, nämlich das Licht auf Kosten des Schattens, den es total auszumerzen galt, obwohl ...«

Doch dann nahm ihn die göttliche Komödie mit ihren erschütternden, stets neuen Variationen gefangen, lenkte seine Aufmerksamkeit auf sich.

Inmitten eines Funkenregens plastischer Formen und Farben warf der Vulkan der menschlichen Erinnerung plötzlich das ›märchenhafte Gonowana‹ auf seine unendlich große Breitwand. Aus der vorgeschichtlichen Sintflut, welche die Erde umringte, tauchten unbekannte Kontinente und Gebirgsmassive auf. Die poetische Phantasie des Menschen beschwor die von Leben pulsierenden, legendären Städte Mu, Atlantis und Lemuria in all ihrer Pracht und Herrlichkeit, verschönt und idealisiert, wie ihre Träume von einer versunkenen und zukünftigen Wirklichkeit.

Zwischen den unrealen Kulissen gestufter, vieltürmiger Paläste, glitzernder, edelsteinbesetzter Kuppeln und zyklopischer Festungen blühte die Kultur einer fisch-, vogel-, echsen- oder auch insektenartigen menschlichen Rasse, bis sie von ›Timat, dem großen Wasser‹ oder von irgendeiner künstlich entfachten Feuersbrunst vertilgt und ausradiert wurde.

Auf der ›tabula rasa‹ aber, die aus der Weltnacht auftauchte, zeichneten sich wieder neue Konturen ab, entfalteten sich andere Visionen des Lebens.

Seltsame Sagen und Legenden wurden geboren, in denen sich Himmel und Erde vereinten. Zwischen fernen Sonnensystemen, Planeten, Galaxien Sternennebeln und den Menschen wurden mythische Lichtfäden gewoben. Dieser kleine, nebelarme Planet, auf dem die Menschen lebten, war nichts weiter als eine Relaisstation für die vernünftigeren, titanischeren Lebenszentren des Universums, wo …

Shintal schlug die vor Aufregung schweißnassen Hände vors Gesicht und verdeckte seine Augen.

Wie sollte er den Wahrheitsgehalt dieser Fieberträume ermessen, wie jene Grenzen abstecken, wo die Realität in Visionen überging? Wie konnte ein menschliches Gehirn eine solche geistige Konzeption hervorbringen, die über alle Grenzen hinausging? Wie oft schon hatte der Mensch aus dem Mikrokosmos seines Organismus', aus den Psychoperlen seiner Körperzellen die dort gespeicherten Geheimnisse der Natur entdeckt, und wie oft hatte er sie wieder vergessen?

Das Leben der Menschheit durchwallte Nacht und Tag. Persönlichkeiten waren untergegangen und waren wieder auferstanden in neuer Gestalt. Aus dem Todesschlaf erwacht, waren sie wieder in die Kostüme anderer Personen, anderer Zeitalter, anderer Sitten und Bräuche geschlüpft – eine Reinkarnation, die ihresgleichen suchte. Ihre Entwicklung verlief nicht linear, sondern gleich einem Spiralnebel im Kosmos. Sie reisten vom Licht zum Schatten, vom Schatten zum Licht. In den Zeitaltern der Aufklärung erkannten sie jene Zusammenhänge, die sie mit allem verband, was Leben hieß, und sie brachen auf, um im Universum gleichgesinnte Freunde und Genossen zu finden. »Wir sind da!« lautete ihr Funkspruch an fremde Welten. »Wir leben, wir sind uns selbst bewußt!« Und sie empfingen Signale aus dem Weltraum.

Der Mensch schaltete sich immer wieder in die Kommunikationskette der Raumschiffe, der Zeitraffer, der Photonenraketen, der Gedankenkräfte, der Zahlen- und Formensymbole ein, kehrte immer wieder zu den Kraftfeldern des Hyperraums zurück, in diesen ewigen Kreislauf ohne Anfang und Ende. Sobald sich ein Lebenszyklus wieder schloß, wurde der Mensch plötzlich gewahr, was mit ihm geschah. Er wußte, daß alles schon einmal dagewesen war. Und das, was war, würde sich stets wiederholen, würde stets wiederkommen!

Über die ekstatischen Schaltkreise seiner Gedanken konnte Shintal den Sinn von Savonarolas Frage nur wie aus der Ferne wahrnehmen:

»Stimmt es, daß ein Mensch in seiner Agonie sein früheres Leben noch einmal erlebt, indem es wie ein Film vor ihm abläuft?«

»Ich weiß es nicht. Aber wie kommst du denn darauf? Warum ...«

»Weil ich das Gefühl habe, daß die Vergangenheit, daß der ganze Erinnerungsstoff dieser Erde wie die Lava aus einem Vulkan eruptiv an die Oberfläche drängt.«

Konkri

Riss wußte genau: Geschehe, was da will – er konnte die Augen nicht von dem Anblick dieser Stadt der Zukunft wenden, die von Minute zu Minute in immer neuen, faszinierenden Variationen vor seinem staunenden Blick auftauchte.

Denn *sein* Gehirn war es, das Technopolis kontrollierte und regierte, *seine* Kräfte waren es, seine Energie, die den nötigen Treibstoff lieferte, *sein* Blick war es, der dieser Stadt den Odem einhauchte. in seinen Ohren erklang der Rausch seiner Phantasie wie ein schöpferischer Ton. All diese Formen hatte er zu neuem Leben erweckt, aus ihren Sarkophagen geholt – diese Formen, die ihn jetzt als akustische Klangfiguren umschwangen und umschwebten. Das Werk, das große Opus war zum Leben erwacht. Denn »im Anfang war das Wort, ward aber nicht von Gott, sondern von *ihm* geboren. Doch der Herr allen Logos' ist nichts anderes als …«

»Mörder! Amokläufer! Henker!«

Nur nicht hinhören! Der Kontakt zwischen ihm und der Stadt durfte nicht abreißen!

»All seine Gedanken sind eine einzige Sünde gegen alles, was lebt, gegen das Leben an sich! Wo ist in dieser monströsen Stadt der Mensch geblieben? Wer ist es, dem *er* den Frieden bringt, den er heilt, den er tröstet? Wo sind die heroisch kämpfenden, kreativen Lebewesen geblieben, die er befruchtet und glücklich macht?« fuhr die von Haß und Verachtung erfüllte Stimme fort, die immer näher an sein Ohr heranrückte.

Er, Riss, hatte nichts, aber auch gar nichts mit dieser

Stimme zu tun. Er mußte sie verscheuchen, wie eine lästige Fliege! Riss zuckte wütend die Schulter.

»Ich ...«, fuhr er hoch, doch die Stimme traf ihn wie ein Blitz, so daß ihm das Wort im Hals stecken blieb.

»Du bist kein Mensch! Du bist ein wahnsinniger Massenmörder! Du willst alle Lebewesen, alle Menschen ohne Ansehen der Person schonungslos und wahllos vernichten. Alle Freunde, alle Mitarbeiter, alle Patienten ... alle miteinander mit Stumpf und Stiel ausrotten!«

»Fort, fort, hebe dich von mir!« rief Riss, während er ungeduldig mit dem Fuß aufstampfte. »Fort! Ich habe nichts mit dir zu tun! Wer hat dich überhaupt in diesen Sperrbezirk eingelassen? Keiner darf mich bei einer so wichtigen Beschäftigung stören! Ich werde die schwersten Disziplinarmaßnahmen gegen jeden einleiten, der es wagt ...« Doch dann stieg plötzlich ein leiser Argwohn in ihm hoch, kam ihm doch diese *Stimme* irgendwie vertraut und bekannt vor. Riss drehte sich um.

Hinter ihm stand Konkri – ein schockierter fremder Konkri, der ganz außer sich zu sein schien. Dieses düstere, wachsbleiche Gesicht hatte er noch nie gesehen. Riss hätte nicht im Traum daran gedacht, daß hinter der unterwürfigen Fassade seines stets gehorsamen Assistenten eine solch bedrohliche Kreatur steckte. Also hatte er doch richtig gehandelt, als er seinerzeit Konkri durch chirurgische Eingriffe von seinem Körper befreite, in dem es von Instinktminen wimmelte, und seine brauchbaren Gehirnperipherien einem zuverlässigen Roboter eingepflanzt hatte. Das heißt ...

Jener Konkri, der auf dem Operationstisch lag und dieser Konkri, der dicht neben ihm stand, konnten nicht zur gleichen Zeit anwesend sein, *obwohl er die beiden gleichzeitig ortete.*

Welcher von beiden war es nun, der so forsch, so herausfordernd und so sicher auftrat? Vor welchem von beiden mußte er sich hüten? Sollte der dort auf dem Tisch … nur eine Projektion sein? Seine Verwirrung, seine Unsicherheit nahmen immer mehr zu. Dieser da aber … Riss wußte zwar genau, daß außer den Mitgliedern des Führungsgremiums nur Konkri allein Zugang zum Kontrollzentrum hatte, dennoch …

»Der Mensch ist es«, stotterte Riss, »der den Robotern in Technopolis Vernunft und Begabung verleiht. In dieser Lebensform werden jene vollkommenen Möglichkeiten zum Wohle der Menschheit entwickelt – jawohl, zum Wohle und zum ungetrübten Glück der Menschheit! –, die in deinem … in Ihrem … und in meinem … in unserem Gehirn *schlummern!*«

»Versuchen Sie ja nicht, mir Ihre scheußlichen, abstoßenden fixen Ideen aufzuzwingen!«

Riss spürte Konkris heißen Atem im Nacken. Wie konnte es dieser … dieser … wagen, ihm gegenüber diesen Ton anzuschlagen? Doch welcher von beiden war der echte Konkri?

»Die Kreuzung zwischen einer Maschine und einem verstümmelten menschlichen Gehirn ist eine unverzeihliche Sünde gegen das Leben, weil dabei die Persönlichkeit getötet wird und die Gehirnsubstanz unweigerlich schrumpft. Das war doch wohl Ihr Plan, Ihre Absicht? Ein einziger Diktator und lauter unterwürfige Automaten – lauter Marionetten, die man an einem Energiefaden tanzen läßt. Lauter ergebene Roboter, die jedem Befehl blind gehorchen. Lauter Untertanen!«

Riss spürte, daß sich der Körper des *einen* Konkri dicht und schwer an ihn drängte und ihn mit seinen starken Armen festhielt. Der *andere* Konkri lag bewußtlos auf dem Operationstisch, war aber weiter entfernt und verschwamm allmählich wie ein Traumgebilde. *Dieser* aber, dieser hier mit seinen asiatischen Schlitzaugen, die sich zu einem Spalt verengten, war bedrohlich und fürchterlich … Und wie er Riss' Arme verdrehte und dicht an Riss' Körper fesselte – das tat weh. Was wollte er von ihm? Was wollte er überhaupt?

»Jener, der sich diesen fürchterlichen Plan ausgedacht hat, ist ein gemeingefährlicher Verbrecher. Schon der Gedanke allein würde die höchste Strafe für ein solches Delikt fordern: *Weil die Gedanken die Keime der Verwirklichung in sich bergen.* Weil es die Gedanken sind, die Taten gebären. Gedanken, welche das Wohl der Gemeinschaft bedrohen, sind gefährlicher als jeder Virus, der eine Seuche auslöst, gefährlicher als die Pest. Das haben wir von *Ihnen* gelernt, das haben *Sie* uns beigebracht!«

»Wie kommen Sie darauf, daß …«

»Weil ich es sehen kann! Weil das ganze Sekret der Phantasie vor mir ausgebreitet liegt! Weil es die Sonne an den Tag gebracht hat!«

»Wenn Sie solches sehen können, dann sind Sie … dann sind Sie auch nur mein …« Riss' Gesicht verzog sich zu einem irren, schlauen, hinterhältigen Lächeln. Also ist doch der *andere* der echte! Denn *der* ist jenem Konkri am ähnlichsten, den er seit Jahr und Tag geschult hatte, wie ein Dompteur seine Raubkatzen. Das ist der sanfte, untertänige, stets dienstbereite, stets verfügbare Konkri.

»Es genügt nicht, eine solche gemeingefährliche Bakterienkultur zu isolieren. So belieben Sie sich auszudrücken, nicht wahr?« fuhr der Schatten, der ihm dicht im Nacken saß, unbarmherzig fort. *»Man muß sie vernichten!«*

Riss versuchte, verwirrt wie er war, in panischer Angst zurückzuweichen, doch Konkris linker Arm riß ihn zurück. Was hatte dieser Irre überhaupt vor? Doch nicht etwa … Sollte er vielleicht derjenige sein, der außerhalb seines Machtbereichs lebte, der ihn, Riss, frei und unabhängig bekämpfte, der ihn vernichten wollte, weil …

Dann sah er die Phiole in Konkris rechter Hand, diese silbern schimmernde Phiole mit dem roten Ring und der Inschrift *AA+AA.* Dies war jener radikale, lokale ›Lapis‹ – der gleiche Sprengstoff, mit dem Yask das erste Versuchslabor des Definiators mitsamt Leon in die Luft gejagt hatte.

Der Turm von Babel

Das azurblaue, durchsichtige Luftschiff schwebte herab, doch die beiden bemerkten es erst, als es lautlos auf der Lichtung landete, das aus seinem Innenraum strahlende Licht ihre Augen blendete und zwei präzis funktionierende eifrige Roboter eine Tragbahre aus ihrem Luftfahrzeug hievten.

Savonarola sprang auf.

»Ich laß mich nicht verschleppen!« schrie er verzweifelt und rannte wie ein gehetztes Wild davon.

»Halt! Warte doch!« rief Shintal hinter ihm her. »Sie sind nicht unseretwegen gekommen.«

Shintal drehte sich um und sah, wie die elektronischen Reiter die bedauernswerte Sisotris, deren aufgedunsener Leib allmählich zu schrumpfen begann, auf die Bahre legten. Ihr hageres, eingefallenes, von Schweiß triefendes Gesicht, in diese seltsame Materie eingebettet, die irgendwie an die Konsistenz von Seifenblasen erinnerte, war wachsbleich wie das Gesicht eines Menschen, aus dessen Körper bereits der letzte Blutstropfen gewichen war. Neben dem Busch, wo sie gelegen hatte, blieben die Reste entsetzlicher Mißgeburten zurück: Babytorsos mit Hühnerköpfen, deren geisterhaftes Herz noch schlug, verstümmelte Wesen, die irgendwelche undefinierbaren Säfte ausschieden, während ihre Flügel- und Beinstummel reflexartig zuckten. Doch die durchsichtige Materie sank immer mehr in sich zusammen wie abgestandene Sauermilch.

Entsetzt und zutiefst erschüttert schaute Savonarola auf den leblosen Mädchenkörper hinab. Dennoch geschah es zum ersten Mal, daß er irgendwie erleichtert war, daß jetzt ein Mitglied ihrer Gemeinschaft in die Hände ›jener‹ geriet, die er eigentlich zutiefst verabscheute.

Nun kehrte er mit langsamen Schritten zu Shintal zurück.

»Lebt sie noch?« fragte er beklommen, obwohl er sich vor jeder Antwort fürchtete. »Ich könnte es kaum ertragen, wenn ...«

»Vielleicht«, sagte Shintal versonnen, während er starr vor sich hinblickte. »Wenn auch nur ein Fünkchen Kraft in ihr vorhanden ist, wird man sie zu neuem Leben erwecken. Schade nur, daß es nur wenige sind. Sie können nicht überall sein. Und es ist fraglich, ob ...«

»Wen meinst du denn?«

»Die Roboter. Ihre unerschütterliche, ungetrübte Dienstbereitschaft ist momentan die einzige Hoffnung, die einzige Zuflucht des Menschen. In ihnen kann die Weltepidemie keinen Nährboden finden, es sei denn ...«

»Es sei denn ... was?«

»Es sei denn, daß ihr Schöpfer, der infizierte Mensch, mit Hilfe seiner elektronischen Verbündeten endgültig Selbstmord begeht. Wo sind deine Freunde geblieben? Die anderen, die ich nicht sehen kann. Wer weiß, wie viele schon in den Zeitraffer-Kabinen oder bereits in das Gebiet des Psychodoms eingedrungen sind, und ...«

Shintals Panik griff allmählich auch auf Savonarola über. Er blickte zurück und starrte in die stumme Finsternis, die zwischen den Büschen und Bäumen lauerte.

»Wir müssen sie überwachen!« drängte Shintal.

Savonarola eilte von ihm fort. Es dauerte fast eine Ewigkeit, bis seine Gestalt wieder aus der Dämmerung auftauchte. Shintal aber packte ihn an der Kutte.

»Sie dürfen die unbewachten Kontrollräume des Psychodoms nicht besetzen! Du bist für sie verantwortlich! Hast du verstanden? Du bist der einzige, dem sie folgen! Wir werden alle hinter Schloß und Riegel setzen! Und wir werden Alarm schlagen!«

»Wir werden mitnichten Alarm schlagen!« sagte Savonarola mit fester Stimme.

Unsicher geworden, ließ Shintal seinen Sohn los.

»Nur bis ...«

Savonarolas Blick haftete wie gebannt am hell beleuchteten Psychodom.

»Sie haben sich alle in den Büschen breitgemacht«, berichtete er mit jenem bitteren, ironischen Unterton in der Stimme, der für ihn charakteristisch war. »Diese blökende Schafherde ist völlig harmlos. Vor denen brauchen wir uns nicht zu fürchten. Denn sie bergen keinen geheimen Sprengstoff in sich, wie die dort oben.« Immer noch konnte er den Blick nicht von dem rotierenden Turm wenden. »Sie haben ihre Natur fast schamlos offengelegt, ohne etwas zu verbergen. Und du müßtest eigentlich wissen, daß das schwächste Glied der Sicherheitskette am scheinbar stärksten Glied zu suchen ist. Die größte Spannung liegt nicht hier, sondern ...«

In diesem Augenblick geschah es.

Ein greller Blitz loderte hinter den Fenstern des Therapions und der dicht daneben liegenden Steuerungszentrale auf, die Edelsteinen gleich in einem glitzernden Funkenregen zerstoben. Auf Riss' monströsem Antlitz, das vom Dach des Doms herniederstrahlte, begannen sich die Poren zu lockern. Seine Züge erschlafften und zerfielen innerhalb von Sekunden.

Plötzlich wurde es stockfinster. Im Psychodom und in ganz Makropolis gingen die Lichter aus.

In dieser pechschwarzen, regungslosen Stille brach jene Betroffenheit über sie herein, welche die Angehörigen angesichts eines jüngst Verstorbenen empfinden, der noch vor kurzem geredet, gehaßt und geliebt, geweint, sich gefürchtet, gehofft, geklagt und Pläne geschmiedet hatte.

Auch die blinkenden, schimmernden Lichtaugen der sphärischen Häuser, der Raketenbasen und der Kontrollzentren für die Regelung der Gravitation waren erloschen.

Allmählich begannen sich ihre Augen an die Dunkelheit zu gewöhnen. Aus dieser noch nie erfahrenen Nacht tauchten allmählich verschwommene Umrisse auf.

Im schwachen Dämmerschein dieser apokalyptischen Einsamkeit war der verstümmelte Schatten des Psychodoms zu sehen.

Aber sie konnten sich nicht rühren, waren wie gelähmt, wie vom Blitz getroffen. Selbst ihr Gehirn schien in der Zeitfalle dieser Momentaufnahme erstarrt zu sein.

Sie standen einfach da, zur Salzsäule erstarrt und warteten ab.

Eine unendliche, stumme Leere hielt sie in dieser zeitlosen Regungslosigkeit gefangen.

Dann aber zerplatzte diese Taucherglocke, die sich über sie gesenkt hatte. All das, was sie vorausgeahnt, wovor sie selbst in Gedanken entsetzt zurückgewichen waren, wurde plötzlich losgelassen und brach mit Macht über sie herein.

Die Katastrophe nahm ihren Lauf. Das erste sphärische Haus stürzte ab und schlug wie eine Bombe im Villenviertel der Stadt ein, weil jene Energie, welche die Schwerkraft der Erde regelte und von der Antigraviton-Zentrale aus gesteuert wurde, plötzlich versiegt war. Dann segelten und torkelten auch die übrigen ›Luftschlösser‹ eines nach dem anderen herab, erschlagen vom eigenen Gewicht, fielen sie wie reifes Obst zu Boden.

Auf die dröhnenden Explosionen folgte ein schauriger Chor, der Wehgeschrei, Hilferufe, flehende Gebete und die Todesschreie der gemarterten Kreatur zu einem einzigen Requiem, zu einem einzigen Opus des Leidens vereinte.

Alles, was in den Häusern nur brennbar war, ging in Flammen auf – und diesmal war auch das menschliche Fleisch nicht mehr durch spezielle Yadill-Schilde geschützt.

Im Rauch und im Flammenschein zuckten undefinierbare Formen und Gestalten. Widerschein, Schatten, die bis zum Himmel reichten, lebendige Massen waren nicht mehr zu unterscheiden. Die Schatten türmten sich auf und sackten wieder in sich zusammen. Doch der fremde, unbekannte Projektionsstrom der Hyperioniten strahlte nach wie vor die chaotischen Bruchstücke menschlicher Emotionen, Leidenschaften und Wunschträume auf jede Fläche, auf jede Form aus, die sich bot.

Savonarola konnte kaum mit seinem Vater, der in Richtung Zeitrafferkabine dahineilte, Schritt halten. Doch beide wußten, was sie am Eingang erwartete. Trotzdem wurden sie von einer letzten Hoffnung getrieben. Denn das Entsetzen, das Mitleid hatte sich bei ihnen in Dynamik verwandelt.

Als sie dann, weil sie ihren Schwung nicht mehr bremsen konnten, gegen das mit einem elektronischen Schloß versiegelte Tor stießen, fiel Shintal auf die Knie, sprang aber sofort wieder hoch und rannte über den grasigen Hang weiter in Richtung Stadt.

Zwillinge im Mutterleib

Der unterirdische Saal wurde durch erdbebenartige Stöße immer wieder erschüttert.

Über den Fußboden segelten Liegen und Kinderbetten, die aus ihren Verankerungen gerissen wurden, und stießen krachend zusammen.

Die Lichtquellen wurden dunkelgelb, doch die Lampen gingen nicht ganz aus.

Aber all der Krach und das Durcheinander konnte die narkotisierten Schläfer nicht stören, die weiter selig vor sich hinschlummerten.

Die Kinderbetten waren mit einer elastischen, porösen Haube geschützt, und während sie wie Spielbälle dahinrollten, rotierte nur diese Haube um ihren Schwerpunkt.

Als das Beben etwas nachließ, wurde es seltsam ruhig im Saal. Eine Kraftebbe war eingetreten. Auch die Roboter hatten ihre emsige, rastlose Tätigkeit eingestellt. Ihre Fürsorge, sonst weitaus taktvoller und effektiver als es je ein Mensch fertiggebracht hätte und die sie einst fast zu höheren Wesen hochstylisiert hatte, war nun zu Ende, war für immer erloschen. Aus ihren Mechanismen war der künstliche Lebensstrom gewichen. Sie ruckten und zuckten, torkelten noch eine Weile ziellos herum, bis sie umfielen und nichts weiter mehr als hilflose Wracks waren.

Die Luft wurde kühl.

Warum stört man mich schon wieder, fragte sich Gjall unwillig. Man versuchte, ihm sanft aber bestimmt etwas aufzuzwingen, was er vielleicht nicht wahrhaben wollte. Man hat die warme Schutzschicht verschoben, die ihn umgeben hatte und ihn gegen alle Störungen von außen abschirmte. Feuchte Strudel, die immer düsterer wurden, drangen zu ihm vor, Strömungen, die er nicht akzeptieren wollte, die er einfach nicht ertragen konnte. Ihm war kalt, und …

Er kniff die Augen ganz fest zu und klammerte sich mit all seiner Kraft an die embryonale Ruhe, doch plötzlich durchfuhr ihn ein beklemmendes Gefühl. Was war mit dem Mutterleib geschehen? Wenn dieser bei ihm war, wenn ihn dieser große, daunenweiche Ballon wie ein rosafarbenes Nest umgab, war alles gut!

Gjall schaute auf und erblickte ein Gesicht, ganz nahe, ganz dicht neben dem seinen. Die Augen waren hinter dem dunklen Fransenvorhang der Lider verborgen. Das Wesen schlief.

Es war ein sehr junges, langgezogenes, wachsbleiches Antlitz, doch kein Kindergesicht, vielmehr …

Er grübelte nach, an wen ihn wohl dieses Gesicht erinnerte, dieses Antlitz, das seine Aufmerksamkeit mit Neugier in Anspruch nahm, als würde er ein Gemälde betrachten, das er irgendwo irgendwann vor unendlich langer Zeit schon einmal gesehen hatte. Vielleicht aber war es gar nicht er gewesen, sondern jemand, der vor ihm gelebt hatte, dieses Bild in seinen Zellen gespeichert und ins Niemandsland des Embryonats herübergerettet hatte.

Mater Dolorosa! Die schmerzensreiche Mutter. Ernst und majestätisch. Ein zeitloser Archetyp, ein Symbol, gleichzeitig aber auch ein Lebewesen. *Jemand* stand in einer Kirche oder in einem Museum vor diesem Fresko.

Aber wann und wo? Es ließ sich nicht lokalisieren. Vielleicht hatte er sich auch nie vom Fleck gerührt.

Die *Mutter*, ganz jung, lag auf einem Bett, hatte dasselbe Lächeln. Dieses fast kindliche sanfte Lächeln war an seiner Mutter ganz neu. Denn solange sie noch lebendig und aktiv gewesen war, hatte ihr Benehmen stets etwas Gespanntes und Lauerndes an sich. Ihr Röntgenblick hatte ihn durchbohrt, und sie hatte ihn immer durchschaut. Er aber mußte sich wehren, weil er sich vor ihr schämte.

Warum mußte er sich vor seiner Mutter schämen? Wie seltsam!

Noch nie hatte sie so friedlich, so entspannt, so gelassen ausgesehen, nur damals, als sie …

War es denn möglich, daß eine Tote neben ihm lag?

»Isis und Osiris waren Zwillinge in einem Mutterleib.« Was ist das für ein Text? Er klingt *de profundis*, aus unendlichen Tiefen herauf, wie das Klagen einer einsamen Hirtenflöte in den Sagen der Urvölker. Natürlich, die ägyptische Osiris-Legende. Er hatte sie studiert – oder hatte er sie einst auch gelehrt? Egal. Er war es nicht gewesen, sondern irgendein Mensch. Früher, vor langer, langer Zeit.

Er aber, Hermond Gjall, betrachtete jetzt *dieses Antlitz*. Nichts anderes wollte er sehen, weil sich sonst das Bewußtsein kalt und tückisch wieder an ihn heranpirschen würde.

Dieses Antlitz war ihm bekannt, wurde ihm immer vertrauter. Es war so nah, daß er nur seinen Arm auszustrecken brauchte. Nun wandte er sich diesem Antlitz zu. Zwischen den Brauen lag jetzt eine senkrechte, tiefe Falte, die vorher noch nicht da war, oder die er nicht wahrgenommen hatte. Um den geschlossenen Mund lag ein leises Lächeln, die Stirn, die geschlossenen Augen hatten etwas Tragisches an sich. War dieses Antlitz schön? Ja, es war bezaubernd schön, so schön, daß es alles überstrahlte, was er bisher als schön empfunden hatte. Das aber war wichtig, wichtiger als alles andere.

Wie war nur dieser Hals so zart und so zerbrechlich!

Von den Lippen war das Lächeln verschwunden, und jetzt wirkte dieses Antlitz ernst und feierlich.

»Isis und Osiris waren Zwillinge in einem Mutterleib.«

Lege mich als Siegel auf dein Herz
und auf deinen Arm.
Denn die Liebe
ist stark wie der Tod.

So sang einst Isis über dem Leichnam des Osiris, den Seth, sein eigener finsterer Schatten getötet hatte.

»Isis ist Osiris' Schwester, Mutter und Gattin zugleich.« Dieser Text leuchtete wie eine schwindelerregende Offenbarung in Gjall auf. Es war eine süße, strahlende, erregende Gedankenquelle, deren Wasser ihn durchströmte, reinigte, ihm auf übermenschliche Weise Kraft verlieh, ihn aber gleichzeitig auch berauschte und schwächte. Sein Blick trübte sich, ein Schleier senkte sich vor seine Augen. Er streckte die Hand nach dem *Antlitz* aus und berührte es sanft. Plötzlich aber fuhr er zusammen. Die Augen der jungen Frau waren geöffnet, doch sie nahm seine Berührung nicht wahr, nahm sie nur durch ihre Augen in sich auf. Nun war er mit ihr eins und allein.

Die beiden schauten sich in die Augen.

Gjall zog seine Hand nicht zurück, sondern ließ sie ausgebreitet neben diesem schlaffen, hageren Antlitz liegen. Die glatte Haut, welche eine angenehme, laue Wärme ausstrahlte, hatte einen ekstatischen Strom eingeschaltet, der sein ganzes Wesen durchfuhr.

Der Mund bewegte sich. Gjall konnte keinen Ton vernehmen, betrachtete nur die fein geschwungenen blutlosen Lippen, die Wörter formten und versuchte, diese Worte von den Lippen zu lesen. Was sie besagten, konnte er nicht akustisch verstehen, sondern irgendwo im Hinterkopf, in seinem Gehirn. Dies war die Fortsetzung eines Dialogs oder sogar eher eines Monologs.

»Jetzt weiß ich endlich, warum ich so viele armselige Mißgeburten auf die Welt bringen mußte, die von vorn herein nicht überleben konnten. Wie sehr habe ich darunter gelitten, wie sehr habe ich sie bedauert! Der violette Drache hat ganze Generationen aus meinem Schoß gerissen. Ich habe geboren und geboren, habe millionenfach mein eigenes krankes Selbst aus meinem Körper geworfen. Zwar sagten alle, ich könnte keine Kinder kriegen. Doch alles war Lüge. So bin ich genesen.«

Aus dem kleinen Mund mit den aufgeworfenen Lippen strömte das Negativ der stummen Sätze. Gjall aber wandelte sie in Positive um, knüpfte seine eigenen Gedanken daran, so daß sich beides zu einem einzigen Strom vereinte.

Sisotris, ja: Sie ist es, und doch ist sie es nicht. Sie ist ganz anders. Sie hat alles abgestreift, was falsch und abschreckend an ihr war. Ihr kupferrot schimmerndes Haar liegt seidig auf dem Kissen, die alles verschlingende, umschlingende Kraft der Schlange ist aus ihr gewichen. Ein blauer Schleier bedeckt ihren Busen, und sie strahlt vor Sauberkeit und Frische. Nach dem Schock der Geburten hat sie endlich Frieden gefunden, doch ist sie jetzt ausgeblutet und leer. Sie hat ihr Leben geopfert, damit er geboren wurde. Nur sie allein war es, von der er das Opfer seiner Geburt entgegennehmen konnte und durfte. Denn Sisotris ist seine Mutter, seine Schwester und seine Gattin zugleich. Wie konnte er nur jahrtausendelang vergessen …

»Gjall!« flüsterte Sisotris, und diesmal erreichte ihre Stimme von außen sein Ohr. »Hermond Gjall, der Zeitreisende! Hätte ich nie geglaubt!« Dann schloß sie müde die Augen. »Wir beide!« Und dann, mühsam ihre Stimme erhebend: »Es ist sehr wichtig!«

»Wir beide. Ich habe verstanden. Es ist sehr wichtig. Alles andere ist nicht von Bedeutung. Nur wir beide!« wiederholte Gjall.

Sisotris aber ließ ihr Gesicht mit den geschlossenen Augen in Gjalls Hand gleiten, die er offen auf das Kissen gelegt hatte.

»Wenn du willst, werde ich dir ein Märchen erzählen, eine Gutenacht-Geschichte, damit du einschlafen kannst«, murmelte sie. »Ich bin sehr schwach und sehr müde. Ich muß schlafen.«

»Ja.« Und in diesem Gesicht, das jetzt auf Gjalls Handfläche ruhte, pulsierte das ganze Universum des Glücks.

Mag sein, daß ihm Sisotris wirklich ein Märchen erzählte oder ihm leise etwas vorsang, ein kleines Lied, mit dem Mütter ihr Kind in den Schlaf wiegen:

Lege mich als Siegel auf dein Herz
und auf deinen Arm.
Denn die Liebe ist stark wie der Tod.

Die Unterwelt

Gjall erwachte, weil ihn Sisotris aus weit aufgerissenen Augen anschaute. Er wußte nicht, wie lange er geschlafen hatte. Sein Zeitgefühl hatte gelitten seit jener einzigen Lebensnacht, in der Jahrhunderte verstrichen waren. Seitdem verfügte er über kein festes Zeitmaß mehr. Allerdings zweifelte er nicht daran, daß ihm Sisotris immer näher gerückt war, während er in tiefer Bewußtlosigkeit ruhte, als wären sie die ganze Zeit aufeinander zugelaufen.

»Es ist was passiert«, sagte Sisotris. Ihr war keine Angst anzumerken.

Der Sinn dieser Mitteilung drang nur allmählich in sein Gehirn vor, doch auch er erschrak nicht. Er befand sich im Zentrum des Lebens in kristallklarer Harmonie mit Sisotris.

»Was ist geschehen?« fragte er, wie wenn er neben sich stehen würde.

»Schau dich um. Das Sprechen fällt mir schwer …«

Nur zögernd riß er den Blick von Sisotris los. Wie schwach sie ist!

Er dagegen …

Ohne die Hand wegzuziehen, die neben ihrem Gesicht lag, stützte er sich auf seinen Ellenbogen. Er fühlte sich frisch und ausgeruht, konnte sich aber aus seiner eigenen inneren Welt nicht sofort auf das konzentrieren, was jetzt um ihn herum war.

Irgendwie konnte er diese kranke, blasse Beleuchtung nicht leiden. Wenn er seinerzeit einmal Fieber hatte, pflegte seine Mutter die Lampe für die Nacht mit einem braunen Tuch abzuschirmen, das dann ein solch bräunlich-gelbes Schummerlicht verbreitete. Früher hätte ihn auch eine solche Kleinigkeit deprimiert, doch jetzt störte ihn selbst dieser unordentliche Haufen erstarrter Formen nicht, die ihn umgaben.

Gjall horchte in die Stille, die nur ab und zu vom Geräusch fallender Tropfen unterbrochen wurde. All die Menschen, die auf dem Fußboden oder auf den Liegen schliefen, waren von Trümmern übersät. Dort, wo vorher der Kopf eines Menschen geruht hatte, lag jetzt ein schwerer Gegenstand, der den Kopf ganz platt gedrückt hatte. Die durchsichtigen Hauben kleiner Kinderbettchen waren von Metallstaub bedeckt.

Warum nur waren die großen Liegen ineinander geschoben wie die Wagen eines Zuges nach einem Zusammenstoß? Einige waren umgekippt, andere wiederum standen hochkant da. Daneben lagen die Menschen, die von ihrem Lager gerutscht waren, jetzt starr und regungslos da.

Das Wasser tropfte von der Decke herab.

Wo hatte er schon einmal solche Puppen in seltsamer, unnatürlicher Pose gesehen? Vielleicht im Schaufenster eines Kaufhauses? Nein, vielleicht doch eher in Sanitätshäusern, wo er einzukaufen pflegte, bevor er …

Diese Puppen mit ihrem gefrorenen Lächeln tragen pastellgrüne Umhänge, Plastikmützen, einen kleinen Reflektor auf der Stirn und Schutzhandschuhe an den Händen.

Die eine ist umgekippt, hält etwas in der Hand, vielleicht eine Art Injektionsnadel oder … Lehnt sich schief gegen einen genoppten rosa Gegenstand, der aussieht wie ein hohler weiblicher Torso, aus Kunststoff gegossen. Er hat nur einen Rumpf, und …

Diese neutrale Schutzglocke des Außenseiters, unter der er sich verborgen hatte, bekam einen Stich, als um ihn herum ein Weinen und Klagen anhob. Unter den Hauben weinte ein Kind, dann fiel das nächste in dieses Klagelied ein.

Gjall aber wandte sich erschrocken an Sisotris.

»Sie haben Hunger«, flüsterte der blutleere Mund. »Sie frieren und sie fürchten sich. Alle haben Angst, auch die dort oben.«

»Wo denn?« Gjall neigte sich tiefer zu Sisotris hinab, weil er mit ihren Worten nichts anfangen konnte. »Wo dort oben? Im Psychodom?«

»Es gibt keinen Psychodom mehr.«

Die Stimme klang zwar etwas lauter, dennoch war sie kaum zu vernehmen – ein schwacher, dünner Faden. Bei all dem Jammern und Klagen, bei all den lauten und fordernden Kinderstimmen wollte es Gjall kaum gelingen, diesen Faden zu ergreifen.

»Wieso gibt es keinen Psychodom mehr?«

Er konnte in seiner Handfläche spüren, wie Sisotris den Kopf schüttelte.

»Wahrscheinlich hat Konkri die Steuerzentrale und das Therapion in die Luft gejagt. Kein anderer hätte dies tun können. Riss vertraute nur ihm allein. Riss …«

»Was ist mit Riss geschehen?«

»Riss ist tot.«

»Woher willst du das wissen? Das …«

»Von Savonarola.«

Sisotris Kopf sank auf das Kissen, als Gjalls Hand unter ihm hervorglitt.

»Wo ist Savonarola?« Gjall sprang auf, hielt aber plötzlich inne.

»Oh, natürlich!«

Er schob seine Liege beiseite und kniete sich neben Sisotris' Lager.

»Du bist krank«, sagte er mit hilfloser Zärtlichkeit. »Du bildest dir was ein. Ich werde gleich einen Pfleger rufen. Du brauchst ein Stärkungsmittel, sofort!«

Sisotris' Blick haftete mit seltsamem Mitgefühl auf ihm, doch sie sagte nichts. Und Gjall wurde plötzlich klar, daß es sich bei diesen reglos dastehenden oder umgestürzten Schaufensterpuppen um die elektronischen Diener, um die Helfer der Menschheit handelte. Dann allerdings …

»Mein Gott!« stotterte er. Seine Zähne klapperten. Er fror entsetzlich. Die Energiezufuhr hatte aufgehört. Alles war erstarrt. Dort oben. Sisotris hatte gesagt: dort oben. Wo waren *sie* dann?

»Wir sind unter der Erde«, las er die Antwort von Sisotris' Lippen. »In der Kinderkrippe unter dem raumraffenden Netz. Die Kinder haben Hunger. Sie sind wach geworden, weil der einschläfernde Ultraschall verstummt ist, und die Luft … Die Luft ist dünn und kalt. Spürst du's?«

Gjall nickte. Also auf diese Weise hatte sie die Information von Savonarola erhalten. Sie hatte sie auf gleiche Weise aus dessen Gehirn herausgelesen, wie sie jetzt seine stumme Frage beantwortet hatte. Alle Verbindungen, welche Treibstoff oder Strom brauchten, waren unterbrochen. Doch Sisotris' Gedankenradar und ihre Empfangsantenne funktionierten weiter.

Gjall nahm die Decke von seiner Liege und breitete sie über Sisotris aus.

»Ich verstehe das nicht«, sagte er laut. »Warum ausgerechnet Konkri?«

»Außer den Eierköpfen war er der einzige, der sämtliche Codes des Kontrollraums kannte.«

In Gjalls Erinnerung tauchte das schmale braune Gesicht von Riss' Assistenten auf. Wie unerforschlich, wie klug er war. Klug ja, aber nicht weise. Nach außen hin neutral, innen aber unergründlich, wie … Shintal.

Wenn der Psychodom explodiert ist, müßte auch Shintal tot sein. Warum berührte ihn dies tiefer als Riss' Tod, dem er so viel zu verdanken hatte? Ihm war, als hätte er mit Shintal einen älteren Bruder oder einen Vater verloren sowie die Sicherheit seines Daseins, seine Gegenwart und Zukunft zugleich. Doch nicht nur er allein, sondern alle Welt!

»Shintal lebt.«

Er konnte nicht an Sisotris' Worten zweifeln, deren seltsamer Unterton seine empfindlichen Nerven seltsam berührte. Warum hatte sie so freudlos gesagt, daß Shintal lebt? Shintal mußte ihr doch sehr viel bedeuten, denn er hatte sie doch stets beschützt.

»Armer Shintal!« fuhr Sisotris leise fort. »Bei einem solchen Urteil scheint ein Augenblick so lang wie Jahrtausende.«

»Was für ein Urteil?« Sisotris war offensichtlich übergeschnappt. Er mußte unbedingt etwas unternehmen sonst ...

»Das Urteil, das er über sich selbst gesprochen hat. Von diesem Urteil kann ihn kein Mensch auf dieser Welt lossprechen.«

In Gjall tauchte plötzlich die Erinnerung an jenes wahnwitzige Gespräch auf, das er seinerzeit mit Savonarola und Sisotris auf jener waldumkränzten Lichtung des Sperrgebiets geführt hatte, in der ersten Nacht einer fremden Zeit, als würde diese Szene nach den Aufzeichnungen einer Psychoperle wieder eingespielt. Das war der tiefere Grund für seinen Rückschlag, deswegen war er wieder hier gelandet. »Was Shintal tut, kann er selbst im Kern nicht erfassen«, flüsterte die Dunkelheit in ihm mit Savonarolas Geisterstimme zu. »Shintal hatte entdeckt, daß es Wege und Stege gibt, die zu den Kraftfeldern der unsichtbaren Welt fahren – verborgene Energiebrücken. Doch diese Pfade zu begehen ist mit einem haarsträubenden Risiko verbunden. Denn die Schwellen des Reiches der Antimaterie werden von Oszillations-Zerberussen bewacht, die auch Riesensonnen platzen lassen können.

Wenn es aber gelingen sollte, sie zu zähmen, so wie es einst dem Menschen gelungen ist, die tobende Atomkraft in nützliche Arbeitsenergie zu verwandeln ...«

Wenn man sie zähmen konnte ...

Und wenn nicht? Das würde dann bedeuten, daß ...

Sisotris lag stumm da, aber der Blick ihrer weit aufgerissenen Augen ruhte zärtlich und besorgt auf Gjalls Gesicht. Und erst jetzt konnte Hermond Gjall allmählich den Sinn der Worte begreifen, die das Mädchen in jener Nacht gesprochen hatte: »Shintal muß seinen Weg zu Ende gehen. Ihm bleibt nichts anderes übrig. Es war die Natur, die ihn auserkoren hat. Er ist der Befreier. Der tausendmal gesegnete und tausendmal verfluchte! Eine unsichtbare Springflut ist ins Oszillatorium eingebrochen und fegt sie alle hinweg mitsamt der ganzen menschlichen Lebensform! Es gibt kein Hindernis, keinen Damm, um ihr Einhalt zu gebieten! Sie dringt wie Luft durch die Poren der Materie. Man kann sie nicht mehr aufhalten!«

Er spürte Sisotris' eiskalte Handfläche auf seiner Hand.

»Nicht doch«, bat das Mädchen leise. »Ich habe nicht viel Kraft. Die dort oben können gar nichts machen. Nur wir beide! Die Schutzgürtel und das Kontrollzentrum des zweiten Netzes befinden sich hier unten. Doch die Speichereinheiten funktionieren nicht. Die Roboter konnten sie nicht mehr an das obere Netzwerk anschließen, weil ... Dort oben gibt es keinen Strom, keinen Verkehr, keine Wärme, kein Licht, kein Wasser, keine Medikamente. Die Menschen sind nicht fähig, sich zu orientieren. Es fehlt an Ärzten, an Pflegern und an Blutplasma für die Verletzten. Die Organbanken, die Kliniken sind unzugängliche Festungen. Der ganze Kreislauf des auf Technik beruhenden Lebens stockt. Makropolis ist tot, ein schwarz angelaufener Leichnam ...« Dann schwieg sie und rang keuchend nach Atem.

»Ruh dich aus!« flehte Gjall. Was sollte aus ihm werden, wenn Sisotris …

»Nein. Dazu haben wir keine Zeit. Wir beide … du und ich … Du mußt die Kontrolleinrichtungen in Gang setzen!«

»Ich? Wieso ich? Ich … kenne all diese Dinge nicht … Wie und wo soll ich beginnen? Ich habe keine Ahnung, was ich zu tun habe!« Wilde Panik ergriff ihn. Man wollte ihm doch nicht diese ungeheure Verantwortung aufbürden, ausgerechnet ihm, der … Er würde unter der Last zusammenbrechen!

»Ich werde dir beistehen!« Sisotris nahm ihre ganze Kraft zusammen und hob den Kopf vom Kissen. »Ich werde dir helfen!« Dann sank ihr Kopf wieder aufs Kissen zurück.

»Aber du kannst dich ja nicht rühren!«

»Du kannst es! Mit deinen Beinen, mit deinen Händen und mit deinem Hirn … mit deiner Kraft wollen wir es versuchen. Ich werde dich … hier im Liegen … führen. Ich war schon hier unten, als ich noch … zu Studienzwecken, mit den Superioren. Ich kann mich noch gut erinnern. Und was ich nicht begreife … das werde ich aus Shintals und Savonarolas Gehirn abzapfen!«

»Sisotris! Ich bin ein Neuankömmling eures Zeitalters!«

»Gerade deswegen kannst du solche Aufgaben lösen, die wir bereits vergessen haben! … Du hast noch mit den Naturgewalten um deine Existenz gekämpft … mit rohen, menschlichen Emotionen … mit Zähnen und Klauen, *mit deinen eigenen Händen, mit deiner eigenen Faust!* Und auch diesmal wirst du kämpfen … für die Kinder … und für die dort oben!«

Gjall wurde plötzlich von einer tiefen Ruhe durchflutet, die ihn trotz aller Hoffnungslosigkeit mit majestätischer Freude und Verwunderung erfüllte. Mit dieser Rolle hatte er wahrhaftig nicht gerechnet: Daß nämlich er, der primitive Flüchtling des Atomzeitalters in dieser Zivilisation, die turmhoch über ihm stand, so eine bedeutende und wichtige Persönlichkeit werden würde – der einzige Mensch, der zu helfen versuchte und vielleicht auch denjenigen helfen kann, neben denen er sich trotz aller Dankbarkeit so armselig und minderwertig vorkam. Jetzt aber, wo er um sie bangte und sie bedauerte, war er plötzlich mit ihnen auf gleicher Ebene. Es waren keine Fremden mehr, ja, es waren seine Freunde. Er selbst war ausgeruht, stark und kampffähig. Für diesen Augenblick hatte es sich gelohnt, von den Toten aufzuerstehen, selbst angesichts der Gefahr, daß er in den nächsten Minuten zusammen mit Sisotris wieder in jene eisige Finsternis stürzen würde, aus der man ihn geholt hatte.

»Sag mir, was ich tun soll!« sagte er, während er sich über Sisotris beugte.

»Gut so!« seufzte das Mädchen erleichtert. »Hör zu! Aus diesem Raum führt eine einzige Schiebetür zum Flur der Automaten für synthetische Nahrungsmittel. Die anderen Türen sind elektronisch versperrt. Du mußt die Wand dort rechts abtasten … Dann läßt sich die Tür ganz leicht öffnen. Auf diesen halb eingestürzten Stollen ist man vermutlich vor gut hundert Jahren während der Bauarbeiten gestoßen. Muß wohl eine Art Bergwerk gewesen sein, das später zu einem unterirdischen Bergbaumuseum umfunktioniert wurde. Der Stollen ist offen. Der geräumige Eingang liegt in der Nähe der Automaten und ist leicht zu finden. Dort gibt es Werkzeuge, mit denen man vielleicht … Also Lampen, Hacken, Stemmeisen, nicht aus Kunststoff, sondern aus Metall … auch ein Meißel, wenn ich mich richtig entsinne …« Sisotris' Erinnerung setzte für einen Augenblick aus. »O ja. Ich habe das alles gesehen. Hat mich auch interessiert. Oder habe ich bereits vorausgeahnt, daß ... Seinerzeit empfand ich die Dinge entsetzlich, gleichzeitig aber auch romantisch. Ein Meißel – eine uralte Bezeichnung –, Bohrer, Stemmeisen, Handwerkzeug aus Metall, das du ja alles nur zu gut kennst. Wir aber haben seit Jahrhunderten keine solchen Werkzeuge mehr benutzt. Wir haben unsere Hände nicht gebraucht ... nicht auf diese Weise. Die Roboter... sie erledigen alles für uns ... Riss ... Riss hat gesagt: Wenn die Termitenkönigin verletzt wird, so wird alles Leben in einem Termitenhügel gelähmt, weil die Königin das *Gehirn* des Hügels ist. Und auch dieser Menschenhügel dort oben wird ohne den Psychodom untergehen, wenn es uns nicht gelingt ... Makropolis' ganze Organisation ist auseinandergefallen. Sie ... sie haben alles *von oben* durchgeführt und erledigt. Jetzt aber ... jetzt ist eine Bewußtseinsspaltung, eine Art Schizophrenie eingetreten. Das Bewußtsein hat sich vom Unbewußten gelöst. Doch das Unterbewußtsein hat bereits damit begonnen, diese Wunde zu heilen, von innen nach außen, wie dies die Körperzellen bei einer Verletzung tun. ›Es gibt keinen Zauber wider die Natur‹, hat Savonarola einst gesagt – oder ist es Shintal gewesen?

Mag aber auch sein, daß ich diesen Gedanken nur aus ihrem Hirn entwendet habe.« Und Sisotris lächelte wieder einmal ihr typisches, etwas irres Lächeln. »Ist es nicht großartig, daß ich Gedanken stehlen kann? Jetzt werde ich Leben für sie stehlen! Ich werde zur Diebin, allein nur für sie! ... Die Kinder haben Hunger.«

»Sisotris!« Gjall ließ seinen Arm unter den Kopf des Mädchens gleiten und zog sie behutsam an sich, wobei er versuchte, durch seine Körperwärme einen neuen Lebensstrom auf diesen zarten, zerbrechlichen Körper zu übertragen, der sich langsam aber sicher abkühlte. »Hier gibt es noch Licht und Luft. Wie kommt das, da doch ...«

»Dieser Sektor besitzt einen eigenen Stromkreis, allerdings ist er nicht mehr intakt und geschwächt. Auch dieser Kreis läßt sich auf das zweite Hauptsystem umschalten, sonst …«

»Wo ist die Schaltzentrale? Wie komme ich dort hin?«

»Durch elektronische Türsperren. Mit Gewalt. Mit Hilfe der Werkzeuge. Jenseits des Flurs … geradeaus … Drei Türen müssen gesprengt werden, um …«

»Doch womit? Womit, Sisotris? Wo kann ich Sprengstoff, wo kann ich hier Feuer finden?«

»Im … im Museum. Dort gibt es primitive Detonatoren … Dynamit … jawohl. Dynamitstäbe. Vielleicht sind sie noch brauchbar. Es müssen auch alte Feuerzeuge vorhanden sein.«

»Und dann? Selbst wenn es mir gelingt, ins Zentrum einzudringen, kann ich die Geräte und Einrichtungen nicht bedienen!«

»Du wirst mich auf deinen Armen ins Zentrum tragen … Du mit deinen Erinnerungen an gestern und ich in meinem Elend, ein kleines Mädchen, das im Gehirn anderer Leute stöbert … Wir beide, Gjall, du und ich, wir sind die letzten in der Krippe, wir, die minderwertigen Kinder des Unterbewußtseins …« Sisotris ließ ein seltsames Lachen ertönen, das eher an ein Schluchzen erinnerte.

»Ja, also: Am Ende des Flurs im Bergbaumuseum werde ich das Dynamit und die Werkzeuge finden. Ich muß drei Türen aufbrechen, damit wir in den Kontrollraum gelangen können. Rechts befindet sich die Schiebetür, die muß ich ertasten. Verstanden«, wiederholte Gjall.

Wie ein Roboter, in dessen Mechanismus man einen Befehl eingespeist hatte, wie ein Besessener stand er auf und marschierte los. Die eigenen Gedanken sickerten nur wie ein fernes Echo in sein Bewußtsein, ohne ihn jedoch irgendwie zu beeinflussen. »Mag sein, daß ich das alles nur träume.« Kraftlose Gedankenschatten huschten und schwebten durch ihn hindurch, nahmen für einen Augenblick Gestalt an. »Ich liege immer noch im Panzer meiner Eisgruft unter Millionen Tonnen von Felsschutt begraben. Der Psychodom, Makropolis, Riss, Shintal und Konkri sind nur ein Traum. Meine Vorstellung, meine Phantasie treibt eine höhere Menschenrasse in eine sinnlose, unbegreifliche Katastrophe, eine Rasse, die mit ihrer moralischen Überlegenheit und ihrer erstaunlichen Wissenschaft mein Selbstbewußtsein zutiefst verletzt hat. Dies also war meine Rache. Doch nein, das kann nicht sein, das darf einfach nicht wahr sein! Sisotris ist real, ist greifbare Wirklichkeit, greifbarer und wichtiger für mich als alles andere. Wenn es sie aber gibt, so sind auch die übrigen Degenerierten real, die ich getroffen habe. Nun ist Sisotris krank. Ich aber gehöre ja zu ihr, habe mich voll und ganz mit ihrer Vision identifiziert. Und auf diese Weise will ich mit ihr zusammen die Wirklichkeit korrigieren. Ich befolge ihre Anweisungen wie ein Mondsüchtiger. Ich folge ihr aus blinder Überzeugung, weil sie und ich … Zunächst war ich für mich selbst gestorben, einsam und zerrissen, wie ich war. Ich hatte kein Ziel. Jetzt aber bin ich glücklich, weil ich mit Sisotris untergehen darf. Mit Sisotris!« Er spürte, daß er weinte und lachte, doch er kümmerte sich nicht darum. »Ein Mann, der von Ufern einer anderen Zeit in See stach, ein primitiver Urmensch und ein krankes Mädchen …«

Die Kinder weinten. Ihre verzweifelten Stimmen, die nach Nahrung, Wärme und Licht riefen, trieben Gjall wie eine Sturzflut voran. Sollte er die Schiebetür, den Flur und das Museum tatsächlich finden, dann hätte Sisotris recht gehabt und …

In diesem Fieberglanz, der sich immer mehr verdunkelte, tasteten seine Hände über feuchtkalten Kunststoff. Rechts also. Hier irgendwo in der Mitte. Der Boden war eben, also … Dieser Schutthaufen mußte weggeräumt werden. Auch die umgestürzte Liege, die an der Wand lehnte.

Dann glitt die eine Wandseite leicht und lautlos unter seiner Handfläche weg und rollte in die Mauer.

Der ohnmächtige Termitenhügel

Savonarola war längst über das letzte Stadium der Erschöpfung hinaus. Abgestumpft und hoffnungslos pendelte er zwischen Stadtrand und Pflanzengürtel des Sperrgebiets hin und her. Weiter kam er nicht. Barrikaden türmten sich vor ihm auf, strahlendes Licht aus unbekannten Quellen, Farbexplosionen wechselten mit undurchdringlicher Finsternis, blendeten seine weit aufgerissenen Augen – er aber stolperte weiter, hügelauf, hügelab, über Stock und Stein, über grasigen Boden, der mit glitschigen Tentakeln herausragender Wurzeln übersät war, watete durch kiesige Bachläufe, über federnde Straßenabschnitte, wobei er gegen Bäume und Sträucher, gegen lebende und tote Wesen rannte. Er stürzte über Hindernisse, ohne all die Püffe und Schrammen zu spüren, die er sich einhandelte. Ebensowenig merkte er, daß er auf einem Bein hinkte. Er betastete alles, was sich ihm als Hindernis in den Weg stellte, prüfte sämtliche Fußangeln, in die er geriet, und wenn ein Wesen auch nur das leiseste Lebenszeichen von sich gab, wenn es wimmerte oder stöhnte, nahm er es huckepack und schleppte es zur Quelle, die am Rande der Lichtung sprudelte und legte es neben das Feuer, wo sich Shintal und die aufgescheuchten Degenerierten der Patienten annahmen, ihnen zu trinken gaben, Umschläge auflegten, ihre Schmerzen zu lindern versuchten und ihnen gut zusprachen – ohne jeden Erfolg. All die Schwerverletzten, die durch die herumfliegenden Splitter der geborstenen sphärischen Häuser verwundet worden waren, rangen mit dem Tod und wurden alsbald von ihren Leiden erlöst. Sie lagen da, lang ausgestreckt im Lichte der tanzenden Flammen, ein friedliches Lächeln auf den Lippen. Sie hatten es gut, besser als alle andern.

Doch gab es keine Möglichkeit, die Schmerzen der Leidenden zu lindern, auch fehlte es an Verbandszeug. Die ›Pfleger‹ liefen bereits halbnackt herum, hatten ihre kümmerlichen Kostüme in Streifen gerissen, um all die geborstenen, offenen Adern abzuschnüren – dadurch aber wurden die Leiden der Schwerverletzten nur noch verlängert. An eine Operation war überhaupt nicht zu denken, weil es unmöglich war, in irgendwelche Gebäude vorzudringen.

Dafür saßen all die Menschen, die das Unglück nicht auf offenen Straßen oder Plätzen ereilt hatte, in ihren einst so luxuriösen und komfortablen Wohnungen fest, phantasierten und tobten aus lauter Furcht vor Horrorvisionen oder lagen bereits ausgehöhlt, ausgebrannt und halb ohnmächtig unter den Trümmern in der eisigen Finsternis, unfähig, sich selbst zu helfen.

Dort, wo die herabstürzenden sphärischen Häuser die Dächer zerstört und die Fenster eingeschlagen hatten, lagen Leichen zwischen Schutt und Asche. Menschen, von Panik und Visionen getrieben, sprangen aus den oberen Geschossen in die Tiefe.

Die Wärme eines Lagerfeuers, sauberes Quellwasser und natürliche Nahrung waren nur noch in dem kleinen Reservat zu finden, wo die Degenerierten ihr Leben fristeten. Ein Teil der Opfer wurde aus der sterbenden Metropole hierher geschleppt und auf diesem nackten Boden ins verwilderte, spärliche Gras unter alte Bäume und struppiges Strauchwerk gebettet.

Es mußte wohl die letzte Erschöpfung sein, welche all die Gedanken und Fragen, die ins Nichts fielen, blockierte: Was ist aus den anderen Städten geworden? Was geschieht in den weiter entfernten Stadtbezirken, was geht in den unterirdischen Sanatorien vor, die in den Tiefen des Meeres verankert sind, was ist mit den Weltraumstationen? Warum melden sie sich nicht? Warum eilen sie nicht zu Hilfe? Die Verbindung zu den Raumstationen war bereits vor dem Attentat abgerissen, und diese ... Vielleicht wagten sie es nicht, sich dieser Pestbeule von Makropolis zu nähern. Oder geben sie nur deswegen kein Lebenszeichen, weil jeder Ort, der früher im Bereich der Strahlenarme des Psychodoms gelegen hatte, für das giftige Phantasievirus der Hyperioniten über endlose Energiebrücken erreichbar war, und ...

Soeben hob Shintal einen jungen Mann mit gebrochener Schulter näher ans Feuer heran, einen jungen Burschen, der mit blauen Lippen und Schüttelfrost vor sich hinjammerte. Kyrov durfte im gleichen Alter gewesen sein, als er zu Shintal kam: ein ängstlicher Junge mit wachem, durstigem Blick, dem Shintal gegenüber sofort väterliche Gefühle hegte, wie es bei diesem Schwerverletzten hier der Fall war. »Wenn ich wenigstens eine Stirnlampe hätte, wie die Roboterpfleger oder auch nur eine einfache altmodische Taschenlampe, wie sie zu Hunderten in den Museen zu finden sind«, dachte Shintal. Doch wieso hätte er es nötig gehabt, solch vorsintflutliches Gerät mit sich herumzuschleppen, wo doch Finsternis, Unsicherheit und Angst schon vor Jahrhunderten aus ihrem Leben verbannt worden waren?

Aber hatten sie die Finsternis wirklich vertrieben?

Er rückte ein Stück, um der nackten Nonne Platz am Feuer zu machen, auf deren Kopf immer noch die zerzauste Haube saß. Sie schleppte auf den Armen eine ältere Frau mit blutender Stirn herbei, legte sie auf den Boden und versuchte dann, der Ärmsten ein kaltes

Kartoffelstückchen in den Mund zu stecken, doch die Verwundete wandte sich mit Abscheu ab.

Es war schon seltsam. Diejenigen, die einen echten, wühlenden Schmerz empfanden und mit aller Kraft um ihr eigenes oder um fremdes Leben kämpften, hatten anscheinend den verderblichen Zauber der Hyperioniten abgewehrt. Vielleicht …

Doch nein. Der apokalyptische Zirkus fuhr fort, seine geisterhaften Produkte auszuspeien.

Aus den Vulkanen der Sperrzone stiegen Riesenreptilien, schuppige Urwesen mit Hahnenkamm und hervorstehenden Augen in den Dschungel auf, der über dem Horizont wucherte. Auf die Farne, die aus dem dampfenden Boden schossen, fiel der Schatten gigantischer Flugsaurier mit ledernen Flügeln. Doch dieses unwahrscheinliche, widersprüchliche Bild wurde erst durch jene Hochebene endgültig zum Alptraum, die wie eine scharfe Messerklinge blitzte, wo aus überdimensionalen Metallkugeln künstliche Strahlen blitzten und diese kugelförmigen Gebilde kleinere, identische Kügelchen und Blasen absonderten, so als würde sich eine Riesenzelle teilen, als würde es sich nicht um eine Art phantastischer Raumschiffe, *sondern um Lebewesen handeln.*

Jetzt humpelte Savonarola wieder über die Lichtung, auch diesmal schwer beladen. Er kniete erschöpft nieder und versuchte vorsichtig, jenes merkwürdige Gebilde von den Schultern gleiten zu lassen, diese stumme, hilflose, ohnmächtige Gestalt, in der aber noch Leben sein mußte, sonst …

»Hilf mir!« stöhnte er zähneknirschend.

Shintal zog den Jungen mit der gebrochenen Schulter von seinem Schoß.

Sie legten das Wesen, das wie eine Mumie in einer Hülle steckte, keuchend und vorsichtig ins Gras und merkten erst jetzt, daß sie die Figur versehentlich aufs

Gesicht gelegt hatten. Die dunkle Hülle war an keiner Stelle geborsten. Sie zeigte die Konturen eines breiten, kräftig gebauten Menschen. Nun drehten sie die ›Mumie‹ um. Die Vorderseite wies knotige Wülste und kristallartige Flächen auf, die wie Glimmerspat schimmerten. Shintal legte die Hand auf eine Stelle, wo er die Herzgegend vermutete und spürte ein leises Pochen. Das Wesen, was immer es auch sein mochte, mußte aus dieser Hülle befreit werden, sonst würde es ersticken!

Ihre Beklemmung nahm immer mehr zu, während sie die vibrierende, röhrende Mumie hin und her drehten. Das Wesen gab seltsame, wimmernde Töne von sich, jammerte wie ein Wickelkind vor sich hin, dann aber, plötzlich und unerwartet …

Ein kleines, mürbes Stück der Hülle löste sich und kullerte näher ans Feuer heran. Kleine Fühler wurden ausgefahren, die den Härchen einer Amöbe glichen. Das Wesen aber stellte sich auf diese Spinnenbeine und verschwand blitzschnell im dunklen Gestrüpp.

Shintal vernahm das Geräusch eines stürzenden, schweren Körpers. Savonarola lag ohnmächtig im Gras.

»Besser so«, sagte Shintal, während er den Kopf seines Sohnes in seinen Schoß bettete. »Er hat diese Ohnmacht redlich verdient. Möge er nie mehr aus ihr erwachen!«

Lebende Statuen

Shintal wachte und wartete auf die Morgendämmerung. Dies war sein Urteil. Nun hatte er keine Angst mehr, da er auf nichts mehr hoffte.

Zu seinen Füßen lagen die Bruchstücke der Hyperioniten-Masse – oder vielleicht auch nur ihrer geronnenen Projektion, zusammengesunkene, zähe Trümmer der Sehnsucht, die nichts aber auch gar nichts über diese seltsamen Geschöpfe verrieten. Zwar hatten sie sich in dieser Materie, in diesem Schutt offenbart, doch ihr Wesen blieb nach wie vor unbegreiflich.

Er beugte sich näher über dieses vibrierende Wesen, das in leichten Wellenbewegungen pulsierte.

Auf diese Oberfläche, die sich von Minute zu Minute veränderte, fiel der erste rötliche Strahl der aufgehenden Sonne.

Sollte er mit der Zivilisation seines Zeitalters untergehen, ohne daß sein Verstand je in irgendeinen Kontakt mit diesen Wesen oder Erscheinungen treten würde, die laut Definiator Hyperioniten, also eine Art Abkömmlinge des Helios und der Titanen und daher von höherem Rang und feinerer Struktur waren als die Materie: weder gut noch böse, nur eben *anders;* und daß die abweichenden Gesetze ihres Daseins, ihrer Lebensform jene Katastrophe auslösen würde, die wie ein Weltuntergang über den Menschen hereinbräche.

Nur über den Menschen?

Erst wollte er seinen Augen nicht trauen. Doch kaum hatte ihn der Zweifel überkommen, war jenes *Etwas,* das er erblickt hatte, von der dunkelvioletten

Oberfläche verschwunden. Dieses Etwas hatte vor ihm Gestalt angenommen, so wie die menschliche Phantasie in Tapetenmustern, im Adergeflecht verknoteter Baumkronen und Äste oder in Wolkenformationen verschiedene artistische Gebilde zu erkennen glaubt. Mit zunehmender Erschöpfung, als sein Bewußtsein in eine Art Benommenheit hinüberzudämmern begann, trat diese Form, die durch die seidige Oberfläche hindurchschimmerte, immer deutlicher hervor – *ein großes, weit aufgerissenes menschliches Auge, von drängender, flehender Furcht erfüllt.*

Und diesmal verschwand es auch dann nicht mehr, als Shintal ganz genau hinschaute. So viel qualvolle Traurigkeit, so viel Bestürzung, solche Angst hatte er noch nie in den Augen eines Menschen erblickt.

Freilich durfte dies alles nicht wahr sein. Es waren *seine* Gedanken, die er auf das Ding projizierte, das Spiegelbild seines eigenen Zustandes, das er betrachtete; Trugbilder, Plastiken der Phantasie, nichts weiter.

Die Wülste auf der violetten Oberfläche waren plötzlich zu flehenden Gesichtern geworden, die sich Wange an Wange drängten. Es wimmelte von Augen, die vor unaussprechlichem Mitteilungsbedürfnis fast aus ihren Höhlen sprangen, als wäre das Wesen, das sich hinter ihnen verbarg, am Ersticken.

»Was ist es nur, wovor sie sich fürchten?« hatte Shintal – vielleicht vor Jahrtausenden – seinerzeit im Oszillatorium den Definiator gefragt, als dieser elektronische Analysator plötzlich Alarm schlug.

»Vor dem Zwang der erstarrten Formen«, hatte das Elektronengehirn geantwortet. »Vor der Grabkammer der Materie. Die Einschränkung ihrer ständigen Verwandlung empfinden sie als Krankheit, das Erstarren bedeutet für sie, lebendig begraben zu sein. Ein Dasein, das an eine einzige Gestalt, an eine einzige Form gebunden ist, droht sie zu ersticken, ist die reinste

Hölle für sie!« – »Sie sind im Verdichtungs- und Filtersystem des Oszillatoriums hängengeblieben, zappeln im Netz der menschlichen Lebensform – lauter Phantasievögel, die in Zement gestürzt sind!«

Warum hatte er seinerzeit überhaupt gefragt, wovor sich die Hyperioniten fürchten, wo er noch vor einem Augenblick dies gar nicht vorgehabt hatte? Denn er wollte etwas ganz anderes erfahren, etwas viel Wichtigeres, die Antwort auf eine Frage, die ihm unter den Nägeln brannte.

Die Frage war plötzlich und unerwartet in ihm aufgetaucht, als wenn jemand *durch ihn hindurchgegangen wäre,* in jenem Augenblick, als das Alarmsignal der Maschine noch einmal wie ein langgezogener Schrei, wie ein Hilferuf ertönte.

Konnte es sein, daß ihn damals etwas *Wesentliches* berührt hatte, daß er wie jetzt zu einer Art Leitung, zu einer Übermittlungsstelle für einen gewaltigen, fremden Gefühlsstrom geworden war?

Shintal streckte instinktiv die Hand aus und versuchte, diese violette Masse zu greifen. Doch sie wurde plötzlich schwerer, nahm immer mehr an Gewicht zu. Nun war sie nicht mehr gallertartig und durchsichtig, eher dicht und fest, wie trocknender Zement.

Shintal ließ die flache Hand unter diese Masse gleiten und versuchte sie anzuheben, aber es wollte ihm nicht gelingen. Sie wurde von Sekunde zu Sekunde schwerer, obwohl er es eben noch fertiggebracht hatte, das Wesen umzudrehen. Jetzt aber war es tief ins Gras gesunken, hatte sich so tief eingegraben, daß es der Boden kaum noch tragen konnte.

»Indem sie sich selbst vernichten, werden sie auch die ganze Erde vernichten!«

Damals hatte er gemeint, daß er nicht mehr darüber erfahren könnte, was geschehen war. Jetzt aber …

Über die menschlichen Hüllen und die schrumpfenden basaltähnlichen Dinge, die auf der Lichtung herumlagen, ergoß sich das Morgenlicht der aufgehenden Sonne. Aus den Nebelschwaden tauchte die starre, unbewegliche Ruine des Psychodoms auf. Und auf dem ganzen Gelände, so weit das Auge reichte, lagen, standen, reckten sich jene fremden Formen und Gestalten, die sich in Materie und Farbe deutlich von ihrer Umgebung abhoben. Komprimierten Symbolen gleich stellten ihre glänzenden, glitzernden, geborstenen Flächen und Formen synchron eine ganze Kette von Ereignissen dar, als hätte man Jahrhunderte aus der Geschichte der Menschheit fortlaufend Schicht für Schicht übereinander kopiert. Doch diese Plastiken, die in einen andersartigen Raum, in eine andere, fremde Zeitdimension hineinragten – diese Plastiken *lebten!* In ihnen pulsierte und hämmerte ein eingemauertes, leidendes Leben. Ihr Kerker wurde immer undurchdringlicher. Aus den feinen Schwingungen der Phantasie wurden sie zu einer festen Materie komprimiert. Um einen Kern winziger Ideensamen hatte sich der harte Panzermantel titanischer Tropfstein-Statuen gelegt. Zwar spiegeln diese Figuren in großen Zügen noch die ursprüngliche Form wieder, sperrten sie aber gleichzeitig in ein enges Verließ.

Dieser Vorgang verwandelte den Dunst flüchtiger, leichter Träume in eine tonnenschwere Last.

Zu seinen Füßen, direkt neben seinem Knie lag ein schwarzvioletter Klumpen. Er bückte sich und wollte den Klumpen aufheben, aber der war nicht zu bewegen, als wäre er am Boden festgenagelt. Nun versuchte er es mit Gewalt, und als sich das Ding endlich vom Boden löste, ließ er es gleich wieder erschrocken ins Gras fallen. Dieses kaum nußgroße Steinchen hatte zentnerschwer in seiner Hand gelegen. Dieses Gewicht, dieses unvergleichliche Gefühl der Schwere stieß ihn derart vehement ab, daß ihm dabei fast übel wurde. Denn das, was er festzuhalten versuchte, war nicht nur eine unerträgliche Last, sondern auch eine *menschenfeindliche fast pathologische kinetische Energie.*

Es war eine Energie, die den Gesetzen eines anderen Lebenssystems gehorchte, die zwar in die Dimension der Materie eingedrungen war, *doch auch diese Dimension wie ein rasender, vorbeihuschender Komet durchquert hatte.* In der Zeitverkürzung, im Hyperraum hatte die Materie sie umhüllt, wobei ihre subatomaren Teilchen immer komplizierter wurden und sich immer mehr jenem Punkt näherten, wo sie die Obergrenze der Verdichtung erreichen würden. Dann allerdings …

Irgendwann um das Jahr 2000 hatte W. Charon, ein bekannter Dimensionsphilosoph, jene These aufgestellt, die besagt, daß die Materie, sobald sie einen gewissen Verdichtungsgrad erreicht hat, ihre Atome in alle Winde zerstreut. Diese These wurde von dem ebenso bekannten Atomphysiker Soilov durch seine Experimente auf der marsianischen Raumstation verifiziert. Seine Entdeckung beleuchtete auch die Natur und die Beschaffenheit der sogenannten Pulsare, der ›Neutronen-Sterne‹, deren verhältnismäßig geringes Volumen eine gewaltige, geballte Energie barg, aus einer phantastisch dichten Materie bestand und im Weltraum wie eine riesige Wasserstoffbombe flackerte. Doch sobald der nukleare Treibstoff verbraucht war, mußte ein solcher Stern explodieren.

Soilovs Versuch und die spätere Analyse der Elementarteilchen dieses kosmischen Kataklysmus ließen keinen Zweifel mehr daran, *daß jedes Bruchstück des violetten Drachen zu einer Superbombe mit Zeitzünder akkumulieren würde und dies mit unberechenbarer Geschwindigkeit!*

Ihr Volumen wurde unentwegt reduziert, ihre gewaltigen, blasenartig aufgetriebenen Formen trockneten über ihren kreativen Phantomkernen ein und wurden zu einer explosiven Ladung von ungeheurer Sprengkraft. Und sie waren pausenlos aktiv!

Diese von tödlichem Leben erfüllten Statuen aber waren überall: in den Städten, in den Villen, auf dem Gelände des Psychodoms, im Sperrgebiet, in den unterirdischen Energiezentralen, in den Unterwasser-Sanatorien, in diesem Waldgürtel und wahrscheinlich auch in den Raumstationen. Als er die drohende Gefahr blitzartig erkannt hatte, wurde ihm gleichzeitig auch bewußt, daß er trotz allem im Unterbewußtsein die vage Hoffnung gehegt hatte, ein Wunder würde geschehen und die Dinge vom toten Punkt der Vernichtung wegrücken. Der aus dem Kosmos kommende Hitze- und Lichtkontakt würde den Selbsterhaltungstrieb des Menschen neu motivieren. Die scheintoten Roboter wurden zu neuem Leben erwachen. Die Vibration der techno-psychologischen Zivilisation würde mit leisem Pulsschlag wieder in Gang kommen, diese Zivilisation, welche von der Allianz zwischen kreativer Vernunft und elektronischen Maschinen angetrieben wurde. Jetzt aber …

Nun wollte er nicht mehr länger wachen. Wozu auch?

Er konnte nicht wissen, ob es noch Tage oder nur noch Stunden dauern würde, bis die intelligenten Lebewesen dieser Erde und ihre Kulturgüter in einer globalen Kettenreaktion einer riesigen pilzförmigen Wolke in den Kosmos hinauskatapultiert werden würden – mitsamt den Hyperioniten, die zunächst ihre Gefangenen, dann ihre Besatzer und schließlich ihre Henker waren. Ihre Materie, ihre Beschaffenheit ließ sich selbst in dieser ihrer Erscheinungsform nicht analysieren. Doch selbst wenn die entsprechenden Instrumente zur Verfügung stehen würden, wären keine Erfahrungswerte, wäre kein präzises statistisches Material über die Dauer und die zeitliche Begrenzung dieses Vorgangs vorhanden.

Mag sein, daß dieses Kataklysma den ›violetten Drachen‹ aus seinem Kerker befreien würde. Die Menschheit allerdings …

An diesem Punkt angelangt, ließ sein Gehirn den glühenden Draht seiner Gedanken mit Entsetzen los. Shintals Bewußtsein versank in der Dunkelheit finsterer Gewässer. Es wurde düster, und um ihn herum herrschte gespenstische Stille: die Stille des Nichtseins.

Plötzlich spürte er, wie ihn irgend jemand an den Schultern packte und ihn hastig wachzurütteln versuchte. Seine erste Reaktion war, den Störenfried abzuschütteln.

»Shintal!«

Er aber schlug die Hände vors Gesicht, wie einer, der noch hoffte, seinem Schicksal zu entgehen.

»Professor Shintal!« Die exaltierte Stimme hörte sich auf törichte Weise triumphierend an.

Shintal blickte etwas benommen und unwillig auf. Das Gesicht von Hermond Gjall, dem Zeitreisenden, neigte sich so tief über ihn, daß sich ihre rußigen, schweißbedeckten Stirnen fast berührten.

»Was … was wollen Sie? Wie kommen Sie hierher …?«

Zuerst spürte er nur das leise Beben, den Herzschlag der lebendigen Erde. Dieses Schwingen und Beben hatte seinerzeit zu den gewohnten Geräuschen der Stadt gehört, dieses Vibrieren, das man kaum wahrgenommen hatte, solange der Corpus dieser Welt noch intakt war. Erst dann, als dieses pulsierende Geräusch aufgehört hatte, war jene eisige Stille ins Bewußtsein gedrungen, diese entsetzliche Stille, die sich nach der Tragödie eingestellt hatte.

Shintal schaute über Gjalls Schulter hinweg und erblickte die elektronischen Sanitäter mit ihren Bahren. Soeben hatten sie den Jungen mit der gebrochenen Schulter aufgelesen und waren dabei, ihn zu ihrem

Rettungsfahrzeug zu transportieren, das auf der Lichtung stand. Die alte Frau mit dem blutigen Kopf, die nackte Nonne und die übrigen Verwundeten waren nirgendwo zu entdecken. Auch die Toten waren wie vom Erdboden verschwunden.

War er allein hier zurückgeblieben?

Nun wandte er seinen Blick diesen tiefschwarzen, erstarrten, abstrakten Statuen zu, die kantig, verwinkelt und spitz zum Himmel emporwuchsen und aus denen lange Tentakeln wie tastende Fühler herausragten. Die Statuen aber versanken immer tiefer im Boden, während das durchsichtige Blau des Himmels und der Sonnenschein immer mehr verblaßten, *sanken mit unvorstellbarer Geschwindigkeit in sich zusammen.* Wer weiß, wann ihre Konzentration den kritischen Punkt erreichen würde, wo dann …

»Savonarola!« rief er und sprang auf die Füße. »Was ist mit ihm geschehen?« Er packte Gjall am Arm, der ihn verwirrt und verständnislos anstarrte.

»Er ist schon längst wieder munter und topfit. Im Augenblick befindet er sich in der unterirdischen Kommandozentrale«, brachte der Zeitreisende stotternd hervor. »Nun ist er derjenige, der bestimmt und regiert, weil Sisotris …«

Shintal aber hörte seine letzten Worte nicht mehr, er rannte auf die unterirdische Transporterkabine zu.

Windschatten

Sisotris lag mit halb geschlossenen Augen in ihrem separaten Abteil, wohin sie die Roboterpfleger auf Savonarolas Befehl aus dem Kontrollraum gebracht hatten.

So waren es nicht allein die stärkenden Strahleninjektionen, die frische, ozonreiche Luft und das grüngoldene Licht, die sie in einen stillen Rausch versinken ließen. Dieser nie gekannte Zustand eines inneren Gleichgewichts, die Befreiung von allen toxischen Elementen – all diesen Umständen war es zu verdanken, daß sich Sisotris endlich entspannen konnte. Und noch etwas kam hinzu: Was sie mit Gjalls Hilfe fertiggebracht hatte, indem sie sich mit ihm identifizierte, war ein wichtiger Bestandteil der in ihr selbst ruhenden Vollkommenheit, die aber nur im Einklang *mit den anderen Dingen* zu einer solch göttlichen Symmetrie werden konnte.

So kam es, daß sie diesen seltsamen Strom in sich immer wieder mit neugieriger, zauberhafter Freude berührte, dessen sanfte Schläge stimulierend gleich einem Lebenselixier durch ihre Nervenbahnen strömten. Sisotris versuchte, sich diesen Mann vor Augen zu führen, der sich, aufgewühlt zwar, aber dennoch irgendwie erhaben um sie bemüht hatte. Wie sehr hatte er sich doch inzwischen an ihrer Seite auf fast naive Weise verändert, sich manchmal so ungeschickt, so tapsig und so linkisch benommen! Jeder andere hätte ein solches Benehmen unzeitgemäß, vielleicht sogar komisch empfunden – Sisotris aber war so tief gerührt, daß sie bereit war, ihn vor seinen Zeitgenossen mit ihrem eigenen Leib zu schützen, damit man ihn nicht auslachte, wenn er endlich nach mancherlei Anstrengungen und Bemühungen in der Gegenwart landete. Sie hatten einfach kein Recht dazu! Schließlich hatten sie es nicht ihrer eigenen Wissenschaft, sondern Gjall zu verdanken, daß sie überlebten, daß sie weiterleben würden! Ohne den Zeitreisenden, den man aus der Vergangenheit geholt und zu neuem Leben erweckt hatte, wäre jener Kontakt nicht zustande gekommen, der den Blutkreislauf im Körper dieser Erde wieder in Gang gebracht hatte. Auch sie, Sisotris, hatte nichts weiter zur Verfügung, um ihm zu helfen, als jenes Gedankenradar, das die Dimensionen fremder Gehirne abtastete – und ihren Kopf.

Ohne Gjall hätte auch sie nichts erreicht.

Was mußte man alles anstellen, um Gjall zu bewegen, das Unmögliche zu wagen! Seine Unwissenheit war dabei ein wesentlicher Faktor, ebenso seine Gewißheit, die über jeden Zweifel erhaben war, daß alles gelingen würde, was immer er in Angriff nähme, ohne die haarsträubende Unmöglichkeit seines Vorhabens zu erkennen – weil er nicht vorbelastet war, und all die Schwierigkeiten, Fakten und Gefahren nicht überblicken konnte, gegen die er ankämpfen mußte. Jeder andere dekadente, verweichlichte, verwöhnte moderne Mensch wäre vor einem solchen Risiko zurückgeschreckt –, welches nicht die geringste Chance eines Erfolgs in sich barg. Bei Sisotris' Zeitgenossen, vielleicht auch bei ihr selbst, war der Selbsterhaltungstrieb geschrumpft, war vielleicht sogar bereits ausgestorben, da die Menschen nicht mehr über jene natürlichen Reflexe verfügten, um sich bis zum letzten Atemzug zu wehren.

Denn der Mensch der techno-psychologischen Kultur war zwar in gewisser Hinsicht auf fast bedrohliche

Weise über sich hinausgewachsen, hatte aber in mancher Beziehung schrecklich nachgelassen.

Zweifellos aber bedeutete es für Gjall einen mächtigen Auftrieb, sich selbst bestätigen zu wollen und auf geistiger Ebene denjenigen ebenbürtig zu werden, die ihn mit ihrem Wissen um ein Haar am Boden zerstört hätten. Auch er war einst eine Koryphäe einer längst versunkenen Epoche gewesen. Dies war auch der Grund, warum man ihn seinerzeit kyberniert hatte. Doch in seinem Jahrhundert war die Seele noch ein wenig erschlossenes, geheimnisvolles Territorium. Also konnte Gjall nicht anders sein als seine ehrgeizigen Zeitgenossen, die in ihrer gestörten Instinktwelt gefangen waren.

Sisotris wußte genau, daß sie um jene Energiequelle, die ihr und Gjall den wichtigen Treibstoff lieferte und jene Zauberkraft spendete, die für dieses irrsinnige Abenteuer, für diese großartige Tat erforderlich war – daß sie um diese Quelle herumging wie die Katze um den heißen Brei.

Warum sie benennen, warum ihr einen Namen geben? Es gab keine Erklärung, keine Definition, die in den Rahmen der verfügbaren, tausendmal verschlissenen Begriffe paßte.

Hier ging es um etwas Neues, um ganz andere Dinge, von denen in dieser Epoche bedauerlicherweise keiner mehr Ahnung hatte.

Sisotris aber lächelte vor sich hin.

Gjall war naiv und stark, ein primitiver Märchenheld, ein Heiliger und Drachentöter zugleich: Dies war das große Geheimnis, das er in sich trug, das einzige was zählte, und daher unentbehrlich. Diese Eigenschaften trugen dazu bei, die aufgerissenen Wunden ihres Mangelgefühls zu heilen, die sie so krank gemacht hatten, bis dann endlich jene Katharsis eintrat, die …

Gjall konnte alles mit Licht erfüllen, alle Lasten von ihr nehmen und ihr ganzes Wesen befruchten, weil er unschuldig war wie ein Kind. Sisotris hatte sich nichts sehnlicher gewünscht als ein Kind, ein solches Kind. Gjall aber …

Gjall aber wußte, daß er bei all seinen Versuchen und Ansätzen stets bestrebt war, irgendeinen Gegenstand seiner Verehrung zu finden, hatte er doch die heißen Wortperlen des ägyptischen Urmythos' in seinem Gedächtnis und in seinem Herzen bewahrt, jene erhabenen Gedanken, die stets dem Menschen, aber auch nur demjenigen gehörten, der einen anderen heißer und inniger liebte als sich selbst:

»Isis ist Osiris' Schwester, Mutter und Gattin zugleich.«

Sisotris machte die Augen zu, um diese schrecklich schönen, erhabenen Worte zu genießen und in sich aufzunehmen, diesen herrlichen Text, den sie aus den Erinnerungen dieses Mannes ausgegraben hatte:

Lege mich als Siegel auf dein Herz
und auf deinen Arm.
Denn die Liebe
ist stark wie der Tod.

Sie bemerkte gar nicht, als Gjall in ihr Zimmer trat. Es war der Wellenschlag seiner Erregung, der sie weckte, so daß sie sofort hellwach war.

Gjall stand am Fuß der Liege, immer noch in seinen lumpigen, verrußten Morgenrock gehüllt, mit wirrem Haar, eine lange Schramme auf der linken Backe, über der das Blut bereits geronnen war. Er hatte die Hände gefaltet, da seine Finger zitterten, so wie er am ganzen Körper bebte. Noch konnte sie nicht begreifen, was es war, das sich hinter seiner Angst verbarg. Im Augenblick aber war nur eins wichtig, nämlich daß sich Gjall beruhigte.

»Hab keine Angst«, sagte Sisotris. »Komm an meine Seite.«

Gjall gehorchte und trat näher an Sisotris heran.

Sie streckte die Arme aus und zog ihn zu sich herab. Gjalls müde Beine knickten ein, und wieder einmal kniete er neben Sisotris, während er seine Stirn auf ihre Bettdecke legte.

»Was war es, was dich erschreckt hat?«

»Ich weiß nicht«, flüsterte Gjall. »Irgend etwas geschieht … irgend etwas, das ich nicht begreife. Shintal ist vor mir davongelaufen. Er und Savonarola haben sich im Kontrollzentrum eingeschlossen. Shintal ist vollkommen zusammengebrochen … und hoffnungslos.« Er hob den Kopf, und der Blick seiner Augen, der an den Blick eines weidwunden Tieres erinnerte, traf Sisotris mitten ins Herz. »Plötzlich hatte ich das Gefühl, daß alles vergebens war, all das, was wir beide, du und ich …«

»Ohne dich hätte ich nichts erreicht!« sagte Sisotris, und ihre Stimme klang fest und entschlossen. »Und die anderen auch nicht. Sollte es gefährlich werden, dann werden sie schon für Abhilfe sorgen. Das Leben ist ein Wunder! Und solange wir existieren, wird das Wunder stets ein natürlicher Zustand unseres Lebens sein.«

Im selben Augenblick aber, wo sie diesen Satz ausgesprochen hatte, glaubte sie selbst nicht mehr daran, was sie soeben gesagt hatte. Eigentlich war diese Aussage als eine Art Zauberspruch gedacht, eine Beschwörungsformel, wie man sie gelegentlich verwendet, um kleine Kinder zu beruhigen. Diese Aussage, die fast einem Glaubensbekenntnis gleichkam, ließ sie erst dann zurückschrecken, auf ihr dringendes Rufzeichen sich jener wohlbekannte Strom wieder in ihr Bewußtsein einschaltete, der die beiden Männer, die im Kontrollzentrum beratschlagten, mit schier hilflosem Entsetzen erfüllte. Außer diesen beiden war es nur sie allein, die davon Kenntnis nahm. Sie konnte jene Gefahr deutlich voraussehen und ablesen, welche sämtliche Anstrengungen des Menschen von vornherein hoffnungslos zum Scheitern verurteilte.

Nur keine Panik! Auch Gjall darf nicht einmal ahnen, daß …

Sollte jenes Ereignis eintreten, vor dem selbst Shintal aus gutem Grund Respekt hatte, konnte ihn die unvermeidliche Katastrophe unvorhergesehen, gewissermaßen im Schlaf ereilen. Immerhin, so miteinander, Seite an Seite … auch dies wäre ein Geschenk des Schicksals.

»Setz dich her zu mir auf die Liege«, bat sie sanft.

Gjall aber, mit seinen unruhigen, forschenden Augen merkte sofort, daß Sisotris' Blick wieder einmal in die Ferne schweifte, daß sie wieder einmal mit jener auf unendlich eingestellten Aufmerksamkeit in sich hineinschaute, die ihn bereits früher befremdet hatte. Nun ließ er sich auf dem Rand der Liege nieder und beugte sich näher zu Sisotris hinab.

»Müssen wir auf etwas warten?« fragte er immer noch verwirrt, weil Sisotris noch immer nicht ganz bei ihm war. Sie durchstreifte irgendwelche fremde Gefilde, wohin er ihr nicht folgen konnte.

»Ja, wir müssen warten«, nickte Sisotris. Jenes Lächeln, das um ihre Lippen spielte, verwelkte nicht, wurde nur auf seltsame Weise zärtlich und resigniert, als ob …

»Wo schaust du hin? Was hast du von ihnen erfahren?! Ich bin wieder einmal ausgesperrt. Laß mich nicht allein!«

Sisotris wurde plötzlich klar, daß man vor Gjall die Wahrheit nicht ganz verheimlichen konnte. Man mußte ihn zumindest teilweise einweihen, sonst würde er merken, daß …

»Ich laß dich nicht allein. Denn jetzt gilt es, allerhand

zu erledigen – wir haben Verwundete und Tote in Massen. Shintal aber glaubt, für das Leben jedes einzelnen persönlich verantwortlich zu sein. Es fällt uns schon schwer genug, die Allgegenwart eines sinnlosen, gewaltsamen Todes zu verkraften. Was uns aber noch mehr belastet, ist die Tatsache, daß wir ungewollt eine solche Katastrophe heraufbeschworen haben.« Gjall benahm sich wieder wie ein trotziger kleiner Junge, den man nach Strich und Faden beleidigt hatte. Warum und wieso? Was störte ihn an dem, was sie ihm gesagt hatte?

»Wir waren auch nicht unbedingt Barbaren«, sagte Gjall mit kühlem, straffen Gesicht. »Auch unter uns hatte es welche gegeben, die …«

»Ich weiß, Gjall, ich weiß! Auch du wärst durch die Wunden anderer verblutet, wie Shintal …« Wenn nur diese widersprüchlichen Gefühle nicht gewesen wären, die ihr schier das Herz abdrückten: Das Mitleid mit Shintal und die leidenschaftliche Zärtlichkeit, die sie dem hilflos ausgelieferten schwachen Gjall gegenüber empfand, der ihr wichtiger war als alles auf der Welt. Ein einziger Augenblick mit ihm bedeutete mehr als jahrhundertelange Einsamkeit.

»Es gibt aber nicht nur schlechte Nachrichten«, setzte sie schnell und eifrig hinzu. »In den anderen Städten Terras und in den Unterwasser-Sanatorien ist der Schaden und der angefallene Schutt, der weggeräumt werden muß, viel geringer als …«

»Was für ein Schutt?« Gjall war von empfindlichem Mißtrauen erfüllt.

»Die … die Reste des violetten Drachen. In diesen Wesen, die mit rasantem Tempo zusammenschrumpfen, wobei sie immer dichter und schwerer werden, läuft ein unbekannter Prozeß ab. – Welch ein Unfug, sich vorzustellen, daß sie all das, was sie wußte, vor Gjall verheimlichen könnte! – Die Auswirkungen und die Dauer dieses Prozesses lassen sich nicht genau berechnen. Selbst Shintal kann es nur vermuten. Darum müssen wir diese ›lebenden Statuen‹ an einen Ort bringen, wo sie das Leben an der Oberfläche nicht mehr bedrohen können, und …«

»Gibt es viele solche Statuen?«

»Eine ganze Menge.«

»Wie also wollt ihr sie dann zusammenklauben und wegbringen?«

»Dank deines Einbruchs in die unterirdische Kommandozentrale sind unsere Robotermaschinen voll einsatzfähig. Nicht nur die elektronischen Pfleger sind einsatzbereit, sondern auch der komplette Dienstleistungsbetrieb, wie etwa Fehlersuche, Reparaturdienst, Hebedienst und Transport. Diese präzisen und schnell reagierenden Mechanismen werden das gefährliche Material aufspüren und einsammeln. Kein Bröckchen, auch nicht der kleinste Splitter wird ihnen entgehen. Auch unsere Gravitationszentrale, welche die Erdanziehung regelt, funktioniert wieder. Der Transport wird von riesigen Hebekränen mit Hilfe der Antigravitation durchgeführt, sonst …«

»Was sonst?«

»Sonst könnte man diese Trümmer gar nicht bewegen, weil ihre Dichte und damit ihr Gewicht dauernd zunimmt.«

»Demnach also …« Eine seltsame Ruhe ging auf Gjall über.

»Dies ist dann wohl nur ein Plan, nicht wahr?«

»Ein Plan, der sich bereits im Stadium der Verwirklichung befindet. Shintal und Savonarola …«

»Glaub ja nicht, daß ich nicht weiß, worum es geht. Ich kenne W. Charons Theorie und die Experimente Soilovs nur zu gut, habe mich eingehend damit beschäftigt.« Er legte seine Hand auf Sisotris' Hand wie jemand, der plötzlich erwachsen geworden war. »Du darfst nicht vergessen, daß ich in einer Epoche des frühen Atomzeitalters geboren wurde, die von mancherlei Kontroversen erfüllt war. Unsere Atomphysiker hatten bereits seinerzeit wertvolle Versuche durchgeführt, hatten das Verhalten der Elementarteilchen im Verlauf gewisser Prozesse beobachtet. Soviel ich weiß, haben diese grundlegenden Entdeckungen ihre Gültigkeit bis heute bewahrt, denn auch Riss und Konkri haben sich darauf berufen. Zweifellos haben wir seinerzeit die Kernenergie nicht nur entdeckt, sondern auch mißbraucht. Und seit Soilov zweifelten wir auch nicht mehr daran, daß, sobald die Materie die äußerste Grenze ihrer Verdichtung erreicht hat …«

»Also gut, in Ordnung«, meinte Sisotris müde. »Mag sein, daß wir auf eine Explosion warten. Doch bis dahin kann noch viel geschehen.«

»Wo will man diese ungeheure Masse hinbringen?«

»Vor etwa fünfzig Jahren tauchte aus dem Atlantik eine Vulkaninsel auf: Surayana. Die Insel sieht aus wie ein versteinerter Urwald. Seit dieser Zeit breitet sich die Insel ständig aus, wächst und türmt sich auf wie ein Wolkenkratzer. Ihr Trockengebiet beträgt bereits an die zwanzigtausend Quadratkilometer. Nur jenes Leben, das aus den Tiefen des Meeres emporsteigt und sich dort einzurichten sucht, traut ihr noch – wir Menschen aber nicht mehr. Eine wild wuchernde Vegetation versucht sich über die Insel auszubreiten. Doch das ewig hervorbrechende glühende Magma und der heiße Schlamm trampeln sie immer wieder nieder und verbrennen sie zu Asche. Die Insel ist aber von jeder menschlichen Siedlung meilenweit entfernt.«

»Die Frage ist also, wann …«

»Ja, das ist die Frage.«

Epilog

Einen Augenblick lang dachte Gjall an einen Alptraum. Die Tür glitt in die Wand, und Shintal trat herein, doch irgendwie *verdoppelt*, das heißt …

Der Shintal von einst, der resolute, hagere, energische Shintal schleppte sein um Jahrhunderte gealtertes, gebeugtes Spiegelbild mit sich. Es mußte wohl eine Spiegelung oder eine Projektion sein, weil beide Gestalten den gleichen pastellgrünen Schutzmantel trugen, und …

Gjall stand automatisch auf, als sich die beiden Gestalten näherten, sprungbereit, als wollte er einem Fiebertraum entfliehen. Sisotris aber, die seine Absicht erkannt hatte, zog ihn wieder neben sich auf die Liege.

»Hast du denn nicht gewußt, daß Savonarola Shintals Sohn ist?«

»Freilich habe ich's gewußt!« Gjall starrte verwirrt und benommen auf die beiden Gestalten, deren Miene gleichermaßen gespannt, freundlich und erschüttert war: eine Folge der Verwandlung. Denn der einst schmuddlige, verbitterte Kuttenmann hatte sein Gewand abgestreift und war in sein anderes Ich geschlüpft: ein gepflegter, energischer junger Mann. Shintal war aber gleichzeitig …

Du lieber Himmel! Was war mit Shintal geschehen?

Das zaghafte Lächeln, welches an einen verlegenen Knaben erinnerte, kam ihm zwar immer vertrauter vor, konnte Gjall aber nicht beruhigen, war doch Shintal in wenigen Wochen ein gebeugter, kraftloser Greis geworden! Als er ihn zuletzt gesehen hatte … Waren seitdem nur Tage oder gar nur Stunden vergangen?

»Ich glaube, daß Gjall endlich ebenfalls gebadet werden muß«, warf Sisotris ein. Ihre Stimme hörte sich fast lustig und fröhlich an. Doch sie fand kein Echo, es kam keine Antwort. Die beiden Shintal standen regungslos am Fuße der Liege, und Gjall … ihm fehlten die Worte. Was hätte er auch schon zu sagen gehabt?

Savonarola aber zwinkerte Sisotris zu, wie einst in früheren, besseren Tagen.

»Lumina ist in Sicherheit, mitsamt ihrem Nest voller Eier«, sagte er. »Auch sie wird unter der Erde das ›Ende der Welt‹ erwarten.«

Sisotris' Augen füllten sich mit Tränen. Damit hatte sie nicht gerechnet, gegen sowas war sie nicht gewappnet.

»Was ist mit Songvan, Kyrov, Lison und den anderen?« fragte sie mit erstickter Stimme, weil sie bisher nicht an sie gedacht hatte.

Nun antwortete Shintal an Savonarolas Stelle:

»Das Oszillatorium ist intakt geblieben. Alle, die sich dort aufhielten, sind am Leben. Freilich gibt es Kranke und Verwundete und leider auch sehr viele Tote: Riss, Konkri, Deila und … noch so manche Kollegen und Studenten. Maron befand sich zu nahe am Steuerzentrum, als …« Die Worte kullerten wie glanzlose, graue Kieselsteine aus seinem Mund.

»Alle anderen, die der Katastrophe entkommen sind, befinden sich in guten Händen«, sagte Savonarola zu Gjall. »In Ihrer Epoche, aber auch schon früher haben die Menschen bei natürlichen oder künstlich heraufbeschworenen Katastrophen unter der Erde Schutz gesucht und dort überlebt, wie das Samenkorn im Mutterschoß der Erde. Doch stets blühte neues Leben aus den Ruinen, und die Samenkörner gingen auf, brachten eine neue Zivilisation hervor.«

»Warum sagt man mir nicht, was dort oben geschieht? Man weicht mir aus und versucht, mich mit Phrasen abzuspeisen! Man tröstet mich wie ein erschrockenes Kind! Meine Generation hat ihr eigenes Schicksal nicht überlebt!« brach es erregt und beleidigt aus Gjall hervor.

»Also sagt es ihm endlich!« sagte Sisotris mit erhobener Stimme. »Er weiß sowieso Bescheid und kann die Wahrheit verkraften. Viel eher, als wenn er das Gefühl hat, daß er in unsere gemeinsame Sache nicht eingeweiht wird!«

»Unsinn! Gjall muß wissen, daß ohne ihn uns alle der Teufel geholt hätte!« versetzte Savonarola, von leidenschaftlichem Eifer erfüllt. »Ich rede dummes Zeug, weil ich nicht weiß, wo ich beginnen soll. Wir sind gekommen, um zu danken …«

»Wofür?« meinte Gjall beschämt und beruhigt. »Mag sein, daß es Ihnen nicht viel ausmacht. Wahrscheinlich werden Sie kaum verstehen, daß ich … Also daß ich selbst stolz darauf bin, daß, wenn ich schon noch einmal sterben muß, mich ›der Teufel mit Sisotris und allen denen zusammen holt‹, die ich hier kennengelernt habe … punctum. Wie lange wird es nach Ihrer Berechnung dauern, bis der violette Drache seine Atome in alle Welt verstreut?«

»Das läßt sich nicht berechnen. In diesem unregelmäßigen Fall benimmt sich die Materie auf eine Weise, die von allen unseren bisherigen Beobachtungen und Erfahrungen abweicht. Experimente aber wären in höchstem Maße unverantwortlich. Wir haben keine Zeit dafür, wir müssen sie loswerden. Auch nicht das geringste Teilchen dieser Materie darf dort bleiben, wo noch Leben vorhanden ist.« Savonarolas Stimme klang wieder kühl und sachlich. »Auf der Erdoberfläche befinden sich nur noch Maschinen. Ein Großteil der Kinder wurde in Lichtraketen verfrachtet und zu intakten

Raumstationen geschickt, die außerhalb der Gefahrenzone liegen.«

»Dank dem armen Riss, der gleich im ersten Moment die Verbindung zu ihnen abgebrochen hat«, warf Shintal ein.

»So ist es. Wir setzen alles dran, die unbekannte Materie so schnell wie nur möglich zu entsorgen. Der Abtransport ist im vollen Gang. Die Insel Surayana wird nicht nur von uns, sondern auch von den Raumstationen ständig überwacht.«

»Und Sie hoffen, daß …«

»Wir hoffen, aber es gibt so manches, was gegen eine solche Hoffnung spricht. Es ist immer noch fraglich, ob unsere elektronische-Kapazität oder gleich welche Glanzleistungen unserer Technik ausreichen, um diese Trümmer aus den bewohnten Gebieten rechtzeitig wegzuräumen.«

»Fraglich ist aber auch, ob die Insel Surayana, wohin wir die lebenden Statuen der Hyperioniten transportieren wollen, weit genug von allen menschlichen Siedlungen entfernt ist, um …«, meinte Shintal wie zu sich selbst.

»Gibt es keine Möglichkeit, die Kraft und den Wirkungsradius der Explosion aufgrund irgendeiner Wahrscheinlichkeit zu berechnen?« fragte Gjall direkt.

»Das ist unmöglich – zumindest mit Hilfe jener Instrumente und Mittel, die uns heutzutage zur Verfügung stehen.«

»Warum bezeichnen Sie diese Trümmer als lebende Statuen?«

»Weil sie lebendig sind, mein Freund!« Shintal schaute Gjall aus blutunterlaufenen, müden Augen mit einer so tiefen Verzweiflung an, daß dieser unwillkürlich zurückwich. »Ihre Tragödie ist mindestens so groß wie die unsere. Seraphe sind sie, im Netz der Materie gefangen, die dort zu ersticken drohen – Phantasie-

Titanen der uralten Mythen. Sie haben den Boden unter den Füßen verloren, die Basis ihrer eigenen Daseinsform ist zerbrochen, sie sind in eine Hölle gestürzt. Was dies für *sie* bedeutet, können wir gar nicht ermessen. Doch sie werden alles versuchen, sich aus dieser Falle zu befreien, selbst wenn dies den Untergang der Menschheit bedeutet.«

»Der Ärmste ist übergeschnappt, die Selbstbeschuldigung hat ihm den Verstand geraubt«, dachte Gjall. Wie sehr und wie gut konnte er diesen Zustand verstehen! Denn in all den Jahrhunderten hatte die drohende Frage nach Leben oder Tod sämtliche intelligenten Menschen, die nachdachten und die guten Willens waren, stets in tiefste Verzweiflung gestürzt – Menschen, die sich auch ihrem Nächsten gegenüber verantwortlich fühlten.

Shintal schwankte und griff unsicher um sich.

»Einen Stuhl, aber schnell!« rief Sisotris erschrocken, doch Savonarola hatte seinen Vater bereits an der Schulter gepackt.

»Ihr braucht die Roboter nicht zu alarmieren«, sagte Shintal mit aschfahlem Gesicht. »Es wird gleich wieder besser. Ich werde jetzt in mein Zimmer gehen, mich etwas ausruhen und dann ein paar Aufzeichnungen machen. Reine Gewohnheit und Routine, doch es beruhigt mich.« Seine Augen suchten Sisotris' Blick, das Mädchen aber schaute ihn nur wortlos an. In diesem langen Moment ging etwas Unbegreifliches zwischen den beiden vor. Selbst Gjall und Savonarola konnten die Bedeutung dieses Augenblicks nur ahnen.

»Ich werde dich begleiten«, sagte Savonarola entschlossen.

»Gut so.« Shintal wandte den Blick von Sisotris ab, die die Augen schloß. Gjall aber meinte, so etwas wie Erleichterung im Gesicht des Professors zu lesen.

»Vorher aber möchte ich noch kurz in der Kontrollzentrale vorbeischauen. Wir müssen schließlich …«, meinte Shintal, der im Gehen schwankte.

»Nichts da!« unterbrach ihn Savonarola. »Du gehst jetzt und legst dich hin. Ich aber werde dich vertreten, bis …«

Die Schiebetür glitt hinter ihnen lautlos zu.

Gjall wäre ihnen gern gefolgt, aber er konnte sich nicht rühren. Seine Glieder schmerzten, er fühlte sich wie zerschlagen. Doch diese bleierne Müdigkeit war viel besser als das namenlose Verlustgefühl, das die beiden Männer in diesem engen Raum zurückgelassen hatten, in dem sich plötzlich eine merkwürdige Stille verbreitete. Gjall erschauerte. Wahrscheinlich hatte er Fieber, phantasierte und wurde von Visionen gequält. Welche Versionen seines Daseins dies waren – einsam, verlassen und fremd, wie er war – mußte er noch erfahren. Nun hatte er das Gefühl, daß er nichts mehr ertragen konnte. Es war genug. Er schaute auf Sisotris, die immer noch mit geschlossenen Augen dalag.

»Sisotris!«

Das Mädchen schaute erschrocken auf, ihr Blick war trüb und von Trauer erfüllt.

Gjall aber setzte sich wieder auf die Kante der Liege.

»Warum hat dich Shintal so merkwürdig angeschaut? Du weißt schon, was ich meine!« sagte er gereizt und vorwurfsvoll aus seiner Beklemmung heraus.

»Ja«, erwiderte Sisotris. »Ja, ich weiß. Aber, Gjall, das ist seine Privatsache. Da besteht kein Zusammenhang zu dem, was zwischen uns geschehen ist. Du mußt spüren, daß ich dich nicht belüge. Ich möchte nur nicht darüber reden, weil dies einzig und allein Shintal etwas angeht. Ich darf seine Gedanken nicht preisgeben, auch dir nicht. Kannst du das begreifen?«

»Ich habe verstanden«, flüsterte Gjall und war gleichzeitig Sisotris dankbar, daß sie die Last von Shintals Gedanken nicht mit ihm teilte.

Surayana

Der gewaltige Antigrav-Kran lud lautlos und vorsichtig die letzte Ladung auf den sich auftürmenden steinernen Wellen der Insel ab.

All die Formationen, die sich aus der spitzenähnlichen, treppenartig gestuften Materie der erstarrten Lava gebildet hatten und Pyramiden, kantigen Wolkenkratzern, Bäumen und menschlichen Formen ähnelten, erinnerten an jene seltsamen Gebilde, welche die huschenden, traumschnellen Transporter im Pendelverkehr scharenweise nach Surayana brachten, und die nur in ihrer Farbe von den pastellähnlichen Schattierungen des Bodens abwichen. Die dunklen Konturen der schwarzvioletten Masse hob sich in beängstigender Schönheit vom hellen Hintergrund des durchsichtigen Himmels und des ewig brodelnden, kochenden Meeres ab.

In den Kuhlen, Becken und Vertiefungen der Insel schimmerten feuerrote Seen gleich glühenden Augen, und das Magma, welches in Surayanas Eingeweiden kochte, schoß durch diese Luken gewaltige Dampfsäulen zum Himmel empor.

Sobald das Geräusch der Flugmaschine verebbt war, die sich immer weiter von der Insel entfernte, waren nur noch die rauschenden, flüsternden Töne der elementaren Kräfte zu hören. In der dampfenden, feuchten Luft konnte man kaum atmen.

Unter den Arkaden einer steinernen Überdachung, die sich über das Ufer wölbte und irgendwie an einen buckligen alten Mann erinnerte, blühte ein wundersamer Korallenwald im tiefen, durchsichtigen Wasser. Die winzige Bucht war an dieser Stelle still und geschützt. Zwischen dem roten Geflecht der Zweige wimmelte es von bunten Fischen, die mit zuckenden Flossen hin und her schwammen.

Shintal hockte auf einem feuchten Stein, und die schäumenden, lauwarmen Wellen der Brandung beleckten seine Füße. An dieser Stelle schien das Meer zu schlafen, atmete leise, wie dieser schier bewußtlose Mann. Die Felsen an seiner Seite waren mit Schnecken und Seesternen dekoriert.

Sein Blick verfolgte die Maschine, bis sich der winzige, glitzernde Punkt in der Ferne auflöste und verschwand.

Shintal lehnte sich mit einem Seufzer zurück. Nun konnte es nicht mehr lange dauern. Er schloß die Augen und lächelte.

Denn Sisotris konnte nicht ahnen, daß dieser einziger Satz aus ihrem Munde den Freispruch für Shintal bedeutet hatte:

»Hast du denn nicht gewußt, daß Savonarola Shintals Sohn ist?«

Später allerdings war sie dann dahintergekommen, als..

Der Schweiß drang ihm aus allen Poren, doch Shintal merkte es nicht. Denn er mußte darauf achten, mußte erfahren, welche Spuren diese ›fleischgewordene‹, bis zum Exzeß ausgelebte Welt der Sehnsucht, der Reize und der Leidenschaft in all jenen Menschen zurückgelassen hatte, die diese Katastrophe überlebt hatten und nun weiterleben werden.

Wie wird sich ihr Gefühlsleben gestalten, nachdem sie sich von dieser Schlacke befreit hatten? Doch hier ging es nicht nur um die Schlacke.

Shintal griff automatisch in die Tasche seines Kittels und suchte nach seinem Notizbuch, um über dieses

Problem einen Vermerk für seinen Sohn zu machen – doch dann fiel ihm plötzlich ein, daß er sein Heftchen nebst seinem letzten schriftlichen Gruß in seiner unterirdischen Schlafkabine vergessen hatte.

Auf jeden Fall war Sisotris von ihren ›Dämonen‹ befreit, war geistig und seelisch genesen, wenn auch nicht so, wie es sich Riss vorgestellt hatte, sondern auf eine weitaus gesündere Art. Sie war nicht zu einer leeren, ausgebrannten, kranken Ruine geworden wie er, Shintal, nach seiner Hochzeitsnacht mit Selena. Diese entsetzliche Vereinigung hatte nicht nur seine Bereitschaft und Fähigkeit zur Freude im Keim erstickt, sondern auch jene falschen Vorstellungen in ihm abgetötet, auf welche er seine Liebe zu Selena aufgebaut hatte. Denn selbst das intensive Blendwerk der Schönheit allein war mehr als ...

Sisotris aber würde genesen, sofern ...

Shintal schaute auf seine Uhr.

Es war nur gut, daß außer ihm keiner mehr den Code für die einzige Schwachstelle in der langen Steuerungskette der unterirdischen Kontrollzentrale kannte. Die von der alten Garde, die noch Bescheid gewußt hatten – Riss und Maron – waren bereits tot. Und bevor sein Sohn, der eifersüchtig über den Schlaf seines Vaters wachte, überhaupt mitbekam, daß Shintal nicht mehr in seiner Koje lag, war schon alles überstanden.

Nun konnte es nicht mehr lange dauern.

Gjall und Sisotris – es war, als hätte irgendein genialer Dramatiker diese beiden Figuren erträumt, diese beiden Menschen, die sich in ihrer Sehnsucht so vollkommen ergänzten. Es wäre schön, wenn sie nicht miteinander sterben müßten.

Hinter seinen geschlossenen Lidern sah er alle deutlich vor sich. Er hatte das Gefühl, daß er mit der ausgestreckten Hand jeden berühren könnte.

Sein Sohn wartete im Kontrollzentrum auf die Explosion: der ›junge Shintal‹, der an seine Stelle getreten war und der, wenn ihm das Schicksal eine Chance bot, seine Pflichten besser erfüllen wurde als er und nicht die gleichen Fehler begehen würde. So war er auch von seinen eigenen Irrtümern befreit.

»Glaubst du, daß der Psychodom wieder aufgebaut wird?« fragte Lison leise direkt an seinem Ohr.

Shintal fuhr erschrocken zusammen.

Lison stand da unter den Arkaden, an einen Felsen gelehnt. Es sah danach aus, als hätte sie den Schock, den sie im Oszillatorium erlebt hatte, noch nicht überwunden.

Das war nur logisch und durchaus verständlich.

»Setz dich«, sagte er.

Lison aber schüttelte den Kopf und blieb stehen.

»Ich werde gleich dorthin zurückkehren, wo sie sind. Dort will ich abwarten.«

»Wer ist dort?« fragte Shintal, plötzlich von Panik ergriffen. »Gibt es außer dir und mir noch jemanden, der …?!«

»Nein. Außer uns beiden gibt es hier keinen Menschen«, sagte Lison mit sanfter und ruhiger Stimme. »Ich meine die lebenden Abbilder meines Sohnes, die in die Zeit hineinragen. Ich kann sie nicht allein lassen.«

Also war Lison durch das entsetzliche Erlebnis nicht genesen …

»Du irrst«, sagte die Frau. »Ich darf nicht nur wegen Leon, sondern auch wegen Yask nicht weiterleben. Wenn du nur wüßtest, auf welch verschiedene Art und Weise mit welch unbarmherziger Leidenschaft ich ihn gequält habe! Dann habe ich ihn hingerichtet, immer wieder getötet und ermordet. Von seinen Leiden, seinem Flehen, seinem Wehgeschrei, von seinen Tränen und Qualen konnte ich nie genug kriegen. Was war das für eine schaurige Lust! Ich bin ein Ungeheuer, Shintal, eine Lustmörderin nach Strich und Faden. Die Zeichen meiner lebendigen Sünde sind greifbar, nichts läßt sich verschleiern oder vertuschen. Nichts, aber auch gar nichts kann ich leugnen. Umsonst bin ich aus diesem Rausch erwacht, es ist alles vergebens. Ich habe es getan und würde es in der Trance meines Hasses immer wieder tun. Immer und jederzeit! Es geht nicht darum, ob ich mir selbst vergeben kann. Denn der Mensch ist auf niederträchtige Weise narzißtisch und vergeßlich. Doch mit solch verborgenen, unausrottbaren Wurzeln in meiner Seele und mit diesen zu Tode gefolterten Opfern, die aus ihren Gräbern steigen, kann ich nicht leben, selbst wenn Yask in irgendeiner Raumstation wirklich noch am Leben ist.«

»Hast du gewußt, daß wir uns hier treffen werden?« fragte Shintal.

»Ja, ich wußte es.«

»Ich habe wirklich gemordet, nicht nur in Gedanken, wie du.«

»Wo liegt da der Unterschied? Die Verwirklichung ist nur eine Frage der Gelegenheit und der lokalen Energie.«

»Ich habe eine Menge Menschen getötet, Lison.«

»Riss mußte von diesem Posten verschwinden.«

»Riss war ein großartiger Mensch, trotz seiner Irrtümer, und guten Willens obendrein.«

»Ja, und verblendet.«

»Haßt du ihn immer noch?«

»Ich hasse niemanden mehr, zumindest nicht in diesem Augenblick.«

»Mein Sohn und die anderen … werden Riss viel zu verdanken haben, wenn … *der junge Shintal* eine weiße Weste hat.«

»Glaubst du, daß er nicht die gleichen Sünden, die gleichen Fehler begehen wird?«

Shintal fuhr betroffen zurück.

»Das will ich doch sehr hoffen!«

»Glaubst du, daß alles, was du getan hast, völlig vergebens war?«

Lison wandte sich ihm zu, ihre Melancholie war wie weggewischt.

»Vielleicht nicht ganz. Das heißt ... da war etwas Notwendiges, etwas Zwingendes dabei, etwas, das sich nicht umgehen ließ. Doch selbst wenn der Lebensprozeß nicht total abbricht und wenn ich ein Instrument der Läuterung gewesen bin – meine persönliche Verantwortung und Haftung wird dadurch nicht gemindert, ändert nichts daran, daß ich ...«

»Freilich nicht. Und auch nichts daran, daß du jetzt sterben *darfst*.«

Lison nickte mit einem kleinen, fahlen, spöttischen Lächeln. »Später wird man dich sowieso heilig sprechen!«

»Du bist wahnsinnig!« gab Shintal im lodernden Zorn zurück.

»Sicher. Du etwa nicht?«

Shintal versuchte, seinen Zorn zu zügeln, was ihm dann auch gelang. Er wurde wieder ruhiger. War es denn in diesen letzten Minuten nicht egal, was Lison von ihm dachte?

»Ich bin froh, daß ich in diesen letzten Minuten mit dir zusammen sein kann«, sagte Lison ernst. »Ich hatte dir gegenüber immer solche Gefühle gehegt, nur habe ich sie bislang nicht hoch genug eingeschätzt. Ich habe geglaubt, daß bei all dieser Kraft, die mir meine Wut in meiner Mutterliebe verliehen hatte, eine solch abstrakte, leidenschaftslose Bewunderung nichts weiter als ein blasser Widerschein der heftigen Wirklichkeit des Lebens sei. Also mußte ich erst so weit kommen, um zu begreifen, daß diese Verehrung mein höchstes Gut darstellt, das ich besitze. Ich wollte dich vorhin weder verspotten, noch wollte ich anzüglich werden. Ich habe lediglich versucht, ohne Scham all das auszudrücken, was …« Sie wandte sich zum Gehen, hielt aber nach einigen Schritten inne und drehte sich noch einmal um. »Du hast meine Frage immer noch nicht beantwortet«, sagte sie zu dem verblüfften Mann, der sie verwirrt anstarrte. »Glaubst du, daß der Psychodom wieder aufgebaut wird, wenn …«

»Mag sein. Ich weiß es nicht. Doch selbst wenn, wird dieses Haus nicht mehr eine solch tragende Rolle spielen wie zu unserer Zeit. Das Leben wird schwieriger werden, ein einziger Kampf ums Überleben. Es wird weitgehend dezentralisiert, selbst dann, wenn die Lebensbedingungen oberflächlich erhalten bleiben. Jede individuelle und gemeinschaftliche Anstrengung wird gefragt und erforderlich sein, wobei menschliche Emotionen und Ruhmsucht unweigerlich zusammenstoßen müssen. Was aber mein Sohn besser weiß als Riss, ist, *daß die Menschen nicht geboren werden, um Kollisionen zu vermeiden und vor irgendwelchen Problemen die Flucht zu ergreifen.* Im Gegenteil, Sie sollen und müssen Konflikte erfolgreich lösen, selbst wenn sie dafür kämpfen und Verluste einstecken müssen. Je mehr, desto besser – sonst würde die Menschheit verkümmern. Wahrscheinlich wird aber das Leben an der Oberfläche für eine Weile aussetzen. Dann werden die Menschen im Schoße der Erde ihr Schattendasein führen, bis die Zeit gekommen ist, wo sie sich im Sonnenschein wieder entfalten können.«

Lison stand einen Augenblick nachdenklich da, dann wandte sie sich ab, ohne sich zu verabschieden. Sie schritt über den erstarrten, gewellten Lavaboden, im Schutze der Arkaden, hin zu ihrer ganz privaten und persönlichen Richtstätte.

Zu Shintals Füßen wurde es im spärlich sprießenden Dünengras lebendig. Ein gedrungener kleiner Taschenkrebs bahnte sich behend seinen Weg durch den lockeren Sand nach oben. Mit dem kurzen Wanst hinter dem runden, flachen Nacken sah er eher aus wie eine Riesenspinne als wie ein Krebs. Sobald er aber in die Freiheit gelangt war, eilte er mit seltsamen seitlichen, schrägen Bewegungen am Ufer entlang.

Furioso

In den Raumstationen wimmelte es von Kindern, ebenso wie in den anderen kosmischen Einrichtungen, die sich außerhalb der Gefahrenzone befanden. Dieser ungewöhnliche Betrieb, der in den weiten, mit Kuppeln überdachten Plastikfluren, in den geräumigen Sälen sowie in all den Kabinen und Wintergärten herrschte, brachte durchaus das technische Personal völlig aus dem Konzept. Jeder versuchte sich vor dieser Invasion der jungen Generation aus der ›alten Heimat‹ an seinen Arbeitsplatz zu retten oder sich in seiner Schlafkabine zu verkriechen.

Das Lärmen und Toben der Kleinen, ihr plötzliches Aufheulen und Lachen, das Hin- und Hergerenne ließ nur die elektronischen Diener kalt, welche sie beaufsichtigten und aufpaßten, daß sie sich selbst oder irgendeiner lebenswichtigen Einrichtung keinen Schaden zufügten.

Yasks Nerven waren bis zum äußersten gereizt. Er drohte jedesmal in die Luft zu gehen, wenn trotz der schallschluckenden Wände der Lärm, das Getobe und das Protestgeschrei *fortissimo* bis in seine Beobachterkabine drang, wenn die eiserne Faust der Roboter irgendeinen Sprößling, diese Hoffnung der Zukunft am Schlafittchen packte und vom Schauplatz böser Taten entfernte oder auch kurzerhand eine Rauferei schlichtete.

Lange Zeit hatte er das Gefühl, daß er, Yask, als gebrandmarkter Deportierter fern vom Zentrum seiner wirklichen Interessen, fern vom Mittelpunkt seines

Ehrgeizes, der Erde, leben mußte. Vor allem aber vermißte er Riss' persönliche Nähe, dem er in grenzenloser Dankbarkeit verbunden war – hatte er ihm doch nicht nur sein Leben und seine Genesung, sondern auch sein wiedererlangtes Selbstwertgefühl zu verdanken.

Als dann der Kontakt zwischen Raumstation und Psychodom plötzlich und unerwartet abbrach, wurde Yask von Panik ergriffen. Er wünschte sich nichts sehnsüchtiger, als bei Riss zu sein. Dies war der einzige Mensch, um den er sich Sorgen machte. Er spürte instinktiv, daß sich Riss in großer Gefahr befand. Sein Gedankenradar hatte in Riss' Gehirn irgendeine undefinierbare Störung lokalisiert.

Die Kommandantur der Raumstation hatte sein Angebot, freiwillig auf die Erde zurückzukehren, als wahnsinniges Unterfangen eingestuft und den Antrag zurückgewiesen. Man war der Meinung, daß man niemanden in sein eigenes Unglück stürzen lassen durfte. Wo wollte er landen? Alles war ungewiß und keine Garantie für irgendeine Sicherheit. Denn keiner konnte ahnen, was sich unter der Wolkendecke abspielte, welche die Erde umhüllte. Es war auch ungewiß, ob man auf irgendeiner Station auf Terra überhaupt in der Lage war, die Lichtrakete zu empfangen.

Also abwarten, hieß die Parole!

Yask hatte weder gegessen noch geschlafen. Wenn er für Sekunden in tiefen Schlaf versank, fuhr er mit markerschütterndem Schrei aus seinen Träumen auf. Stets sah er Lison vor sich, die sich wie eine Furie krümmte, mit glühenden Augen und wirrem Haar. Ihr Haß brannte wie höllisches Feuer, spannte ihn auf die Folter, schleppte ihn unter den Galgen, zwang ihn unters Henkerbeil, schlug ihn mit knotigen Keulen zu Brei. Sein Flehen um Gnade traf auf taube Ohren, seine Rechtfertigungen waren vergebens …

Umsonst beteuerte er immer wieder, wie sehr er Leon geliebt hatte.

Nur Riss allein wußte um jenen ständigen Zwiespalt, den diese schier krampfhafte Haßliebe zu Leon in ihm hervorrief. Er allein war es auch, der Yasks psychische Tetanie, diesen Starrkrampf seiner Seele lösen konnte.

Als dann der Kontakt wieder hergestellt war, erreichte auch Yask die Nachricht, daß Riss tot war – der einzige Mensch, der …

Was machte es schon aus, wenn auch sein Mörder mit ihm untergegangen war, der seinen Platz im Therapion eingenommen hatte? Hätte ihn Lisons blinde Wut nicht beseitigt, nicht von seiner Seite verdrängt, so wäre das Unglück nicht geschehen. Lison aber lebte, und auch Shintal war noch am Leben, doch ihn konnte Yask nicht hassen, weil er es nicht fertigbrachte, Shintal wegen seiner Taten zu verurteilen … schließlich hatte auch er all das erlebt, was Shintal durchgemacht, was dieser Mann empfunden hatte: nämlich alle Variationen von Schuldgefühlen und hilfloser Verzweiflung.

Auf dem Bildschirm aus Sensorit-Kristall schimmerte die Insel Surayana vor Yasks Augen mit all ihren Dekorationen von faszinierender, tödlicher Schönheit, mit all den lebenden Statuen, die wie schwarzviolette Edelsteine strahlten.

Auch Yasks Raumstation hatte sämtliche Daten der Ereignisse erfaßt und verarbeitet, die sich in knapp zweimal 24 Stunden abgespielt hatten. Also wußte er auch, daß die Rettungsaktion geglückt war. Denn während des Transports hatte keine Explosion stattgefunden. Seine Zeitgenossen aber hatten in unterirdischen Räumen Schutz gesucht und warteten ab, was wohl von der oberirdischen Lebensform noch übrigbleiben würde, von dieser Form des Daseins, welche die Menschen in fünf Jahrhunderten gemeinsam als

Kunstwerk gestaltet hatten. Trotzdem: Selbst diese florierende Kultur war aus einer Katastrophe entstanden, dieses neue Leben, diese neue Epoche, die aus den Ruinen erblühte.

Trotz seiner panischen Unsicherheit, die ihn auf diesem außerirdischen Beobachtungsposten gefangen hielt, meinte Yask, die Allgegenwart eines exaltierenden, schier legendären Elements zu spüren. Vielleicht lag es nur an seiner Erschöpfung, seinen überspannten Nerven, daß er immer wieder in den irrealen Zustand des ›déja vu‹ geriet – so als würde es seit mehreren Millionen Jahren immer wieder geschehen, *daß intelligente Wesen von weit entfernten Punkten des Kosmos jenes Drama beobachteten, das sich auf einem bestimmten Planeten abspielte.*

Vom seltsamen Rausch seiner Phantasie umfangen, merkte Yask zunächst gar nicht, daß der Vernichtungsprozeß bereits eingesetzt hatte. Erst als diese fulminante Energie ihre Ketten sprengte und die gewaltigen Titanengestalten des violetten Drachen, die in orangegelben, lila und ultrablauen Farben schimmerten, zum Himmel emporwuchsen und ihr Schatten auf die Insel fiel – erst dann wußte Yask, daß der Untergang nahte.

Die dichtgedrängten Formen und Gestalten rivalisierten, kämpften miteinander und breiteten sich am Himmel aus.

Gigantische, domartig überwölbte Feuersäulen schossen mehr und mehr aus dem Boden Surayanas empor, aus diesem Boden, der allmählich zu Asche zerfiel.

Yask aber saß da wie gelähmt und schaute fasziniert diesem grandiosen Feuerwerk zu, dieser Eruption von Schönheit und Verderben, diesem einzigartigen Weltuntergang.

Yask trauerte und jubelte zugleich. Ja, er jubelte, weil …

Ihm war, als würde er dort unten unter den wuchernden Pilzen des Todes berauschte menschliche, animalische, dämonische Fratzen erkennen, gekreuzigte Gestalten, Arme, die sich zum Himmel emporreckten, Fühler und Tentakeln, Drachenleiber, die sich auf der kosmischen Meeresoberfläche spiegelten, Phantome verstreuter Formen, die in den unendlichen Raum hineinrasten.

»Die Hyperioniten«, dachte er wie im Rausch. *»Die Hyperioniten, die in eine Falle geraten waren, haben sich endlich befreit.«*

Nun wußte er zwar, daß er phantasierte, dennoch verfolgte er die Flucht, den Exodus der lebenden Statuen aus den sichtbaren Dimensionen weiter. Wie sehr sie doch bemüht waren, den Weg nach außen in die Freiheit zu finden! Nun hatten sie alle ihre Last abgeworfen, sie auf den brodelnden, kochenden, schäumenden Wasser abgeladen, sie den Orkanen überlassen, die …

Ja, den Orkanen, welche die gefährliche, glühende Asche auf die Küste zutrieben.

Der Ozean war – wie das Wasser in einem gekippten Gefäß – auf der einen Seite von der Küste zurückgewichen, hatte sich aber auf der anderen Seite über das Festland ergossen, um dann, zu Wellenbergen aufgetürmt, wieder zurückzuströmen. So wälzte sich das Meer hin und her, wobei es wie eine Springflut über die Ufer hinausschoß. Diese Sintflut schluckte jeden festen Gegenstand, jede feste Materie, zerpflückte sie und löste sie schließlich ganz auf.

Irgendwo aber, jenseits der Stratosphäre, begannen sich die in unbeschreiblichen Farben prangenden Wolkenstatuen aufzulösen, wurden allmählich dünner, zerflossen am Firmament. Ihr glitzerndes Leben erlosch. Ihre Energie schwang langsam aber sicher in die Dimensionen des Hyperraums über.

»Würde es diesen bedauernswerten, schrecklichen Vertriebenen jemals gelingen, in ihre eigene Daseinsform zurückzukehren?« fragte sich Yask mit seltsamem Selbstbedauern. Aus seinen Augen schossen Tränen, während er gleichzeitig laut und hemmungslos lachte.

Nach der Explosion traf in der Raumstation das erste Lebenszeichen ein, und andere folgten. Makropolis und ein Teil der Städte auf der Erde waren untergegangen. Auch die Antigrav-Stationen und Raketenbasen waren beschädigt. Doch das unterirdische System war intakt.

An der Oberfläche konnten wegen der Strahlenverseuchung nur noch Roboter mit dem Wiederaufbau befaßt sein. Die Kinder blieben vorerst auf der Raumstation.

Vorerst.

»Wir müssen zwischen Himmel und Orkus die Luft reinigen, um ins Sonnenlicht der Natur zurückkehren zu können«, sprach der junge Shintal zu Yask vom Sensorit-Bildschirm hinab.

Yask aber hätte am liebsten seine Augen, sein Gesicht bedeckt, seine Gedanken vor dem verehrten und bewunderten Freund seiner Jugendzeit verborgen, von dem er sich später entsetzt abgewandt hatte ... und den er heute nicht einmal mehr insgeheim ›Savonarola‹ nennen konnte. Ebenso erfuhr er von dem freiwilligen Feuertod Lisons und Shintals, von diesem Gericht, was sie am eigenen Leib vollzogen hatten. Das Mitleid und die Hochachtung, die er den beiden Verstorbenen entgegenbrachte, hatten auch in ihm ihr heroisierendes Werk begonnen, doch er konnte keine Worte finden, um seine Gefühle Shintals Sohn mitzuteilen. Aber er spürte deutlich, daß ihm dieser für sein Schweigen dankbar war. Darum war es auch Savonarola, der Yask über seine Verlegenheit hinweghalf.

»Nun wird es Sisotris sein, die Lisons Platz einnimmt. Ich aber«, fuhr er fort, während sein Blick über Yask hinwegglitt und in die weite Ferne streifte, »ich werde zu jenem Punkt zurückkehren und dort wieder einen neuen Anfang wagen, wo meine Vorfahren einst die Richtung verfehlt hatten. Dort will ich mein Werk – ihr Werk – fortsetzen, zwar mit Hilfe von Maschinen und Geräten, aber nicht unter der Tyrannis von Automaten, eher im Bund mit den Ärzten, den Ingenieuren der Seele, doch ohne ihnen blind auf Gedeih und Verderb ausgeliefert zu sein. Die Reihenfolge, die Kette ist ungebrochen. Mein Vater oder ich – die Person spielt in diesem Augenblick keine Rolle. Wichtig ist nur …«

Ein fast jungenhaftes Lächeln erhellte sein Antlitz. Er rückte einen Korb in Yasks Gesichtsfeld, entfernte das Tuch, und siehe da: in einem flaumenweichen Federbett wimmelte es nur so von zirpenden, dottergelben Küken, die teilweise noch die Eierschalen mit sich herumschleppten.

»Das Leben geht weiter. Mag es auch von Zeit zu Zeit in der Finsternis eines Weltuntergangs versinken – es fängt immer wieder von vorne an.«